CB139641

DESASTRE

DESASTRE

S.G. Browne

TRADUÇÃO: Inês Pimentel

LeYa

Copyright © S. G. Browne 2010
Todos os direitos reservados.
Tradução para a língua portuguesa ©Texto Editores Ltda., 2010

Título original: *Fated*

Diretor editorial: Pascoal Soto
Editora: Mariana Rolier
Produção editorial: Suria Scapin

Tradução: Inês Pimentel
Preparação de texto: Santiago Nazarian
Revisão: Tulio Kawata / Marília Chaves
Diagramação: Marcelo R. Rodrigues
Capa: Retina 78

Dados internacionais de catalogação na publicação (CIP-Brasil)
Ficha catalográfica elaborada por Oficina Miríade, RJ, Brasil.

B882 Browne, S. G. (Scott G.), 1965-
Desastre / S. G. Browne ; tradução: Inês Pimentel. –
São Paulo : Leya, 2010.
272 p.

Tradução de: Fated.
ISBN 978-85-8044-028-7

1. Ficção americana. 2. Literatura americana. I.
Título.

10-0052 CDD 813

Texto Editores Ltda.
Uma editora do Grupo Leya
Av. Angélica, 2163 – Conj. 175/178
01227-200 – Santa Cecília – São Paulo - SP
www.leya.com

Para meus pais.
Obrigado por acreditarem.

capítulo 1

Regra #1: Não se envolva.

Uma regra de fato tão simples. Mas aqui estou eu, sentado em um shopping em Paramus, Nova Jersey, e me sentindo frustrado.

Irritado.

Decepcionado.

Oitenta e três por cento dos seres humanos são criaturas previsíveis, quanto a seus hábitos, e ficam presos em rotinas, estilos de vida e vícios ou passam a vida trocando um vício por outro.

Meus oitenta e três por cento. Meus seres humanos. Todos os cinco bilhões e meio deles.

O shopping é um dos melhores lugares para ver a natureza humana no que ela tem de melhor. Ou pior, dependendo de como você quer olhar para isso. Homens e mulheres, adolescentes e crianças, comprando, comendo, fofocando, preenchendo o vácuo de suas vidas com terapia de varejo e calorias vazias. Meus shoppings favoritos são os da antiga. Aqueles não tão grandes como o Sri Lanka, onde ainda há praças de alimentação com Orange Julius, Panda Express, e Hot Dog on a Stick. Nos Estados Unidos, o número de centros comerciais é o dobro do que o de escolas de ensino médio e esses lugares substituíram as igrejas como templos de veneração cultural. Numa sociedade que incentiva seus cidadãos a calcular seu valor por seu sucesso financeiro e propriedades materiais, os americanos gastam seu orçamento mais em sapatos, relógios e joias do que em educação superior.

Com certeza isso dá trabalho a Ganância e Inveja, mas transforma minha existência num verdadeiro inferno.

Lá atrás, no tempo em que os seres humanos ainda estavam na fase da caça e coleta, a vida era toda voltada para a sobrevivência, satisfazendo as necessidades básicas de alimentação, vestuário e abrigo, portanto não havia tantas opções para uma vida melhor. As comidas não eram preparadas por Martha Stewart. As roupas não tinham de ter uma etiqueta Calvin Klein. E moradias não precisavam de cortinas Ralph Lauren, combinando com os edredons.

O problema dos seres humanos é que eles são viciados em produtos.

Consumidores habituais. Famintos por satisfação. Autômatos da gratificação. Programados para necessitar, querer e comprar. Aparelhos de MP3. Xboxes. PlayStation 3. Gravador de vídeo. Som *surround*. Tevês de tela plana com alta definição.

Milhares de canais a cabo com filmes, música e *pay-per-view*.

Distraídos por seus desejos, sobrecarregados com suas necessidades e carências, eles nunca permanecem nos caminhos que teriam de trilhar. Seus futuros perfeitos. Seus fados mais benéficos.

Esse sou eu. F maiúsculo. E os a-d-o em minúsculas.

Coloco meus seres humanos na trilha desde o nascimento, designando sinas que vão de criminosos de carreira a executivos de companhias petrolíferas – os quais, na realidade, não são lá muito diferentes, quando você pensa bem a respeito. Mas não importa quão promissora seja a sina que eu defino para alguém – um diretor de estúdio cinematográfico, um estrategista da liga nacional de futebol, o governador da Califórnia –, a maioria deles estraga tudo.

É da natureza humana não desenvolver todo seu potencial. Não viver de acordo com sua plena capacidade. É verdade que a sina não comporta muitos delírios de grandeza. Você não vai ganhar o Prêmio Nobel da Paz ou se tornar um Stephen King. E quando o futuro de alguém envolve doença mental, dependência a drogas ou uma carreira política, eu não posso mesmo esperar surpresas agradáveis. Quando eu defino uma sina, já está feito. É o melhor que eu posso esperar. Mas isso não quer dizer que as coisas não possam dar errado.

Na sina predestinada a cada ser humano, há significativos momentos de decisão que vão definir se e como eles seguirão seus caminhos. Escolhas que influenciarão a maneira como viverão suas vidas.

Com integridade.

Com compaixão.

Com ganância.

Cada uma dessas escolhas que cada um de meus humanos faz exige uma reavaliação do futuro dele ou dela. Uma redefinição da sina dele ou dela. E a cada escolha, eu noto que a imensa maioria deles toma a decisão errada.

Enquanto me sento em um banco entre a loja de calçados Foot Locker e a de roupas Aéropostale, comendo meu espetinho do Hot Dog on a Stick e bebendo meu suco Orange Julius, eu analiso com atenção meu estoque de humanos inclinados a errar e seus inevitáveis fracassos.

Há um atleta de uns dezenove anos de idade, com um telefone celular e uma bolsa da GameStop; ele poderia ter uma carreira de sucesso como jogador de beisebol capaz de substituir colegas em qualquer posição no time Philadelphia Phillies. Mas não... aos trinta e dois anos de idade, gordo, careca e desempregado, ele vai ficar se masturbando três vezes por dia com a revista de sacanagem *Juggs*. A asiática evangélica de vinte e um anos que está pregando para compradores do lado de fora da loja Bebe encontrará o homem de seus sonhos quando chegar aos trinta, mas vai se divorciar e fazer sexo com homens que terão metade de sua idade ao chegar aos quarenta e cinco.

E o moleque de onze anos, com cabelos curtos e rostinho angelical, devorando uma rosquinha coberta de chocolate da Dunkin' Donuts, tem potencial para ser um pai maravilhoso, mas em vez disso, quando tiver vinte e nove anos, vai ficar pensando em molestar sua filhinha de cinco.

Em momentos como esse, eu desejaria que Morte e eu tivéssemos um relacionamento melhor.

Com certeza, o garoto de onze anos é apenas uma criança, mas eu poderia salvar sua filha de uma longa vida de traumas e terapia se pudesse contar com Morte para me ajudar, mas isso seria interferir, o que definitivamente está na categoria do nem-que-a-vaca-tussa. Sem mencionar as ramificações cósmicas do fato de evitar o nascimento de sua filha. Entretanto, Morte e eu não estamos nos falando, então essa possibilidade nem existe.

Eu apenas me sento no banco, como meu espetinho e fico olhando o desfile infinito de futuros delinquentes sexuais.

Nem todos os seres humanos têm algum tipo de disfunção sexual ou desordem ou desejo esperando para ser realizado. Mas muitos americanos têm. Provavelmente, isso tem alguma coisa a ver com o fato de que os Estados Unidos demonizam o sexo e reprimem a energia sexual. Pessoalmente, eu prefiro os italianos e os franceses. Para eles, sexo é apenas uma parte da cultura.

Falando em sexo...

No shopping, a meio caminho entre a loja Macy's e eu, além do quiosque da T-Mobile e de um fluxo constante de americanos com desafios para o futuro, uma nuvem de cabelos vermelhos está caminhando em minha direção. Espero que não seja quem estou pensando, mas quando a multidão magicamente desaparece, sob o cabelo vermelho está o beatificado e sorridente rosto de Destino.

Perfeito. Isso é tudo o que eu preciso para me animar. A imortal personificação de tudo o que eu não sou. Tudo o que eu cobiço. Tudo o que me é negado.

Pense em aversão.

Pense em ressentimento.

Pense em tumor maligno.

"Que tal a sua salsicha?", Destino pergunta ao se sentar e fica olhando para meu espetinho do Hot Dog on a Stick.

O problema de Destino é que ela é ninfomaníaca.

Está usando uma camiseta vermelha, uma minissaia vermelha de couro, um par de botas de cano alto da mesma cor e seu eterno sorriso. Está sempre de bom humor. Por que não estaria? Não é ela que tem de passar a eternidade lidando com molestadores de crianças, consumidores compulsivos e mais de cinco bilhões e meio de fracassados que parecem não saber como juntar toda sua merda.

Ao contrário do que pensa a maioria dos seres humanos, destino e fado não são a mesma coisa. O destino não pode ser impingido à força para alguém. Se a pessoa é pressionada por circunstâncias, então isso é um fado. E o fado está morbidamente associado com o inevitável, com a possibilidade de que alguma coisa sinistra está para acontecer.

Seu fado está selado.

Uma doença fatal.

Um fado pior do que a morte.

Olha só, que desafio pode ser pior do que Morte, em uma escala distópica?

Destino, por outro lado, é de natureza divinatória e implica um desfecho favorável, o que geralmente traz consigo uma conotação mais positiva.

O destino sorriu para ele.

Ela estava destinada à grandeza.

Era o destino dela.

"Posso provar a sua carne?", Destino pergunta, projetando tanta paixão e beleza, que eu simplesmente quero esmagar o resto do meu cachorro-quente no rosto dela.

A sina predetermina e ordena o curso da vida de uma pessoa. Mas mesmo quando meus humanos tomam decisões ao longo de sua jornada que podem ter impactos adversos em seu futuro, eles não podem dizer nada em relação à mudança em suas sinas. Você não tem nenhuma chance comigo. Eu não colaboro.

Pense em solidão.

Pense em autoerotismo.

Pense em Henry David Thoreau.

E mesmo se eu quisesse ajudar, mesmo se eu quisesse oferecer alguma orientação, fazer uma sugestão ou dar uma indiretazinha sutil, eu não posso. É uma questão de "livre-arbítrio". Os humanos têm permissão de fazer suas próprias escolhas e de viver com as consequências.

Pense em meus humanos como crianças desobedientes que não podem abrir a boca a respeito da severidade do castigo que levaram.

Mas, no caso de Destino, os seres humanos dela estão mais envolvidos no processo, porque sem a participação voluntária do sujeito não há o que resulte do destino. Os humanos dela escolhem seu destino pela opção de diferentes caminhos na vida. Eles até podem errar, mas aqui estamos falando de dois prêmios Oscar em vez de três. Talvez um Pulitzer em vez de um Prêmio Nobel da Paz.

Pense em Destino humano como um grupo de ótimos estudantes que podem escolher qualquer faculdade onde queiram estudar.

Eu deveria ter lido as letras miúdas na descrição de funções de meu trabalho.

"Que tal me deixar chupar o seu canudinho?", Destino pede.

"Estou ocupado", digo. "Por que não vai incomodar Presteza ou Caridade?"

"Ah... deixa disso, Fááááááááááááááááááááááábio, Só estou querendo me divertir um pouquinho."

Sempre que Destino me chama pelo pseudônimo, ela estica a primeira sílaba, como se estivesse curtindo com a minha cara.

Nem todos nós temos pseudônimos. Destino prefere seu próprio nome, enquanto Morte adotou o de Dennis. A maioria dos Sete Pecados Capitais tem nomes falsos porque ninguém quer realmente ser chamado de Ira, Inveja ou Cobiça. Todas as Sete Virtudes Celestiais assumiram seus nomes formais, exceto Temperança, que prefere ser chamado de Tim.

"Então, quando é que você voltou?", pergunta Destino, enrolando o cabelo de um jeito sedutor e me fitando com imensos olhos de sexo.

Embora não seja tão provocante como Luxúria, ela definitivamente tem seus momentos.

"Não sei", digo, terminando meu espetinho e chupando meu suco até a última gota, fazendo o fundo do copo roncar. "Há alguns dias."

Muitos de nós chamamos Nova York de nosso lar, embora não permaneçamos ali o ano inteiro. Com mais de seis bilhões e meio de pessoas no planeta, temos de ser bem onipresentes.

"Mais alguém por aí?"

"Remorso e Esperança", ela informa. "Alguns dos outros sete, com certeza. E eu soube que Preconceito está tentando montar um jogo de pôquer, mas sem muita sorte."

O problema de Preconceito é que ele tem síndrome de Tourette.

Destino e eu nos sentamos no banco por alguns minutos, em silêncio, observando passar os zumbis cambaleantes do *shopping*, seus cérebros primitivos concentrados em triângulos amorosos, iPods e enroladinhos de canela.

"Interessado em sexo sem contato?", pergunta Destino.

Destino pode provocar, em mim, intensos sentimentos de ira e inveja, mas isso não quer dizer que eu não esteja interessado em vê-la tirar sua minissaia vermelha.

"Claro", eu digo. "Na sua casa ou na minha?"

capítulo 2

Estou com minhas cuecas samba-canção brancas, ao lado de hortênsias azuis, enquanto Destino está pairando sobre mim, como se estivesse me cavalgando, vestida com nada além de uma tanguinha vermelha de algodão. A única coisa que faria a cena ficar mais patriótica seria Jimi Hendrix tocando o hino nacional americano.

O tesão do sexo sem contato entre imortais é que você pode ficar invisível, no jardim de sua cobertura compartilhada, em plena luz do dia, e ninguém vê o que você está fazendo. E, agora mesmo, a tanguinha vermelha de algodão de Destino está voando pelos ares, enquanto ela olha para mim e passa a língua sobre os lábios.

Embora a gente se enxergue enquanto está invisível, os humanos não podem nos ver, a não ser quando resolvemos revelar a nossa presença. Ou quando um de nós está em contato físico com outro imortal. Isso não acontece em público mais do que umas poucas vezes a cada século, e a maioria delas envolve Luxúria e um ou outro Pecado Capital, ainda que Prudência tenha baixado a guarda mais de uma vez.

Regra #5: Nunca se materialize na frente de seres humanos.

A última vez que dois imortais tiveram contato físico um com o outro, em público, foi em 1918, na cidade de Chicago, quando Ira e Inveja se envolveram em uma briga de bar por causa da vitória do Red Sox sobre os Cubs, no campeonato. Inveja torce pelos Cubs e Ira... bem, vamos dizer que sabe muito bem como deixar Inveja a ponto de bala.

Eu não estava lá, mas parece que foi uma briga daquelas. A história oficial não menciona o incidente, mas no final das contas a coisa acabou gerando a Emenda 18 e quatorze anos de Lei Seca.

Supostamente, somos facilitadores, não instigadores. Estamos aqui não para ter um impacto significativo na vida dos seres humanos, mas para desempenhar o nosso papel ao longo dos caminhos que eles trilham e em seus vários círculos emocionais. De vez em quando, um de nós pressiona, seja direta ou indiretamente, com diferentes graus de resultados catastróficos. É por isso que as entidades ficam sem seus poderes. É muito embaraçoso. Basta perguntar à Paz.

Nós nem sempre somos invisíveis. Apenas quando optamos por isso. É uma das vantagens de ser imortal. Isso e os alojamentos.

Eu moro em um apartamento de dois quartos, no vigésimo andar de um prédio na ala superior leste de Manhattan. Tem piso de madeira, janelas panorâmicas com vista para o East River, serviço de porteiro e recepcionista vinte e quatro horas por dia, um salão de ginástica e um jardim na cobertura.

O lugar custa quase quatro mil dólares por mês, mas eu não pago nada. Nada mau por ser Fado. Exceto quando você compara com o *loft* onde mora Destino, num prédio do período anterior à guerra, situado no SoHo, com vista para o Hudson River, pisos de madeira, ar-condicionado central, banheira de mármore e com uma área de mais de cento e vinte metros quadrados. Ela não quis me dizer quanto custa, mas eu fiz uma pesquisa e descobri que é por volta de doze mil dólares.

Acho que eu não deveria me queixar. Dennis mora no lado inferior leste, em um apartamento abaixo do nível da rua, com grades nas janelas, paredes de concreto e vista para o beco ao lado. Mas onde mais você poderia imaginar que Morte more?

Destino se movimenta acima de mim, seu cabelo vermelho preso em um coque, seus seios perfeitos com os mamilos a poucos centímetros de minha boca. É difícil me manter sob controle, mas eu a odeio tanto que não quero lhe dar a satisfação de algum prazer que não seja o que ela mesma possa se proporcionar.

Além disso, o zelador do prédio está na cobertura com a gente, mostrando o jardim e a vista para uma provável inquilina. Eu não posso vê-los, mas posso ouvi-los do outro lado, o das azáleas e roseiras, conversando sobre as regras para uso da cobertura. Que, eu agora mesmo, não estou obedecendo.

A voz do zelador é anasalada e aguda e ele será um sem-teto daqui a vinte anos, enfiando o dedo no nariz e gritando com as pessoas, instalado em um banco do Central Park.

A voz da mulher é quente e doce, um saxofone tenor na noite deserta de Nova Orleans. Mas não consigo desvendá-la. Isso quer dizer que ela está na Trilha de Destino, nascida para fazer algo mais significativo do que a maioria dos seres humanos. Mas mesmo que eu não possa saber o que acontecerá com ela de fato, há algo a seu respeito que acho irresistível. Um detalhe em sua voz, que me atrai. Algo que não posso definir, mas que não deixa de ser perturbador. E estou perturbado de um jeito que, posso dizer, suaviza meu estado de humor. E isso não passa batido para Destino.

Num lampejo de agilidade e rapidez, que só uma mulher pode ter, Destino dá uma guinada e minhas cuecas ficam sobre as hortênsias, enquanto seu corpo nu está pairando sobre o meu, tentadoramente. Ela não tem um só fiozinho de pelo na pele.

O detalhe é que Destino se depila.

Minha atenção, como era de se esperar, se restabelece prontamente, de volta ao estágio anterior.

"Assim está bem melhor", ela diz, me fitando com seus olhos verdes cheios de malícia.

Segundos depois, seu rosto desaparece do meu campo de visão e eu sinto seu hálito quente acariciando a parte mais excitada de minha anatomia.

Embora tecnicamente não sejamos humanos, nós andamos por aí em cascas de carne, que imitam a aparência deles. Como se fossem roupas de homem e mulher. Isso faz com que a nossa existência na Terra seja mais fácil. Os seres humanos tendem a reagir de maneira exagerada quando veem luzes tão brilhantes que podem cegar ou seres celestes alados ou entidades sobrenaturais que têm mais de quatros membros, então se nós parecermos com as chamadas formas inteligentes de vida do planeta isso poupa muito trabalho para Confusão, Pânico e Histeria. Não é tão ruim quanto você imagina. É mais ou menos como vestir uma elaborada fantasia de borracha. Depois de alguns milênios, você se acostuma.

Eu ainda posso ouvir a mulher que está na Trilha de Destino falando com o zelador, dizendo que ficará com o apartamento, mas estou concentrado no meu destino particular, nesse momento.

Destino e eu estamos nessa relação com altos e baixos a maior parte desses quinze milhões de anos, embora nunca tenha sido algo sério. Uma coisa mais ou menos como amigos de muito tempo com benefícios mútuos. Embora com frequência ela me irrite com essa atitude otimista e eu não consiga entender por que os seres humanos se submetem deliberadamente a ela e me odeiam, tenho de admitir que Destino é mais talentosa no departamento do sexo sem contato do que Glamour, Tentação e até mesmo Luxúria. Friso, porém, que aceito Luxúria quando se trata de contato completo no surfe de cama. Afinal de contas, ela é Luxúria.

Destino continua a me excitar, criando, entre nós, uma pressão no ar que chega a ser quase palpável. Essa é a chave para o sexo sem contato: criar o desejo simulando o sexo, mas sem penetração ou nenhum outro tipo de toque. A ideia é aumentar gradativamente a tensão até que venha o gozo, sem estimulação física.

Estou prestes a ter um orgasmo e Destino para, de repente.

Quando abro os olhos, ela já está quase vestida.

"Tenho de ir", diz, deslizando a camiseta cabeça abaixo.

"Justo agora?", eu pergunto, fazendo um gesto na direção de minha extremidade inferior, para deixar clara a situação.

"Tenho de atender um cliente em Portugal", ela fala, enquanto calça as botas de cano alto. "Vejo você mais tarde."

E assim, num piscar de olhos, zaz!, ela vai embora.

Antes mesmo que eu consiga tirar minhas cuecas de cima das hortênsias, Destino já está em Portugal, reencontrando algum futuro herói. Em um segundo você estava fazendo sexo sem contato em uma cobertura de Manhattan, e no seguinte você já está vagando pelo mundo.

Outra vantagem de ser imortal é não ter de usar transportes públicos.

Há dois mil anos, com a maioria dos duzentos milhões de habitantes do mundo concentrados na Europa, na Ásia e na África, não tínhamos de viajar muito. E, na verdade, é fácil administrar duzentos milhões de pessoas, considerando que a maioria delas não vivia muito além dos trinta e cinco anos de idade, era pegar ou largar. Mas com o início da colonização nas Américas e na Austrália, em meados do século dezesseis, as coisas realmente começaram a sair do controle, pois a população mundial dobrou entre a época de Colombo e o início da Revolução Industrial. E de fato acabou se tornando incontrolável nos últimos duzentos anos, quando o número global de pessoas saltou de um bilhão para quase sete bilhões. Além disso, elas vivem quase o dobro do tempo que seus antepassados de dois séculos atrás viviam.

Eu sabia que as coisas ficariam complicadas quando os seres humanos descobrissem o conceito da rede de esgotos.

Mas se eu soubesse que eles estavam prestes a procriar como coelhos com o Viagra, eu teria pedido transferência para um outro departamento. Como Abstinência, ou Castidade, ou Autocontrole.

Ou Morte.

Se você não pode evitar que os seres humanos se reproduzam na fonte, então ao menos tem de controlar as comportas, drenando o reservatório. Embora, pessoalmente, eu pense que Dennis deveria cumprir um pouco melhor a sua função. Dispersando a manada. Para que se pudesse voltar a uma certa sensação de normalidade no planeta, para que pudéssemos pegar fôlego. Talvez, para variar, tivéssemos a oportunidade de ir a Bali ou ao Taiti ou a Disney World. Eu sempre quis andar naquela montanha-russa espacial. Talvez ainda possa pedir uma mudança. Mas, com a sorte que tenho, poderia acabar sendo algo como Humildade ou Diligência. Além disso, tenho sido Fado por tanto tempo que provavelmente não saberia o que fazer se virasse outra coisa. Acho que é simplesmente minha sina ser Fado.

Assim que eu termino de vestir minhas roupas, o zelador e a nova inquilina vão embora e eu fico sozinho no jardim da cobertura. Depois de ter sido manipulado por Destino, não estou muito a fim de ficar sozinho, então imagino se Adulação estaria disposta a me acompanhar. Ou quem sabe eu dê um telefonema para Lascívia. Mas antes que eu cheque seu número no meu celular, recebo uma chamada para um encontro com Jerry.

capítulo 3

A recepção do escritório do Jerry está sempre lotada, com todas aquelas almas fazendo a transição da Terra para o etéreo, sem mencionar as que estão dispostas a viajar, mas antes querem mais uma audiência para tratar de seu caso. A maioria não tem uma segunda chance, mas, de vez em quando, Jerry mostra seu lado mais suave e deixa que entrem. Não é o caso dessa exceção hoje, embora *hoje* seja um termo arbitrário. Aqui, hora e data não têm um significado real. Uma vez sentei-me na sala de espera pelo que me pareceu o equivalente a uma hora, e quando finalmente volto para a Terra, havia perdido toda a Terceira Guerra Púnica.

Com certeza, isso foi lá atrás, no final da era clássica, quando a população ainda era administrável, então não havia nenhuma pressa para voltar à Terra. Mas agora, com uma agenda repleta de compromissos, eu tinha de entrar e sair dali em questão de minutos.

O problema é que, enquanto estou ali esperando que uma reunião termine, tenho de sentar-me com todas essas almas humanas, a maioria das quais está fadada a terminar aqui mesmo. E, assim que estão livres do peso da carne, os mistérios do universo lhes são revelados. Isso inclui o conceito da vida após a morte, a criação da existência humana, o governo do cosmos e o meu reconhecimento.

"Então, você é o Fado", diz a alma do que antes foi uma mulher de quarenta e dois anos que morreu de câncer no pâncreas.

Eu a ignoro e tento evitar o contato ocular.

"Só quero agradecer por todo o enjoo, os vômitos, a perda de peso, o amarelado de minha pele, a quimioterapia, a lenta, angustiante e dolorosa morte que eu tive de suportar."

É isso que tenho de aguentar toda vez que venho aqui. Almas irritadas, lançando sua frustração em cima de mim. Como se grande parte delas não tivesse nada a ver com isso.

Um cigarro fumado atrás do outro. Dieta rica em gordura animal e pobre em frutas e legumes. Um estilo de vida sedentário, em que permanecia com a bunda sentada assistindo a esportes na tevê a cabo ou *reality shows*, em vez de se dedicar a um programa regular de exercícios cardiovasculares.

Odeio mesmo vir aqui.

"Ei!", diz ela, cutucando o meu braço. "Estou falando com você."

Nessas alturas, várias outras almas sentadas ao nosso redor já haviam percebido.

"O que está acontecendo?", pergunta um garoto de catorze anos que foi morto por um motorista bêbado.

A mulher que morreu de câncer no pâncreas aponta seu indicador para mim e diz: "Esse cara é a razão pela qual a maioria de nós está aqui."

"Merda", diz um homem de vinte cinco e anos de idade, vítima de *overdose* de heroína. "É o Fado."

Antes que eu tenha a chance de escapulir para o banheiro, a sala inteira me reconhece.

Pense em algo embaraçoso.

Pense em algo desagradável.

Pense em uma multidão carregando tochas.

Segundos depois, dezenas de almas humanas que estavam condenadas a seus fados estão diante de mim, dizendo como foram as suas agonias, suas mortes e as suas existências fracassadas. Dedos são apontados. Cuspes saem de lábios rosnando e se chocam contra meu rosto. Homens e mulheres e crianças me repreendem, me amaldiçoam, me condenam em mais idiomas do que eu posso reconhecer.

Meu trabalho é tão gratificante.

"Fado", diz a recepcionista detrás de sua mesa. "Jerry vai vê-lo agora." Levanto-me da cadeira e apresso o passo entre a multidão de almas irritadas, enquanto elas continuam a gritar obscenidades para mim. Mesmo considerando todas as angústias e sofrimento e desconforto que eles tiveram de enfrentar ao longo de suas vidas, todo esse veneno parece um pouco demais. Então olho ao redor e vejo Hostilidade no canto, rindo tanto que está ficando vermelho.

"Babaca", eu digo enquanto entro no escritório de Jerry.

“Sabe”, diz Jerry atrás de sua imensa mesa de carvalho, “já dizimei civilizações por menos do que isso.”

“Eu estava falando com Hostilidade”, digo, fechando a porta atrás de mim.

“Ele ainda está aí?”, pergunta Jerry. “Achei que tinha dito a ele para procurar algumas pessoas pobres e oprimidas para irritar.”

“Sim, bem... ele está irritando todos os que estão na sua sala de espera.”

“Contanto que ele fique fora do Oriente Médio...”

O problema do Jerry é que ele é onipotente.

Embora ele não tenha nenhuma característica marcante para ser uma entidade onisciente, um deus todo-poderoso – altura média, peso médio, traços médios – isso de certa forma o ajuda a se misturar quando faz uma viagem terrestre para dar uma espiadinha.

Mas mesmo que ele não saia tanto quanto antes, ainda gosta de observar as coisas de seu escritório, que é inteiramente feito de vidro – incluindo o piso e o teto. Não é exatamente a maneira mais prudente de se instalar, mas dá a Jerry a oportunidade de ficar de olho nas coisas enquanto está trabalhando. E deixa as pessoas meio histéricas. Quem não se sentiria um pouco intimidado se estivesse diante do Grande J, com o universo expandido em uma vista de 360 graus ao seu redor, imaginando a possibilidade de o chão acabar rachando?

Já estive aqui inúmeras vezes e Jerry me garante que seu gabinete tem um certificado da Agência de Segurança Ocupacional e Saúde, do governo dos Estados Unidos, mas mesmo assim eu tiro meus sapatos e ando na ponta dos pés até a mesa dele.

“Então, por que você quis me ver?”, perguntei, ao me sentar.

O nome pelo qual Jerry é conhecido, aquele que lhe deram no Velho Testamento, é, obviamente, Jeová. Ninguém por aqui jamais o chama de Deus ou Yahweh ou qualquer outra denominação que os seres humanos lhe deram. Desde que o conheço, tem sido sempre Jerry.

“Recentemente, venho notando um pouco de desleixo em seu trabalho”, diz Jerry. “Desde o início da Revolução Industrial.” Isso foi há mais de dois séculos. Ele deve ter uma montanha de papéis acumulados em sua caixa de entrada.

Antigamente, quando as comunidades ainda eram baseadas na agricultura, os seres humanos não se distraíam com tanta facilidade de seus caminhos. Mesmo há pouco tempo, em meados do século XVIII, os seres humanos tinham uma taxa de êxito, no Caminho do Fado, ligeiramente inferior aos sessenta e dois por cento, o que significa que seis em cada dez dos meus seres humanos alcançavam a sua sina ideal. Hoje, constantemente bombardeados por anúncios publicitários, celebridades e vendedores agressivos que lhes dizem o que eles devem aspirar a ser e o que precisam para ser felizes, aquele número caiu para menos de três em cada dez.

"O que está havendo?", quer saber Jerry. "E não me venha mais com aquela porcaria do colonialismo europeu. Ia acontecer mais cedo ou mais tarde, por isso trate de lidar com isso."

Não será nada bom para mim reclamar de minha carga de trabalho ou da carga de tristeza que enfrento diariamente, considerando quem é meu interlocutor. Mas ultimamente eu cheguei ao ponto em que parece que o que faço não tem importância. Independentemente dos caminhos que determino para eles quando nascem, a maioria dos meus seres humanos acaba me decepcionando. Então comecei a lhes atribuir sinas aleatórias, perdendo minhas cotas e sobrecarregando várias regiões geográficas com motoristas de táxi e artistas de rua.

Cotas são muito importantes para Jerry.

Regra #9: Cumpra suas cotas.

Muitos advogados. Muitos *paparazzi*. Muitas *strippers*. Não é tão fácil como parece. Você tem um excesso de baristas e o que vem em seguida, você sabe, é que todo círculo cósmico pode perder o equilíbrio.

"Não sei", respondo. "Acho que só estou entediado."

"Entediado?", diz ele. "Você está entediado?"

Sei, pelo tom da sua voz, que ele não tem tempo para isso. Mas posso muito bem tentar uma virada.

"Sim", admito. "Eu meio que esperava que pudesse ser transferido."

Ele solta uma gargalhada. E quando Jerry faz isso, não é muito engraçado. Especialmente quando ele está na Terra. Vesúvio. Krakatoa. Monte Santa Helena. Uma coisa é certa, ele não tem muito de um senso de humor.

Olho para baixo e reflito, não pela primeira vez, sobre a segurança do piso de vidro.

Não é que não tenha havido nenhum precedente quanto a um de nós mudar de emprego ou obter transferência. Fé já foi substituída mais de uma vez ao longo dos milênios, Fidelidade foi delegada a um trabalho burocrático, na esteira da onda do amor livre, Razão ficou engavetado depois dos julgamentos das bruxas de Salém, e Ego perdeu o emprego assim que os Beatles se separaram.

Só para citar alguns.

Então não é que eu esteja pedindo algo fora de questão.

"Nós não temos nenhuma vaga, no momento", diz Jerry, assim que para de rir.

"Que tal, Paz?", eu argumento. "Essa vaga ainda não foi preenchida."

"Você não quer Paz", afirma Jerry. "Confie em mim. Além disso, você já está fazendo esse trabalho há tanto tempo que não tenho ninguém na equipe capaz de substituí-lo."

Essa é demais. Então eu me tornei indispensável.

"Basta colocar um pouco de mais energia em seu trabalho", diz Jerry, carimbando uma folha de papel antes de colocá-lo na caixa de saída. "Preste atenção no que você está fazendo. Envolva-se mais."

Para Jerry, é fácil dizer isso. As pessoas rezam para ele. E me xingam. Agradeço a Jerry pelo tempo que me dedicou, em seguida me levanto e ando na ponta dos pés em busca de meus sapatos.

Quando volto à recepção, a mulher que me abordou antes sobre seu câncer de pâncreas anda em minha direção, aparentemente porque deve ser a próxima a ser atendida por Jerry. Quando ela passa por mim, se vira e cospe na minha cara.

Atrás de mim, Hostilidade explode numa gargalhada.

capítulo 4

Estou em Duluth, Minnesota, comendo uma rosquinha com glacê e observando um professor de biologia de quarenta e quatro anos de idade andando de lá para cá na frente da varanda da casa onde vive sua melhor aluna de biologia, uma moça de dezessete anos. O dilema que ele enfrenta é que ela lhe disse que está interessada em ter aulas particulares com ele, em casa. Os pais dela estão fora da cidade naquele fim de semana e lá está ele, no terraço dos fundos da garota, às nove da manhã, enquanto sua esposa pensa que ele saiu para pescar. Ele sabe que, se bater à porta, estará enveredando por um caminho que talvez possa arruinar sua carreira e destruir seu casamento.

Acontece que sua aluna brilhante é incrivelmente sedutora. Tem seios perfeitos e uma bunda incrível e cabelos loiros naturais que cheiram como mel e olhos que o compreendem e lábios que ele está louco para sugar e ela tem dezessete anos e ele nunca fez sexo com uma moça de dezessete e ela diz que quer que ele lhe ensine tudo o que sabe sobre sexo.

Tudo.

Quando foi a última vez que alguém falou *isso* para ele?

Certamente não sua esposa, que não faz sexo com ele há mais de três semanas e que mesmo quando eles transam é uma coisa mecânica e sem paixão. E ele quer paixão em sua vida. Ele precisa de paixão. E essa mocinha, sua estudante saidinha, com sua inteligência, esperteza e sua pele lisinha e seus lábios suculentos e sua voz macia, rouca, personifica a paixão.

É tão decepcionante.

Procurando sua felicidade, quando a chave para encontrá-la reside dentro dele mesmo, em vez de no interior de uma garota de dezessete anos. Nesse ponto de sua vida, uma encruzilhada, ele está diante de várias sinas:

1) Pode se virar e ir embora, voltando para sua deprimente e desapaixonada vida com sua deprimente e desapaixonada esposa, e se masturbar todas as noites com a legalmente duvidosa pornografia que explora adolescentes.

2) Pode se virar e ir embora, decidido a renovar sua dedicação à sua esposa e à sua carreira, seguindo adiante razoavelmente feliz, pelo caminho que lhe foi predestinado quando nasceu.

3) Ele pode bater à porta, ter um caso apaixonado com sua bela aluna, e depois perder seu emprego, seu casamento e sua casa, começando por mergulhar na depressão e indo à falência.

Eu gostaria de ajudar. De lhe dar um empurrãozinho para que tome o rumo certo, dizer a ele que pegue o que está atrás da porta número dois, mas isso seria quebrar as regras.

Então eu simplesmente continuo sentado ali, comendo minha rosquinha, guardando meus conselhos para mim mesmo, observando aquele Darren Stafford, professor de biologia de quarenta e quatro anos, andar de lá para cá diante da varanda, tentando decidir o que deve fazer. Estou torcendo para que ele faça a escolha correta. Estou mesmo. Mas não tenho muita fé na sua capacidade de tomar essa decisão. Número um, ele é tarado. Número dois, ele é macho. E, número três, ele é humano.

Ele bate à porta.

Em seguida estou em Compton, Califórnia, às sete da manhã, comendo outra rosquinha com glacê, do lado de fora de uma loja de bebidas quando um garoto de quinze anos paga a um mendigo para lhe comprar um litro de uísque e um par de garrafas de cerveja. O garoto está prestes a trilhar um caminho de drogas e álcool que vai conduzi-lo a entradas e saídas de reformatórios para jovens e depois à prisão por doze anos, condenado por ter roubado e dirigido bêbado, até que finalmente terminará atrás das grades até os trinta e cinco anos, culpado por homicídio não premeditado ao volante.

Não era essa sua sina ao nascer, mas eu não posso avisá-lo disso. O mendigo, por sua vez, ignora que se recusar o dinheiro do garoto vai melhorar tanto sua autoestima que deixará de gastar seus trocados com bebida. Depois de procurar a assistência social, ele vai finalmente encontrar o caminho de volta à sina que lhe foi atribuída, conseguirá um emprego no McDonald's, e, dentro de dez anos, estará administrando sua própria franquia.

Em vez disso, ele pega o dinheiro e entra na loja.

É tão frustrante observar as escolhas que os humanos fazem na vida. Uma fração de segundo depois, eu estou em Reno, Nevada, no cassino Silver Legacy, tomando um café com leite duplo do Starbucks enquanto vejo Mavis Hanson, de trinta e dois anos, trocar seus últimos quinhentos dólares por fichas na mesa de *blackjack*. Está jogando ali há seis horas e está perdendo, mas ela não consegue parar. Mavis deve dinheiro a um monte de gente. Mas, em vez de procurar uma segunda fonte de renda ou de trabalhar dedicadamente em seu emprego de tempo integral, para obter uma promoção, ela decidiu esvaziar suas economias na tentativa de ganhar no jogo o suficiente para saldar todas as suas dívidas de uma só vez. Agora, ela baixou seus últimos quinhentos dólares. Depois que essa quantia se for, o único dinheiro que ela terá é o de papel, do Banco Imobiliário.

Se ela se levantar agora e abandonar aquela mesa, perceberá o tremendo erro que cometeu, mas ao menos não ficará sem um tostão e terá coragem de voltar ao trabalho e tentar colocar suas coisas em ordem. Mas se ela jogar suas últimas economias, não chegará a seu trigésimo terceiro aniversário.

A menos, é claro, que a dona Sorte intervenha.

"Oi, Fábio", diz dona Sorte enquanto desliza ao meu encontro, brilhando como uma deusa egípcia em um vestido de alças finas, bordado com lantejoulas de ouro de vinte quatro e quilates. Seu cabelo está preso em trancinhas, enfeitadas de diamantes que cintilam sob as luzes do cassino.

"Oi, Liza", eu digo, colocando meus óculos de sol para amenizar tamanho esplendor. "Você parece que acabou de chegar de Las Vegas."

"Mônaco, docinho. Eu amo o Mediterrâneo nesta época do ano. Parece mais com férias do que com trabalho, sabe?"

Mexo a cabeça concordando, mas não tenho férias desde antes da Revolução Francesa.

Dona Sorte é Intangível. Uma noção. Um conceito. Vago e abstrato. Como Casualidade, Criatividade, Chance e Fama. Eu acho que Risada também é Intangível, enquanto Humor é um Atributo. Não pode ser confundido com Emotividades, que, naturalmente, estão no comando das emoções – Amor, Alegria, Tristeza, Medo, Compaixão, Aversão e todos os outros sentimentos que os humanos vivenciam.

Emotividades podem ser um pouco teatrais e não tendem a ostentar muitas razões, mas podem ser bem decididas, então não se pode esperar delas uma conversa muito estimulante. Intangíveis são mais divertidos, boa companhia para passear. Acho que é porque eles não se levam a sério e apreciam uma vasta gama de assuntos. Mas tendem a ser inconstantes.

Dificilmente eu vejo dona Sorte por mais do que alguns minutos, porque ela não consegue ficar em um mesmo lugar por muito tempo. Ela é como uma abelha, que fica zumbindo de um ser humano para outro ser humano, polinizando-os com sorte, antes de cair fora.

O problema da dona Sorte é que ela sofre da Síndrome do Deficit de Atenção .

Ela sopra um beijo em um cavalheiro idoso, com um ar de derrota, e que está sentado diante de uma máquina caça-níqueis. Dois segundos depois, ele ganha mil dólares e começa a dar risada.

Aquela regra do não se envolver? Aplica-se apenas a Fado, Destino e Morte. Afinal, você não pode ser um Intangível ou alguma Emotividade ou mesmo um dos Pecados Mortais sem exercer algum tipo de impacto. Mas tudo se resume ao fato de que aquilo que os seres humanos fazem com a sua sorte ou seu medo ou sua inveja é o que determina o seu resultado final.

É isso que eu sou. Implacável. Da mesma forma que Destino, Morte e Carma. Há também os Pecados Veniais, como Fofoca e Preconceito, todos os Defeitos, as Virtudes Celestiais e, obviamente, os Subversivos – Guerra, Histeria, Conspiração e Paranoia, entre outros. Você, de fato, nem cogitaria convidar qualquer um dos Subversivos para uma reunião de fim de semana.

"Então, o que o traz à maior pequena cidade de Nevada?", pergunta dona Sorte.

Aceno para Mavis Hanson, que acaba de quebrar, depois de insistir em uma aposta.

"Coitadinha", comenta dona Sorte. "Ela está tendo uma bela maré de azar, não é mesmo?"

"Isso não está nada bem", eu respondo.

"Você é quem está dizendo", ela continua, apontando em direção ao bar onde Morte se sentou, com aqueles chocantes cabelos brancos, assistindo ao canal de esportes, enquanto beberica um coquetel de frutas Shirley Temple. Eu não tinha percebido que Dennis estava lá, embora não me surpreendesse se ele tivesse permanecido naquele lugar o tempo todo sem se preocupar em vir até a gente para dizer oi. Não nos falamos há mais de quinhentos anos, desde que ele se recusou a ajudar Colombo a livrar-se do tumulto da existência, antes que o explorador italiano pudesse fazer uma curva errada e "descobrir" o Novo Mundo. Ele teria facilitado bastante o meu trabalho e retardaria o crescimento da população, se o colonialismo europeu nas Américas fosse adiado; mas não, Dennis não quis quebrar as regras e intervir só aquela vez. Depois de tudo que eu tinha feito por ele durante a Peste Negra.

Quando os seres humanos morrem, eles precisam de uma escolta para o além. Alguém que lhes mostre o caminho e explique como funciona o Bingo Noturno. Às vezes, a alma – ou o espírito – do ser humano não quer ir, de forma que tem de ser extraída do corpo. Pode parecer algo um tanto confuso. O problema de Morte é que ele é um necrofóbico.

Aquela imagem que se tem dele, da caveira ambulante, com a capa de capuz preto, carregando aquela foice e levando as pessoas à morte com apenas um toque de seu dedo? Propaganda. Afinal, quem teria medo de Morte ao imaginá-lo vestindo luvas antissépticas de cor azul-bebê e uma máscara de neoprene com um aromatizador opcional?

Pelo menos ele finalmente abriu mão da roupa anticontaminação.

Nós nos vemos vez sim, outra também. É meio difícil não se cruzar sendo Fado e Morte. Mas costumávamos ser inseparáveis.

Nós festejamos juntos enquanto Roma ardia em chamas, saqueamos e pilhamos com os vikings, aprendemos a fazer o nosso próprio hidromel durante as Cruzadas, e viajamos com os guerreiros de Genghis Khan. Bons tempos aqueles. Agora, trata-se estritamente de negócio. Mas, ao menos, tratamos de manter a relação bem profissional.

Dennis olha para nós, levanta o copo para dona Sorte com um sorriso, e então me mostra o dedo do meio.

"Francamente", diz dona Sorte, tocando levemente o braço de uma mulher que está em outra máquina caça-níqueis, e que se põe aos gritos quando ganha o prêmio máximo. "Quando vocês vão parar de se comportar como crianças, deixando o passado pra lá?"

"Não é fácil", admito.

"Como queira", diz ela, soprando sobre o maço de cartas que está na mesa de *blackjack*, enquanto o crupiê está embaralhando. "Pelo menos parem de ficar zanzando por aqui como abutres, esperando que esses pobres, inocentes e azarados se estropiem."

Nos alto-falantes sobre a área de *blackjack*, Frank Sinatra começa a cantar "Luck Be a Lady".

"Estão cantando minha música", diz ela, dando um tapinha no ombro de Mavis momentos antes que ela ganhe no *blackjack*.

Então dona Sorte segue adiante, flertando ao passar em cada mesa, tocando levemente homens e mulheres, alisando seus cabelos, sussurrando em suas orelhas, soltando seu pólen, fazendo todo mundo feliz.

Com certeza, ela está se divertindo. Mas a que preço? Para muitos dos jogadores desesperados, é um descanso passageiro para seus problemas financeiros. Sairão daqui, hoje, com mais dinheiro do que podiam imaginar, mas não vai durar. Amanhã, a sorte vai embora. Então, o quê? Eles terão aprendido sua lição? Ou voltarão outra vez, pensando ter aprendido como quebrar a banca, apenas para ter suas esperanças e sonhos destruídos em outro dia?

Às vezes, dona Sorte causa mais mal do que bem.

Mas, ao menos, parece que Mavis Hanson vai completar mesmo seu trigésimo terceiro aniversário, no final das contas. Quando levanto os olhos da mesa de *blackjack*, Dennis já foi embora, deixando metade de seu Shirley Temple no bar.

capítulo 5

Alguns dias depois estou numa deli no East Village, almoçando com Preguiça e Gula, para comparar relatórios de atividades. Gula acaba de voltar de uma competição de frituras, em Memphis, enquanto Preguiça passou o fim de semana com um grupo de estudantes do Instituto de Tecnologia de Massachusetts; eles tinham acabado de comprar uma nova versão do videogame Xbox.

"Cara, eles não abriram um livro", diz Preguiça, largado na cadeira com os pés sobre a mesa. "Apenas pediram pizza, beberam cerveja e jogaram videogames, durante umas trinta e seis horas seguidas. A única vez em que eles saíram do quarto foi para dar uma mijadinha. Foi lindo, cara."

O problema de Preguiça é que ele é narcoléptico. E ainda assiste televisão demais, nunca faz exercícios, não lava o cabelo desde Woodstock e está sempre usando a mesma camiseta com estampa dos Sex Pistols.

"Que tipo de pizza?", pergunta Gula, se afundando num sanduíche de *pastrami*.

"Sei lá", responde Preguiça. "Pimentão com linguiça. Bacon canadense. O que importa isso?"

"Pizza importa, cara", diz Gula. "Pizza sempre importa."

O problema de Gula é que ele tem intolerância à lactose. Com um metro e oitenta de altura e pesando mais de duzentos quilos, Gula nunca fica mais de quinze minutos sem se alimentar. Sua roupa predileta é uma camisa havaiana e calças bem largas. Sua comida favorita é tudo.

"E como é que andam as coisas com você, Fábio?", pergunta Preguiça, curvando-se ainda mais, em sua cadeira.

"O de sempre, o de sempre", eu digo. "Apenas observando os seres humanos fazerem escolhas ruins, baseados no que vocês, caras, lançam para eles e readaptando-os às suas sinas abaixo do que seria o ideal."

A mulher na mesa ao lado me olha com ar de suspeita, como se achasse que eu talvez não seja lá muito bom da cabeça. Como se ela pudesse falar alguma coisa... Daqui a nove anos, ela vai fazer picadinho de seu ex-marido e transformá-lo em alimento para seus três gatos.

"Eu não iria querer seu emprego, cara", diz Preguiça. "Muito trabalho."

Gula dá risada, pulverizando a gente com restos do sanduíche que está terminando de comer. "Olha só. Você não quer trabalhar."

"Nem você, gordão."

"Pelo menos eu não sou preguiçoso."

"Vai comer caqui."

"Não me tente", diz Gula. "Ainda estou com fome."

Duas moças esbeltas, usando agasalhos com o logotipo da Universidade de Nova York, entram na deli e dão uma olhada para onde estamos. A loira de longas pernas sussurra no ouvido da ruiva peituda e elas caem na risada.

A loira vai posar para a revista *Playboy* e passará a maior parte dos próximos dez anos tentando uma carreira de modelo e atriz, passeando na praia no pôr do sol e sendo ignorada por gente malvada. A de cabelos vermelhos acabará casada com três filhos e desejando ter matado sua colega de quarto quando teve a chance.

"Caras, vocês nunca desejaram fazer algo diferente?", pergunto.

"Como o quê?", pergunta Preguiça.

"Sei lá", respondo. "Como Orgulho, ou Justiça, ou Honestidade..."

"De jeito maneira", diz Preguiça. "Esses empregos são, tipo, entediantes, sério. Embora Orgulho seja um tesãozinho."

"Orgulho é homem, cara", diz Gula.

"Não viaja", comenta Preguiça.

Gula chupa o resto de sua cerveja sem álcool e arrota. "E é gay."

"Fala sério!", exclama Preguiça. "Sério?"

"Como é que você não sabe de uma coisa dessas", pergunta Gula. "Você o conhece desde a Idade do Bronze!"

"É, mas eu pensava que fosse uma garota de cabelos curtos que gostava de usar roupas de homem", diz Preguiça. "E parecia sempre na moda."

"E você?", pergunto a Gula. "Nunca pensou em ser Ambição, ou Coragem, ou Valor?"

"Com este corpo?", ele retruca, devorando o resto de sua salada de batatas. "Tá de sacanagem?"

Quando as duas estudantes da Universidade de Nova York passam por nós à procura de um lugar para se sentar, a loira faz um ruído de porco, obviamente dirigido a Gula. Ela e a ruiva ainda estão rindo quando chegam à mesa delas.

Gula pega minha Coca-Cola, chupa o resto, arrota e sopra em direção às alunas da Universidade de Nova York. Segundos depois, ambas param de rir e estão devorando mais comida do que cabe em suas bocas.

"Lindo, cara!", diz Preguiça. "Simplesmente lindo!"

Embora suas sinas não tenham mudado, ambas as mulheres vão ter de enfrentar leves efeitos da bulimia, nos próximos meses.

"Mas o que é que significa tudo isso?", pergunta Gula. "Você está azarando um dos nossos empregos, é?"

Eu balanço a cabeça. Por mais que goste da companhia deles, Preguiça e Gula não são exatamente inspiradores.

"Sei lá", digo. "Acho que só estou procurando por algo mais."

"Sei o que você quer dizer", comenta Gula, de olho na outra metade do meu sanduíche de ovo e salada. "Vai terminar de comer isso?"

Deixo Gula e Preguiça na deli – Gula porque está faminto e Preguiça porque caiu no sono, na cadeira – e enveredo por um beco onde possa me tornar invisível antes de me dirigir à Union Square, onde meu radar vai procurar homens, mulheres e crianças fadados a passar por grandes dificuldades, fracassos e vícios.

Embora eu não possa realmente desligar meu Radar de Fado, tenho condições de reduzir seu volume ou frequência, então faço isso para mantê-lo só em falhas, pois nenhum ser humano consegue usar seu pleno potencial. Dessa forma, ele pode ficar em uma espécie de estática baixa. Uma espécie de ruído difuso. Como o de um ventilador elétrico ou de uma rodovia ou das ondas do mar. Pode ser muito reconfortante. De outra forma, como é que eu poderia dormir à noite?

Imagine tentar pegar no sono ou escrever uma carta ou meditar enquanto milhares de conversas ficam pairando no ar ao seu redor. É muito difícil se concentrar, até mesmo ter um pensamento original. Levei um par de milênios só para me acostumar. E isso foi antes de os seres humanos pararem de morrer em uma idade razoável.

Com certeza, nem todos os seres humanos emitem sinais que eu possa captar.

Enquanto sigo rumo a Gramercy Park, invisível para todo mundo mas assaltado por suas infinitas série de sinas, eu ocasionalmente entro em áreas de vácuo, no tecido de meu universo. É mais ou menos como nadar em um lago ou em um oceano frio e encontrar um ponto quente, que faz você perceber como a água é realmente fria.

Esses lugares quentes são pontos de destino. A energia liberada por aqueles que seguem a Trilha de Destino.

A maior parte do tempo eu ignoro esses bolsões de nada.

Esses abraços de ar quente.

Essa lembrança de minhas limitações.

Mas de vez em quando eu paro e sigo algum, tentando entender sua estrutura, para entender o que tem esse alguém que o torna assim tão diferente. O que faz com que seja abençoado. O que o faz mais destinado do que predestinado.

Ou, neste caso, ela.

Um abraço de ar quente na forma de mulher está saindo de uma mesa de rua na Taberna do Pete. Ela parece familiar, mas a princípio não consigo localizá-la. Com quase cinco bilhões e meio de meus seres humanos para manter em curso, não é surpresa que eu não possa me lembrar da mulher que está na Trilha de Destino. Você poderia pensar que eu já cedi e comprei um BlackBerry ou algo semelhante, mas sou da velha escola. Guardo tudo na minha memória. Mesmo assim, vez ou outra eu esqueço o nome de alguém. Como naquele momento em que chamei Napoleão de "Nanico". Imagine que situação embaraçosa.

Enquanto estou tentando descobrir de onde conheço essa mulher, ela diz algo ao garçom quando vai embora e eu reconheço sua voz, percebendo que é a nova locatária do meu prédio, aquela que estava no telhado quando Destino e eu estávamos fazendo sexo sem contato.

Sigo minha nova vizinha, atraído por uma razão que não posso explicar. Não é apenas minha curiosidade que me faz querer saber o que a torna tão diferente dos humanos em meu caminho. Há algo mais, o mesmo algo que eu senti na cobertura quando ouvia sua voz pela primeira vez, algo que eu quase posso tocar com os dedos.

Então vou atrás dela por alguns quarteirões, estudando a maneira como se movimenta, seu jeito de andar, tentando compreender o que ela tem que eu considero tão irresistível. Daí noto que todas as pessoas que estão na calçada sorriem quando ela passa. E ela não está sorrindo para o povo nem dizendo algo que provoque uma reação; está apenas falando no celular. E não são apenas os homens que sorriem para ela porque ela é gostosa e eles querem levá-la para a cama – ela é notada pelas mulheres também. Eu me questiono se estou apenas imaginando coisas, projetando neles a maneira como ela faz com que eu me sinta ou se é ela mesma que causa aquelas reações, quando pega um táxi e desaparece no mar de veículos que sobem pela Park Avenue.

Até onde posso dizer a respeito da nova locatária de meu edifício, não há nada particularmente único sobre ela que pudesse levar estranhos a lhe sorrir na rua. Mas isso não quer dizer nada. Eu costumo achar que humanos que estão na Trilha de Destino têm uma aparência muito particular ou um comportamento semelhante ou alguma outra característica bem definida que os difere dos humanos que estão no meu caminho. Mas tenho visto homens irrepreensíveis e mulheres santinhas fadadas à mediocridade, enquanto umas mulheres bagaceiras e uns homens arrogantes são destinados a uma jornada muito além do alcance com o qual estou acostumado a lidar.

Inventores. Artistas. Cientistas.

Curandeiros. Líderes. Professores.

Apesar de esta última categoria não incluir gente como o professor de biologia Darren Stafford, de Duluth, Minnesota. Aquele mesmo que, neste momento, acaba de descobrir que sua pupila mentiu sobre estar tomando a pílula.

Opa!

Ao longo de toda a minha existência e, mais ainda, dos últimos milhares de anos, tenho estudado os humanos que estão na Trilha de Destino, procurando vislumbrar o que os torna especiais, querendo entender o que faz com que eles cintilem.

Eu ouvi os ensinamentos de Platão e Aristóteles.

Eu roubei o dinheiro do almoço de Albert Einstein.

Eu vi Van Gogh pintar e Rodin esculpir.

Empinei pipas com Benjamin Franklin, naveguei com Leif Eriksson, conduzi o nascimento de Júlio César, e estive presente na crucificação de Cristo. Até mesmo segui Moisés por aí, para ver o que o fazia luminoso.

A propósito, e a Sarça Ardente? Isso foi coisa de Destino. Afinal, ela é ruiva. E, mil e quatrocentos anos antes do nascimento de Cristo, ninguém tinha ouvido falar da depilação à brasileira.

Mas depois de dezenas de milhares de anos e centenas de milhões de seres humanos, eu estive perto de desistir de minha busca infrutífera para descobrir a composição desses homens e mulheres que estão destinados a algo que eu não posso lhes oferecer. Ainda não consigo, mas acho que, se pudesse captar a essência de sua natureza singular, isso me ajudaria a entender a relação que tenho com meus humanos e por que muitos deles são mesmo um pé no saco.

capítulo 6

Em média, um quarto de milhão de seres humanos nasce todos os dias e sou responsável pela atribuição de sinas para cerca de duzentos e dez mil deles. Fazendo as contas, isso significa definir 8750 sinas por hora, 146 por minuto, ou 2,4 por segundo.

Como se eu pudesse gastar o dia inteiro sentado no meu computador.

Mas, com o Programa Automático de Geração de Sinas que Inovação criou para me ajudar nessa tarefa, posso cuidar de todos os duzentos e dez mil recém-nascidos direto no meu *notebook*, enquanto bebo um café com leite duplo no Starbucks. Eu provavelmente deveria fazer isso em casa, usando uma conexão de banda larga, mas posso acessar a rede Venha a Nós o Vosso Reino de qualquer lugar da Terra. Jerry afirma que a Venha a Nós o Vosso Reino é mais segura do que a da Agência de Segurança Nacional. Mesmo assim, quando você está enviando sinas através de uma conexão sem fio, tem de torcer para que um adolescente de treze anos em Tóquio não tenha encontrado uma maneira de invadi-la.

O Programa Automático de Geração de Sinas não faz todo o trabalho para mim. Ainda tenho de entrar nas minhas quotas e controlar os parâmetros de sucesso para que não subam nem um tiquinho acima da mediocridade.

Muito influentes na carreira: 0,250.

Presidentes de um só mandato.

Apenas um (e efêmero) sucesso.

Se eu me esquecer de definir os parâmetros e acabar atribuindo a alguém um futuro que envolva uma carreira repleta de Oscars ou de múltiplos títulos em Wimbledon, eu estaria enveredando perigosamente perto do território de Destino. O que seria uma bela maneira de arrumar uma suspensão para mim. Ou coisa pior. Então gasto muito mais tempo, verificando duas vezes.

Eu também tenho de considerar o fator vidas passadas.

Quando os seres humanos nascem, são encaminhados para uma das alternativas, o Caminho do Fado ou a Trilha de Destino. Não há nenhuma possibilidade de promoção. Nada de escalar os degraus da escada corporativa. Nenhuma chance de se locomover para uma posição de maior pagador de impostos. E você não pode cair da Trilha de Destino. Você está em um prisma, de certa forma. Um invisível campo de força de futuros.

No entanto, a Lei da Reencarnação oferece uma brecha, permitindo aos seres humanos transcender suas sinas de uma vida para a próxima. Faça as escolhas certas e viva de acordo com suas expectativas e você progride. Continue se prejudicando e repetindo os mesmos erros e dá um passo atrás na escala progressiva. Teoricamente, se você conseguir impressionar muito bem, pode acabar evoluindo para a Trilha de Destino em sua próxima vida.

Com certeza, você não leva suas memórias consigo, uma vez que memórias de vidas passadas podem se tornar um fardo um pouco pesado. É bastante difícil para a maioria dos seres humanos lembrar compromissos e aniversários sem ter que lidar com o tipo de conhecimento que resultou em um Adolf Hitler.

No momento em que insiro todas as informações no programa, aperto o botão "executar" e lá vamos nós. Ainda assim, leva algum tempo para fazer o carregamento de 210 mil destinos num computador cósmico de grande porte, mesmo que eu tenha uma poderosa conexão wi-fi. Mas, em menos de dez minutos, as sinas de todos os meus recém-nascidos serão transferidas, disseminadas e devidamente atribuídas.

Essa concessão, porém, não é uma ciência exata. Não é como nos velhos tempos, quando eu podia elaborar uma sina específica para cada ser humano. Assim como costurar uma roupa que caberia exatamente em quem vai usar. Ou moldar um futuro perfeito para quem se destina. Designar sinas era uma forma de arte. Uma capacidade adquirida. Uma expressão criativa de meu Michelangelo interior.

Agora, trata-se simplesmente de produção em massa.

Sinas em série.

Uma linha de montagem de futuros.

Mesmo com um algoritmo gerado por computador designando sinas para mim, mal posso dar conta da demanda de uma maneira que me permita fazer artesanalmente o futuro de todos e ainda cuidar todas as sinas que tenho de reajustar todos os dias.

Seja como for, estou sacrificando a qualidade pela quantidade.

Seja como for, estou apenas criando produtos.

Enquanto o programa continua a carregar para a rede, eu recebo um e-mail do Jerry. Não é uma mensagem pessoal, mas um recado geral, enviado para todo o pessoal que pertence ao grupo Imortal Yahoo!

"Importante!"

Na maioria das vezes, quando Jerry envia algo marcado como "Importante" na caixinha do assunto, costuma ser um daqueles e-mails de alerta geral sobre um novo tipo de vírus de computador ou para nos pedir que reencaminhemos sua mensagem para nossas respectivas listas, com um apelo para ajudar a alimentar crianças famintas na África ou nos informando que a rede de restaurantes Applebee's está distribuindo brindes.

Jerry é uma toupeira no que se refere a mensagens enganosas e lendas urbanas.

Uma vez ele chegou a mandar um e-mail dizendo que a Casa da Moeda dos Estados Unidos estava liberando novas moedas omitindo o

lema "Em Deus confiamos". Demorou um belo tempo para que a gente conseguisse acalmá-lo a respeito disso.

Acho que se trata de mais um dos falsos avisos ou alertas de Jerry, mas simplesmente não consigo apagá-lo. Primeiro, porque quase todos os e-mails deles vêm marcados como "Importante" ou "Urgente" ou "Leia, por favor", portanto eu nunca tenho certeza se é lixo ou algo de fato relevante. Segundo porque Jerry ainda usa o provedor AOL e nos força a fazer o mesmo para que ele possa verificar o status do seu e-mail, certificando-se de que todos nós abrimos e lemos.

O problema do Jerry é que ele é um controlador fanático.

Quando abro o e-mail para ler a mensagem, só está escrito:

"Grande acontecimento em breve! Fique ligado!"

Isso é típico do Jerry. Ele adora nos manter no escuro sobre seus projetos pessoais. Cria suspense. Faz um bom trabalho na promoção de algum acontecimento capaz de mudar o curso da história e só nos informa os detalhes na última hora.

Noé.

Jesus.

A vitória dos Mets no campeonato nacional de beisebol de 1969.

Embora Destino, Morte e eu desempenhemos um papel mais significativo nos caminhos dos seres humanos do que os Intangíveis, Emotivos e Pecados Mortais e Veniais, Jerry ainda controla todo o cenário. É a sua maneira de nos lembrar de quem está no comando.

O problema do Jerry é que ele é megalomaníaco.

Quando se trata de coisas como as inundações bíblicas, o messias e uma das maiores viradas na história do campeonato de beisebol World Series, normalmente desconhecemos a agenda de Jerry. Em algum ponto ele manda algum sinal de seus planos ao menos para um de nós, mas nem sempre com a informação completa, então Destino estava com Maria em seu radar, a partir do momento da Imaculada Conceição, portanto sabia que algo estava em curso. Mas mesmo que eu soubesse que Orioles ia surpreender na série final, não tinha a menor ideia de que perderia para o Mets. E nenhum de nós sabia do dilúvio até que a previsão do tempo informou que as comportas do céu se abririam durante os próximos quarenta dias, o que praticamente estragou nossa viagem de férias para o Taiti, na primavera.

Embora eu possa de fato controlar o futuro de mais de quatro quintos da população mundial, nunca sei o que Jerry tem na manga. E não tenho um montão de tempo livre para lidar com suas mensagens enigmáticas. Então, assim que termina o carregamento dos destinos de hoje, eu salvo o e-mail dele em minha pasta de "Alertas Irritantes de Jerry", desligo o meu laptop, e volto minha atenção para a barista de vinte e dois anos que está prestes a decidir se o desempregado safado que pediu um mocha gelado serve como um bom namorado.

capítulo 7

Estou no Bairro da Luz Vermelha, em Amsterdã. Acaba de anoitecer e eu caminho ao longo do sinuoso canal Achterburgwal Oudezijds, tentando descobrir como é que as pessoas se comunicam usando esse idioma. Eu mal consigo passar da primeira sílaba. Não ajuda em nada o fato de ter saído agora pouco do café Extase, onde provei uma coisa chamada Viúva Branca.

Geralmente tento evitar álcool ou maconha ou chá de cogumelo psicodélico com mel e gengibre, mas não venho a Amsterdã desde a Guerra do Vietnã, e algo mudou desde a minha última visita. E quem entrou na água é pra se molhar...

Do outro lado do canal, há um letreiro sob uma porta fechada que diz, SHOW PORNÔ AO VIVO. Ao lado, uma série de degraus conduzem a uma janela com um anúncio em néon, Cannabis College. Mais acima do canal, você pode visitar o Museu da Maconha e o Banco Sensi Seed de sementes aprimoradas, antes de ir para alguma casa de prostituição legalizada.

Começo a me perguntar por que ainda continuo vivendo em Manhattan.

Do lado do canal onde estou, portas abertas com luzes vermelhas sob o batente e cortinas também vermelhas levantadas, mostrando mulheres de vários tipos e cores de cabelo, todas chamando os homens que passam. Algumas das portas estão fechadas, da mesma forma que as cortinas permanecem descidas vedando o vidro, e a luz apagada, indicando que a ocupante está temporariamente ocupada.

Um jovem casal francês bem na minha frente discute se deve ou não perguntar a uma das prostitutas se ela estaria interessada em um triângulo. A mulher, uma estudante de dezenove anos, de Paris, vai acabar com uma licenciatura em comunicação e um doutorado em relacionamentos fracassados, enquanto seu namorado, um estudante de história de vinte e um anos, está condenado a repetir a mesma dose.

Eu não posso ajudar, só dar risada.

O casal olha na minha direção e o cara me chama de imbecil em francês.

Aparentemente, eu esqueci que não estava invisível.

Talvez não tenha sido lá uma grande ideia ficar chapado antes do trabalho.

Dou uma guinada e me afasto do casal, seguindo pelo canal, depois de passar pelo Museu da Maconha e por um rapaz virgem de vinte e oito anos, de Branson, Missouri, que vai acabar se apaixonando pela primeira prostituta com quem dormir, até eu chegar a um beco onde posso ficar invisível sem chamar nenhuma atenção. Uma espécie de Clark Kent procurando um lugar discreto para se transformar em Super-Homem; só que eu não estou aqui exatamente para salvar ninguém.

Sempre fiquei imaginando como seria ser um super-herói, dotado de poderes que eu poderia usar para ajudar donzelas em perigo ou impedir a ação de vilões e criminosos. Mas não acredito que minha personalidade seria adequada para evocar um sentimento de segurança.

Capitão Fado.

Homem Fatal.

Senhor Fatalista.

Além disso, não acho que eu ficaria bem de collant e meia-calça.

No meio do beco, percebo que não estou sozinho. Também noto que não há como atravessar para o outro lado.

Quando me viro nas sombras que se estendem até a entrada do beco, vejo o perfil de Nicolas Jansen, um rapaz de vinte e quatro anos. Embora não possa ver o rosto dele, sei que ele vai passar a maior parte das próximas duas décadas da sua vida entrando e saindo da prisão e do centro de reabilitação para drogados sem que isso faça alguma diferença.

"O que é que há?", ele diz com um sotaque holandês, andando em minha direção.

Eu não costumo ter muitas interações com os seres humanos, especialmente desse tipo, e considerando que fico admirado com a inépcia global da própria espécie, não é surpreendente que as minhas habilidades como pessoa estejam um pouco enferrujadas.

"Saia daqui", eu digo.

Ele hesita, momentaneamente pego de surpresa, por minha reação. Mas a confunde com uma simples bravata e reduz a distância entre nós.

"Saio quando eu quiser", diz ele sacando um estilete.

Não que eu esteja preocupado com a possibilidade de ser ferido ou morto. Com certeza ele pode causar algum dano sério à minha vestimenta humana, mas eu posso simplesmente fazer com que Engenhosidade me providencie outra. A que eu estou usando, aliás, já está bem gasta, o que não é nada estranho, pois estou nela desde a Reforma.

Mas não quero ter de lidar com a possibilidade de ser assaltado e esfaqueado agora, especialmente porque acabo de ficar alto e iria cortar mesmo meu barato.

Além disso, ainda quero visitar a Casa de Anne Frank.

"Dá aqui sua carteira", diz ele.

"Não tenho um tostão", eu falo. O que não é verdade. Além do meu próprio dinheiro, Preguiça me deu cem dólares, pedindo que eu lhe trouxesse um baseado dos bons.

"Passa a porra da sua carteira", ele insiste, brandindo o estilete para enfatizar a ordem.

Posso ver o rosto de Nicolas Jansen agora, jovem e nervoso, a alguns dias de distância de seu último barbear. Ele ainda não foi consumido por seu estilo de vida, mas isso já começou a devorá-lo e lentamente está sugando a sua vontade até a medula.

Eu poderia simplesmente dar a ele minha carteira e deixá-lo seguir adiante rumo a sua espiral descendente para o desespero e o fracasso, mas realmente não quero lidar com o cancelamento de meu cartão de crédito internacional nem com a necessidade de uma nova foto para a carteira de identidade. Eu odeio ter de lidar com qualquer burocracia.

Posso inclusive simplesmente reverter o que vim fazer aqui e voltar a ficar invisível. Basta um piscar de olhos. Mas isso é proibido, como o Heroísmo, desde o fiasco de Joana D'Arc.

Regra # 6: Nunca se desmaterialize na frente dos seres humanos.

Por outro lado, eu poderia tentar dissuadi-lo, argumentando que não é tarde demais, que ele ainda pode fazer algo por si mesmo, ainda que sua melhor perspectiva seja trabalhar no departamento de saneamento básico. Mas isso seria interferir. Envolver-se.

Em vez disso eu escolho uma abordagem diferente.

"Vai comer caqui", eu digo.

"O quê?", ele se espanta.

A diplomacia nunca foi exatamente o meu forte.

"Vai comer caqui", digo de novo, dando um passo na direção dele. Ele dá um passo atrás, ainda mantendo o estilete em riste.

"Não ferre comigo", diz Nicolas, parando e mantendo seu território. "Eu te furo. Juro por Deus que te furo!"

"Então fure", eu retruco, dando outro passo adiante, duvidando dele.

Embora Nicolas Jansen tenha sido fadado a amedrontar e roubar pessoas, usando os frutos de seu trabalho para procurar e consumir drogas que perturbam a mente, ele não é violento. E, com toda a certeza, não é um assassino.

"Vou mesmo", ele afirma sem muita convicção.

"Aqui", eu digo, segurando minha carteira e a balançando na frente dele. "Pegue, se tiver coragem."

Seus olhos oscilam entre a carteira e eu. Posso ver a incerteza em sua expressão, posso até sentir a confusão saindo dele, em ondas. E sei que ele está prestes a dar uma guinada e descobrir que a vida como empregado do serviço sanitário não é tão ruim.

Talvez seja porque eu tenha dado mais um passo adiante ou porque tive a ousadia de mostrar a ele quanto dinheiro havia na minha carteira ou porque o chamei de moleque safado. Ou talvez eu apenas o tenha subestimado.

Antes que eu tenha a chance de reagir, Nicolas Jansen está enfiando seu estilete em meu peito e arrancando a carteira de minha mão, correndo para se misturar à multidão no Oudezijds Achterburgwal, me deixando para morrer nas sombras do beco.

capítulo 8

Já é uma baita vergonha ser assaltado e esfaqueado em um beco de Amsterdã por um mortal viciado em drogas, mas quando sua vestimenta humana é violada, não dá para se transportar. Em vez de se mover como uma unidade, você tem de se espremer pela abertura, deixando sua carcaça humana vazia para trás e criando uma série de problemas. Com certeza isso daria algum trabalho para Histeria e Conspiração, mas a última coisa de que precisamos é que a raça humana imagine que algo está se fazendo passar por ela.

Já aconteceu uma vez, antes, não muito tempo depois da queda do Império Romano, por volta do final do século V. Foi tão ruim, que Memória teve de ser enviado para uma revisão de emergência que teve ramificações durante mais de quinhentos anos. Embora a raça humana comumente se refira a esse período como a Idade das Trevas, entre os Imortais ele é conhecido como o Grande Pepino de Jerry.

Assim, não querendo ser responsável por mais cinco séculos de repressão à história escrita e às realizações culturais, eu tenho que encontrar uma maneira de voltar a Nova York. E sem carteira, passaporte ou impressões digitais para verificação de minha identidade, não poderia embarcar em um avião ou a bordo de um transatlântico, mesmo se tivesse dinheiro para pagar a passagem.

Então sou obrigado a tomar medidas desesperadas.

"Ai!", eu grito quando a agulha penetra em minha pele, repuxando-a para fazer o ponto.

Embora não possamos ser mortos, sentimos sensações através de nossas roupas de carne humana. Calor. Prazer. Dor. E esta parece dor.

"Fique quieto", diz Segredo. "Alguém pode ouvi-lo."

"Está doendo", reclamo. "Você não poderia ter me dado uma anestesia local?"

"Você tem sorte de que eu tenha aparecido", ela fala furando de novo meu peito, com mais entusiasmo do que eu gostaria. "Você tem alguma ideia dos problemas que isso poderia me causar?"

O problema de Segredo é que ela é paranoica.

Nós estamos sentados na cama de um quarto no segundo andar do Hotel Victoria, a pouco menos de um quilômetro do lugar onde fui assaltado. As cortinas estão abaixadas e as portas fechadas e eu mal pude sussurrar até que Segredo tivesse limpado todo o recinto, para evitar contaminação.

"Ai", eu gemo de novo.

"Você não está gravando isso, não é?", pergunta.

Ela ainda está brava comigo por causa de Watergate.

"Isso estava fora do meu controle", digo. "Eu não os forcei a revelar seus segredos. Eles cederam a pressões políticas. Era a sina deles."

"Não importa", diz ela. "Pelo menos Woodward e Bernstein tinham alguma integridade."

Conheço Segredo desde os últimos seis mil anos. Não havia um monte de segredos a guardar entre os seres da raça humana antes disso, além de esconder alimentos uns dos outros ou se masturbar. Mais de uma vez nossos caminhos se cruzaram e ela deixou que os sentimentos prevalecessem. Levou muito tempo para superar toda aquela coisa de Judas, mas finalmente ela percebeu que foi melhor assim.

Segredo terminou de me costurar, acrescentando alguns pontos extras para se assegurar de que eu não ia ter uma hemorragia quando viajasse de volta para Nova York. Ou talvez ela goste de me ver gritar.

"Prontinho", diz ela.

"Tem certeza?", pergunto, apalpando a pele enrugada em meu peito.

"Não", ela retruca. "Mas pode chamar outra pessoa, se quiser uma segunda opinião."

Segredo era a única que eu poderia chamar, se quisesse que ninguém jamais soubesse. O problema é que, embora o silêncio não possa ser comprado, ele ainda vem com um preço.

"Obrigado", digo. "Quanto lhe devo?"

Além do serviço de costura, eu também não podia pagar pelo quarto, pois meu cartão de crédito foi com o resto da minha carteira, então Segredo cuidou disso. Pagou em dinheiro, é claro.

Mas não é dinheiro que está em jogo aqui.

Segredo leva o dedo indicador aos lábios franzidos e diz: "Hmm".

Posso pressupor por sua expressão, que ela está fazendo isso só para chamar atenção. Ela sabe exatamente o que quer. Segredo não liga para coisas materiais ou bens do outro mundo. Ela não está muito interessada em sexo, embora tenha tido apaixonados casos de amor com Integridade e Ambição. Ela não se importa e não quer envergonhar ninguém. Só quer saber mesmo dos produtos do segredo.

Humanos são fadados a divulgar seus segredos.

Fofoqueiros.

"Eu quero o Caso Roswell."

"O Caso Roswell?", pergunto.

Pensei que ela ia pedir para saber sobre o assassinato de JFK ou a morte de Marilyn Monroe ou o que aconteceu com Jimmy Hoffa. Caramba, eu estaria disposto a abrir mão dos maçons e até mesmo do Santo Graal. Mas o Caso Roswell?

"E a Área 51", ela completa.

"Ora, vamos lá", eu argumento. "Isso não é justo."

"Nem esperar que eu mantenha em segredo o ligeiro mau funcionamento de seu traje humano", ela retruca.

Eu não tenho como argumentar. Ainda assim, desistir de Roswell e da Área 51 simplesmente me mata. Se a história completa desses dois segredos finalmente vier à tona, será até muito divertido ver a raça humana reagir e que impacto isso causará em suas sinas. Nada como ter desafiadas as suas mais duradouras crenças, lançando um pouco de caos na equação.

E, cara! Caos vai ficar puto da vida! Ele espera ansiosamente por esse momento mais do que eu.

"Tudo bem", eu aceito. "Pode ficar com os dois."

Segredo sorri em triunfo e sai da cama, olhando para mim de um jeito parecido com Malícia.

"Há uma outra coisa", ela diz.

"O quê?", pergunto, começando a desabotoar minha camisa.

"Feche os olhos", ela pede com sua voz suave e sedutora.

Olho para ela e me pergunto se estava enganado quando pensei que ela estivesse querendo sexo como pagamento. "Por quê?"

"Apenas feche", ela responde, começando a desabotoar sua camisa.

Então faço o que ela pediu e imagino Segredo tirando suas roupas, despindo as calcinhas e, depois, livre de tudo aquilo, ali em pé ao meu lado, nuazinha. Desabotoo minha própria camisa, tiro as calças antecipando o que virá, me reclino na cama e minha roupa de homem está formigando de excitação.

Depois do que parece um longo lapso de tempo, eu finalmente abro os olhos e descubro que sou o único no quarto a pensar que vou fazer sexo.

Segredo foi embora.

capítulo 9

"T-trinta-e-seis, por favor, dirija-se ao guichê número treze."

Estou em Nova York, no Departamento de Veículos Automotores, o DVA, na parte superior de Manhattan, a apenas um confronto racial de distância do East River.

Estou sentado aqui há quase trinta minutos, esperando a minha vez, para providenciar a papelada de minha identidade roubada. Você não pode pedir uma nova carteira dessas por e-mail. Tem que ir a uma agência e solicitar pessoalmente.

Se eu tivesse uma carta de motorista do estado de Nova York, poderia ter feito isso on-line. Mas Jerry não quer que nenhum de nós dirija depois do que aconteceu com James Dean. Foi uma espécie de ato reflexo, considerando que não somos tão atrevidos quanto Imprudência, mas às vezes você apenas tem de cumprir as ordens. Além disso, quem precisa de uma carta de motorista quando pode viajar à velocidade da luz?

Em momentos como este é que você dá valor à capacidade de ficar invisível.

Com certeza, não posso fazer isso aqui. Mas, depois de mais de duzentos e cinquenta mil anos, você deixa de dar valor a algumas coisas.

Eu já iniciara uma chamada para cancelar o meu Visa internacional, que tem o melhor atendimento ao cliente no universo. Literalmente. Eu posso usar o meu Visa em qualquer planeta onde haja vida inteligente, junto a um pacote de serviços. E se meu cartão for perdido ou roubado e as despesas não autorizadas aparecerem em minha fatura, serei reembolsado. Mesmo que as compras tenham sido feitas em uma das luas de Júpiter.

"T-trinta e sete, por favor, vá para o guichê número cinco."

O guichê número cinco fica à minha esquerda, onde o funcionário, que ainda estará trabalhando aos cinquenta anos de idade e a caminho de um ataque do coração, espera por seu próximo cliente com expectativa zero. Estou olhando para ele com o mesmo tipo de desinteresse, quando a nova inquilina que se mudou para meu prédio se dirige ao guichê.

Sara Griffen está vestindo um terninho preto e usa um par de sapatos confortáveis. O cabelo dela está preso e eu posso ver a parte superior de sua nuca, pálida e protegida por um casaco macio e aveludado.

O problema de Sara Griffen é que ela é um mistério.

Eu a encontrei, várias vezes, na saída de nosso edifício de apartamentos e a segui, tentando descobrir por que ela me atrai, porque é tão diferente do futuro pedófilo do apartamento de 502 ou da mulher do 1216, que vai levar o resto de sua vida para descobrir que a cirurgia plástica não pode comprar felicidade. Até agora, tudo o que posso dizer sobre Sara é que ela gosta de fazer exercícios no Central Park, come um monte de comida pronta, e não suporta o som de bebês gritando.

Eu também descobri que ela definitivamente tem um poder sobre as pessoas.

Observei o funcionário do DVA. Vi como ele olhava para Sara, e notei que em vez do semblante que ele ostentava momentos antes, agora está mais dedicado. Há um brilho em seus olhos que não estava ali antes. Um entusiasmo em sua atitude que é genuíno. Um sorriso não forçado.

Talvez seja porque ele está desesperado para fazer sexo e espera que Sara o considere atraente. Talvez seja porque ele simplesmente aprecie flertar com mulheres. Ou talvez porque há algo em Sara que simplesmente faça com que ele se sinta feliz.

O que me faria feliz é não ter de gastar meia manhã no DVA.

"C-cinquenta-e-um, por favor, dirija-se ao guichê número dois."

Enquanto eu a observo, me pergunto de novo por que Sara Griffen está na Trilha de Destino, o que é que ela tem que a faz tão diferente do viciado em *videogames* prestes-a-ser-demitido, à minha esquerda, e da futura adúltera, agora com dezessete anos de idade, que está sentada à minha direita.

Também me pergunto como fiquei com uma fila de gente que não desenvolve todo o seu potencial e com talentos medíocres e líderes marginais, enquanto Destino recebeu os Michael Jordan e os Lennon e os John Winston Churchill da vida. Você talvez pense que eu deveria me lembrar de algo assim, mas é meio difícil de recordar os momentos imediatamente posteriores a sua criação. Foi quando Jerry nos batizou com os nomes de nossos trabalhos. Realmente não nos foi dada uma escolha, acho que de propósito. Quando você acaba de emergir da massa cósmica, piscando os olhos e perguntando que diabos aconteceu, a última coisa com que se preocupa é como vai ter de ganhar a vida. Ainda assim, teria sido bom preencher ao menos uma fichinha de requerimento.

Embora eu não suporte Destino e cobice a sua lista de clientes, também noto que precisamos um do outro. E os seres humanos precisam de nós. Sem Fado e Destino, não haveria um propósito para os seres humanos. Nem um caminho a seguir. Nem uma razão para existir.

Pense no que é desnecessário.

Pense no que é inútil.

Pense em qualquer sequência de *Matrix*.

Então, em suma, Destino e eu mantemos o equilíbrio cósmico da vida humana no planeta.

Mas ainda assim eu não consigo uma mesa no restaurante Elaine's para sexta-feira à noite. E quando se trata de obter um serviço ao cliente bem rápido no DVA, eles não me brindam com nenhuma vantagem.

"T-trinta-e-oito, por favor, compareça ao guichê número onze."

Dez minutos depois, eu ainda estou esperando que chamem o meu número, quando Sara Griffen entra no recinto.

Eu a tinha visto de novo poucos dias atrás, no Central Park.

Observo uma criança de quatro anos de idade gritar com sua mãe porque queria que ela comprasse um sorvete de morango de um carrinho, quando Sara chega com uma bermuda esportiva, camiseta e boné do time de beisebol New York Mets.

Por um instante, eu esqueço completamente da mãe e seu moleque malcriado, e fico olhando Sara passar, cantando baixinho a canção que está tocando nos fones de seu iPod. E não sou o único que nota a presença dela.

O vendedor de sorvetes olha para cima e acompanha o movimento de Sara. Um senhor de setenta e dois anos, que estará morto antes de completar os setenta e cinco, fica todo animadinho quando ela segue adiante. Um garoto de onze anos, que tem o rótulo "abandonou a universidade" estampado em toda sua pessoa, caminha até uma lata de lixo.

Está bem. Poderia ser apenas porque ela tem uma beleza de bunda ou um par de pernas que você suplicaria para depilar. Mas acontece que as mulheres também a notam. As jovens. As idosas. As casadas e as solteiras. Futuros comissários de voo, strippers e cirurgiões que serão processados por negligência. Todos prestam atenção em Sara, quando ela momentaneamente agita a atmosfera que os cerca. E depois, quando ela vai embora, seja lá o que for que sentiram também desaparece, e eles retomam o que estavam fazendo.

Continuo a observar Sara até que ela desapareça ao fazer a curva; então, volto a prestar atenção no monstrinho gritador que será estuprado na prisão quando tiver vinte e quatro anos.

Menos de uma semana depois, encontro Sara de novo no metrô.

Estou seguindo na direção da rua Houston, quando ela entra no meu vagão e senta-se bem diante de mim.

O metrô é um dos poucos lugares onde eu não fico invisível. Só porque ninguém pode me ver não significa que o pessoal não possa se sentar ou esbarrar em mim ou mesmo perceber quando eu sou surpreendido por uma flatulência incontrolável.

Acontece.

Tá certo que eu poderia simplesmente me transportar direto para meu apartamento, evitando toda essa cena, mas o desafio de observar os humanos é, justamente, ficar de olho neles. Não posso fazer isso direito evitando-os. Além disso, o metrô é um ótimo lugar para redirecionar sinas.

Então permaneço visível, esperando que nenhum viciado em crack se sente ao meu lado e fique babando em minha vestimenta humana.

É um pouco estranho sentar-me diante de Sara, como agora. Eu não posso ficar olhando para ela como fiz antes ou prestar atenção na maneira como os outros reagem a ela, sem parecer um pouco pinel. Mas, ao contrário do que acontece com os outros passageiros com que compartilhamos o vagão, ela é a única que eu não posso ler.

O problema de Sara Griffen é que ela é bonita, mas não deslumbrante a ponto de a gente cair de costas.

Eu olho para a frente, tentando parecer casual, mas sinto que estou exagerando no esforço de informalidade. Quando olho de volta, ela está me encarando. Cruzo as pernas e depois descruzo. Limpo minha garganta. Finjo estar observando algo muito interessante no piso entre meus pés. Depois olho para cima e ela continua me encarando.

Imagino se eu deveria me apresentar. Ou saltar na próxima parada. Ou dizer a ela que está sentada ao lado de uma mulher que está prestes a contrair herpes genital.

Em vez disso, eu apenas sorrio.

Ela sorri, de volta.

Ainda não estou absolutamente certo do que me fascina em Sara Griffen. Talvez seja a maneira como ela parece estar tão em paz, sempre que a vejo. Talvez seja o efeito que ela parece despertar nos outros. Ou talvez seja porque, quando ela sorri, me faz sorrir.

Continuamos a seguir em silêncio, olhando um para o outro através do espaço de um metro que existe entre nós. Sorrindo como se estivéssemos compartilhando alguma piada secreta. Quando o trem chega à estação de Times Square, Sara desembarca, não sem antes dar uma olhada final em minha direção. Então as portas se fecham e me deixam com um monte de fetichistas, mulherengos e telemarqueteiros a caminho do Upper West Side.

O resto da viagem, eu fico pensando sobre destino e fado e o número de pessoas neste metrô que precisa de alguns conselhos muito sérios. Mas a maior parte do tempo eu reflito sobre Sara e os lugares em Manhattan onde nossos passos se cruzaram ultimamente.

O DVA.

O Central Park.

O metrô.

Em uma ilha com quase dois milhões de habitantes humanos, eu casualmente dou de encontro com a mesma mulher várias vezes em diferentes lugares e em pouco mais de uma semana.

Eu poderia dizer que meu fado está tentando me dizer alguma coisa que ainda não sei bem o que é.

capítulo 10

Nas semanas seguintes vejo Sara de novo no Museu Guggenheim, no Zoológico do Central Park, no Café Le Figaro, em Greenwich Village, em um jogo dos Yankees e tomando sol na cobertura de nosso prédio.

Tudo bem, talvez essa última vez tenha sido mais como um encontro casual provocado.

Eu sei que ela não me diz respeito e que eu poderia gastar meu tempo cuidando dos humanos que estão em meu próprio caminho, mas depois de encontrar com ela tantas vezes não me resta nada senão ficar intrigado.

Então, nas semanas seguintes eu a segui.

Até seu emprego na Halstead Property, da Terceira Avenida, onde ela é corretora de condomínios e casas com preços que chegam aos dez milhões de dólares.

Até o Central Park, onde ela se senta para almoçar na fonte Bethesda, e depois compra dois sanduíches do carrinho da New York Picnic Company, para dá-los a um casal sem teto.

Até um condomínio de dois cômodos e que aceita animais, no Gramercy Park, que ela vendeu a um jovem corretor da bolsa de valores, por quase dois milhões de dólares.

Até o Downtown Athletic Club, onde ela nada 75 vezes, de um lado a outro da piscina de vinte e dois mil litros de água aquecida e, em seguida, recebe uma massagem de quarenta e cinco minutos.

Ao Museu de Arte Metropolitan, onde ela fica umas três horas, a maior parte do tempo visitando uma exposição especial de Cèzanne.

Ao mercado de produtores, na Union Square.

A um *loft* de dois quartos, no SoHo.

Ao Blue Note Jazz Club, em Greenwich Village.

Ao memorial para as vítimas do World Trade Center.

A um condomínio de três quartos, em Midtown.

A um bar chamado Bongo, em Chelsea, onde um sujeito de vinte e oito anos, consultor financeiro, lhe paga um drinque.

Tá certo que tecnicamente isso é uma perseguição, mas eu tenho permissão. E não é que eu vá cortá-la em pedacinhos e guardá-la no meu freezer. Ainda assim, eu poderia fazer muito mais do que esse perdedor aí. Em menos de dez anos ele será internado em uma clínica de reabilitação para tentar se livrar da dependência de cocaína que vai devorar a maioria de seus salários.

Você poderia pensar que as pessoas que estão na Trilha de Destino vão se unir a outras, que estão no mesmo caminho. Uma espécie de almas gêmeas que se encontram na caótica jornada da vida. Mas acho que, a menos que as pessoas estejam destinadas umas às outras, elas podem fazer más escolhas de relacionamentos amorosos, como os humanos com quem tenho de lidar.

Então fico aqui, fora do bar Bongo, observando pela janela Sara e o sujeito viciado em drogas, imaginando se eu não deveria entrar lá e me assegurar de que esse fracassado não vai introduzir algum GHB em seu drinque.

Com certeza, é uma desculpa esfarrapada. Mas tenho seguido Sara durante mais ou menos um mês e me acostumei à sua presença. Eu a sigo quase por toda a parte.

No parque.

No cinema.

No vestiário feminino da sua academia.

No armazém.

Na lavanderia.

Na consulta com o ginecologista.

Eu vi quando ela deu uma boa gorjeta a um motorista de táxi e cumprimentou um garotinho com cabelo de moicano e chorou diante de uma propaganda da Kodak. Eu a observei entrando por uma porta de vidro e comendo salsichas polonesas e comprando tampões. Eu até a vi meter o dedo no nariz. Uma vez só, mas foi definitivamente uma cutucada.

Eu a tenho acompanhado dia após dia, noite após noite, e ainda não sei nada do que a torna tão especial. Tudo o que aprendi é que às vezes ela ri quando escova seus dentes. Que sua voz parece ressoar do fundo de sua garganta. Que o perfume de seu xampu fica exalando depois que ela passa por mim, sem saber que estou ali. Que ela parece tão satisfeita e linda quando está dormindo ou quando está lendo ou fica sentada no Central Park observando as tartarugas.

E então isso me acerta em cheio.

Estou apaixonado.

capítulo 11

Regra #7: Não se apaixone.

Fazer sexo com humanos, embora não seja encorajado, é tolerado com certa frequência. Temos de agradecer aos deuses gregos por abrir o precedente nesse assunto. Até mesmo Jerry mergulhou, digamos, sua pena em uma tinta mortal, uma vez. O que, obviamente, resultou no nascimento de Generosidade e levou o resto dos Imortais a fazer reclamações de nepotismo, embora todos nós tenhamos superado isso. Exceto Ressentimento. Imagine só!

Mas enquanto os deuses gregos frequentemente gerassem proles com suas conquistas mortais, ao contrário de Jerry, o restante de nós não tem capacidade de procriar. Ele não quer que a gente fique voando pelo globo, dedicados a criar meio-Imortais e alterando o acervo genético. Então, embora nosso DNA não nos permita a reprodução, nem mesmo entre nós, podemos gozar sem criar nenhuma repercussão cósmica. Mas desenvolver sentimentos por humanos, almejar a possibilidade ou entregar-se a um relacionamento amoroso com eles se enquadra na categoria de "nem que a vaca tussa".

"O que eu devo fazer?", pergunto.

"Por que você não tenta falar com ela?", responde Honestidade.

"Falar com ela?", eu questiono.

"Isso se chama comunicação", ela informa, apagando seu cigarro. "Mulheres gostam desse tipo de coisa."

Em casos como esse, ajuda procurar algum bom conselho, e eu sei que Honestidade sempre será franca e confidencial. Ela é uma espécie de terapeuta para entidades imortais.

Honestidade mora no Upper West Side, em um apartamento de novecentos metros quadrados, num *flat* de dois quartos no último andar de um prédio de seis andares, com vista para o Central Park. Do sofá de sua sala de estar, eu posso ver North Meadow através de uma janela panorâmica.

"Mas, se eu falar com ela", digo, "isso não seria encorajar um relacionamento?"

"O problema é esse?", ela quer saber.

"Confraternizar com mulheres humanas não é contra as regras?", pergunto.

"Quais regras?", questiona Honestidade. "Suas regras? As regras de Jerry? As regras dos homens emocionalmente indisponíveis?"

"É uma pergunta com múltiplas alternativas?", indago.

Honestidade acende outro cigarro, dá uma tragada, reclina-se na cadeira, cruza as pernas e diz: "Você está com medo de intimidade?".

O problema de Honestidade é que ela é passivo-agressiva.

Sendo um Atributo, Honestidade não tem um impacto tão grande nas decisões que os humanos fazem, mas lhes oferece uma das ferramentas de que necessitam para superar os desafios lançados a eles pela Tentação, pela Vergonha e pela Raiva.

Ah, falando nisso, ainda que Raiva tenha uma dupla tarefa como Emotividade, consta oficialmente na folha de pagamentos como um Pecado Mortal.

"Então você acha que eu deveria falar com ela. Talvez perguntar se ela quer tomar um café ou convidá-la para um jantarzinho?"

"É isso que os humanos fazem, geralmente", ela admite. "E eu sei que você já interagiu com humanos, antes."

É verdade que eu já tive alguns flertes com mulheres humanas ao longo dos últimos cinco mil anos, mais ou menos. Até uns doze mil anos atrás, os homens ainda estavam envolvidos com seus ancestrais mais próximos dos macacos. Você definitivamente não ia querer se envolver com mulheres do Paleolítico. Confie em mim. Eles não chamam aquilo de Idade da Pedra por nada. Mesmo no começo do Neolítico, as mulheres não eram agradáveis de olhar. Às vezes, não era possível dizer qual era a diferença entre os machos e as fêmeas. E nenhuma delas ficava tão bem em um biquíni de pele de mamute como Raquel Welch, em *Um milhão de anos a.C.*

Mas você ficava bem distante de mulheres hominídeas até que a civilização grega começou a se expandir, por volta de 3.000 a.C. Depois, as mulheres humanas começaram a ficar bonitas pra danar.

Nefertiti.

Helena de Troia.

Maria Antonieta.

E quem *não* ia querer dormir com Cleópatra? Levantem as mãos. Eu sabia.

Meus incontáveis casos com mulheres humanas não foram nada além de brincadeirinhas fugazes, encontros de uma noite só, simplesmente para gratificação sexual. Mas esses... esses sentimentos por uma mulher mortal... isso é algo sem precedentes.

Já é uma péssima ideia ter um relacionamento amoroso com alguém que vive no mesmo prédio, porque, se as coisas não derem certo, aquilo pode tornar a sua vida complicada. É pior ainda ter um envolvimento romântico com alguém que vive no mesmo edifício quando você é o Fado e sabe com antecedência quando haverá uma briga e sobre o que será, quantos animais de estimação vocês terão, as férias compartilhadas, o sexo e o momento em que sua parceira vai morrer.

Mas Sara não faz parte do grupo de humanos que me cabe, não posso ver como sua vida vai se desenvolver, então também não vejo como poderia se desenrolar um potencial relacionamento entre nós. Ainda assim, é contra as regras. É interação. Interferência. Influência. Tudo o que há de errado.

Errado. Errado. Errado.

O problema é que tudo sobre a Sara me faz sentir bem.

Bem. Bem. Bem.

Eu quero observá-la e ficar perto dela e tocá-la e beijá-la. Eu quero banhá-la com carinho e adoração. Eu quero sair e comprar flores para ela e doces e outras coisas que vão fazer seus dentes amolecer e cair ou apodrecer.

"Há alguma coisa que possa fazer para que isso vá embora?", pergunto.

Honestidade dá uma tragada em seu cigarro e lança a fumaça em meu rosto. "Fazer o que ir embora?"

"Isso aí", eu digo, fazendo gestos com as mãos em direção a meu corpo, mas sem saber para onde apontar. "Essa sensação quente e de formigamento que sinto apenas ao pensar nela."

Honestidade olha para mim e sorri, daquele jeito que costuma quando está prestes a dizer algo extremamente honesto.

Algo verdadeiro que não pode ser negado.

Algo que eu não quero ouvir.

"Não."

capítulo 12

Em vez de seguir o conselho de Honestidade e falar com Sara, convidando-a para sair ou para bater um papinho para conhecê-la melhor, eu decido por uma tática diferente, que tem sido usada por muitos humanos do sexo masculino ao longo da história.

Vou a um clube de striptease.

"Oi, docinho", diz uma gracinha de cabelos castanhos e que está usando uma calcinha fio dental e um sutiã transparente, ambos negros, dizendo que seu nome é Bambi.

Bambi tem dezenove anos e fala que está ganhando dinheiro para poder entrar na universidade. Isso é uma tremenda baboseira. Ela não tem a menor intenção de cursar uma faculdade, mas sim de usar o dinheiro para comprar um carro BMW e depois terminar trabalhando como garçonete que serve coquetéis em um bar de Jersey especializado em martínis.

Estou em um lugar chamado Scandals, no Queens, do outro lado do East River, na cidade de Long Island. Mais parecido com as casas de strip de Jersey do que das de Nova York, o Scandals é um pouco mais aberto ao toque das meninas do que os clubes de Manhattan, e é por isso que eu venho aqui.

Não que eu vá a casas de strip o tempo todo. Só quando tenho a oportunidade. Para mim, é um tipo de lição de casa, um lugar onde posso encontrar humanos em seu elemento mais primitivo. Alguns desses lugares são um pouco sórdidos e vez ou outra ficam abertamente pornográficos, como este, mas entendo porque os homens humanos gostam de ir a clubes de strip.

Belas mulheres vestidas com um tiquinho de roupa, andando em sua direção e sentando-se no seu colo, tão perfumadas. Isso sem mencionar os quartos privativos, *pole dance* e a fartura de carne. Na verdade, as strippers são pagas para ser gentis e provocantes e desejáveis, mas, tecnicamente, quando você sai para um encontro amoroso com uma mulher, está pagando por ele, também. E a menos que você seja um puta mão de vaca que insiste na divisão da conta, vai acabar gastando muito mais em um encontro do que em um clube de strip.

Claro, se você e sua convidada não se sentirem atraídos, não importa por qual razão, ambos estão presos naquele compromisso por no mínimo umas duas horas, até que termine. Você não pode simplesmente ir embora depois de pagar o couvert, dizendo: "Muito obrigado". E quando a noite finalmente terminar, a possibilidade é de que sua acompanhante não vai se esfregar em você nem se sentar no seu colo nem encostar os seios em seu rosto e dizer: "Ui!"

"Ui!", diz Bambi, enquanto enfio outra nota de vinte em seu fio dental.

Estou sentado na sala de estar, nas sombras, em uma das cabines que ficam na borda externa do clube. Lá no centro, um balcão circular acompanha a linha do piso do palco, feito para oferecer o máximo de loucura enquanto você observa a infinita sucessão de mulheres tirando a roupa ao redor do poste.

Do meu lugar privilegiado, posso ver o bar inteiro. Isso, quando os peitos de Bambi não estão no meu rosto. No meio da tarde, não há muitos clientes, apenas uma dezena de homens de meia-idade, todos diante de um futuro solitário, cheio de canal de esportes na tevê a cabo, pizza de pimentões e pornografia na internet. Mas então vejo uma figura familiar no lugar mais distante do bar, alguém que não estava ali quando eu cheguei, uma hora atrás.

Quando Bambi termina com a dança do colo que fez para mim, pergunta se eu quero continuar, seguindo para um dos quartos VIPs. É muito tentador. E não é que eu não possa me permitir esse tratamento. Mas acontece que não estou tão desesperado a ponto de pagar por uma punhetinha. Então recuso, introduzo outra nota de vinte em sua calcinha fio dental, pego meu drinque de Coca-Cola com uísque e vou em direção ao bar.

A criatura que está sentada no fim do bar agarrada a uma garrafa de Budweiser parece mais patética do que qualquer outro maldito homem naquele clube. Dá uma olhada por cima da cerveja, observa ao redor, me vê com seus olhos inchados e avermelhados, e me oferece um sorriso pálido.

O problema de Fracasso é que ele é maníaco-depressivo.

Ele também ostenta uma perpétua barba por fazer, seus cabelos sem lavar estão opacos e sebosos, sob seu amassado boné do Chicago Cubs, e suas calças estão tão amassadas que parecem seguir a última moda.

Puxo um banco para perto dele.

"Fábio", ele diz, sem muito entusiasmo. "Como estão os negócios?"

"Previsíveis", eu respondo. "E com você?"

"Um tremendo sucesso", ele continua, dando um gole na cerveja. Não consigo saber se ele está falando sério ou ironizando. Ambas as alternativas são adequadas, eu suponho.

Encontro Fracasso uma vez ou outra, o que não é surpresa, considerando que meus humanos não conseguem passar de grau na vida. De vez em quando eu o vejo vagando por aí com Vício ou Culpa ou com um dos outros Pecados Veniais. Você não tende a encontrar os Pecados Veniais socializando com alguns dos Mortais, que costumam olhar para os veniais como pecados de segunda classe.

Ficamos ali em silêncio enquanto uma loira branquela com implantes no seio sobe no poste, enrosca suas coxas em torno dele e inverte a posição, deslizando para baixo até que suas mãos toquem o piso. Não fico tão impressionado, mas jogo algumas notas para ela, pelo esforço. De qualquer forma, ela vai mesmo precisar de dinheiro para um tratamento de lipoaspiração quanto chegar aos quarenta e cinco.

"Ouvi dizer que você teve um encontro com Jerry", Fracasso comenta.

"É mesmo?", eu digo. "Onde você ouviu isso?"

Fracasso olha para mim com uma expressão de quem diz: *Onde mais poderia ser?*

Fofoca, aquela putinha. Será que ela nunca vai se preocupar com seus próprios problemas?

"Então, como está Jerry?", ele pergunta.

"Onipotente, como sempre", eu respondo. "Exigindo eficiência. Certificando-se de que eu estou fazendo meu trabalho."

"Sério?", segue Fracasso. "Sempre pensei que ele fosse meio bunda-mole."

De alguma maneira, Fracasso sempre encontrava um jeito de tornar a conversa desagradável.

"E o que é que você anda fazendo, para manter-se ocupado?", pergunto.

"Ah, o de sempre", responde Fracasso. "Colégios, hipódromos, estúdios de cinema. Vez ou outra viajo até a capital, Washington, para foder com a democracia, mas isso é como cuidar de si mesmo, então não me importo."

Outra stripper, agora uma coreana esguia que vai deixar seu emprego como comissária de bordo para seguir uma carreira na pornografia, se junta à falsa loira no palco e começa a acariciar suas coxas.

"Vago muito por lugares como este", comenta Fracasso, tomando outro gole de sua Budweiser. "Não tanto pelas mulheres. A maioria delas está aqui apenas para ganhar dinheiro fácil. Mas a maioria dos homens vem aqui porque são fracassados quanto a algo. Trabalho. Vida. Esporte. Muitos deles estão aqui porque fracassaram nas relações amorosas."

Dou uma olhada ao redor e só posso concordar.

"Eles não sabem como se comunicar com mulheres de verdade", continua. "Então, vêm aqui e se sentem como se fossem bem-sucedidos porque podem ter um diálogo real com uma bela mulher sem correr o risco de rejeição."

Eu assinto, embora subitamente não me agrade o rumo que esta conversa está tomando.

"É a última palavra em fracasso", ele diz, limpando o nariz na manga de sua camisa. "Mesmo que sejam ricos, fisicamente perfeitos, inteligentes ou se comuniquem fluentemente em três línguas, são incapazes de falar a linguagem do amor. Ou de se abrir para interagir honestamente com uma mulher."

Eu faço um sinal para o barman, pedindo outra Coca com uísque. "Um duplo", digo.

No palco, uma moreninha mignon com *piercings* nos seios e um não diagnosticado caso de câncer cervical, rasteja em nossa direção, apoiada nas mãos e nos joelhos.

"Eles têm medo da honestidade", comenta Fracasso. "Eles têm medo do compromisso. Da comunicação. Da intimidade. De se abrir para algo que requer mais do que apenas destreza física, perspicácia financeira ou percepção aguçada."

Me pergunto onde está o barman com o meu drinque. E se Bambi ainda está disponível no quarto VIP.

Fracasso se vira e olha para mim. "Patético demais, não acha?"

capítulo 13

Estou no jardim da cobertura de meu prédio de apartamentos, tomando banho de sol nu e pensando em Sara. Não daquele jeito sexual, com direito à fantasia de copeira e tudo. Estou pensando sobre seu sorriso e sua maneira de andar e a forma como franze o nariz quando está falando. Estou pensando sobre seu perfume e sua voz e o jeito que ela dá risada vendo filmes sozinha em seu apartamento. Estou pensando sobre como perco um montão de tempo observando-a e como me sinto excitado quando estou perto dela e por que não tomo coragem de falar com ela.

Aqui estou eu, uma entidade imortal, existente desde os primórdios do ser humano, e com medo de falar com uma inofensiva fêmea do gênero.

Meus pais iam ficar tão orgulhosos!

Embora tecnicamente eu não tenha pais. Acho que Necessidade poderia ser considerada minha mãe, mais do que isso seria ir longe demais. Jerry é a coisa mais próxima de um pai que eu tenho, e você não imagina o quanto isso me envergonha.

Tive três meio-irmãs durante um tempinho – Clotho, Lachesis e Atropos, as quais nasceram durante o apogeu da cultura e da mitologia da Grécia. Nunca se importaram comigo. Elas me consideravam um ultrapassado, um inútil, uma relíquia da Idade da Pedra. Elas se achavam o máximo, com aqueles seus vestidos brancos na última moda e sua imagem de "fio da vida". Chegaram até a compor uma coleção de hinos.

Conheça as Moiras.

Incluía canções como "Eu corto a sua linha", "Sua sina é minha" e o clássico de fim de ano "Você não chegará em casa para o Hanuca".

Não vendeu muito bem. Naquela época, os humanos não estavam interessados em gastar suas dracmas duramente conquistadas em uma composição musical autocentrada criada por um trio de hárpias sem coração.

E quando a era dourada grega chegou ao fim, mil e quinhentos anos depois, aquelas três megerinhas perceberam que fundamentar seu futuro em uma mitologia em decadência é um passo errado em termos de carreira.

Pense em Ramsés ignorando os avisos de Moisés.

Pense na batalha do general Custer, em Little Bighorn.

Pense em Gigli, em *Contato de risco*.

Mas na verdade eu não sou exatamente qualificado para criticar escolhas vocacionais. Eu me apaixonei por uma mulher mortal que está na Trilha de Destino, o que é um bom motivo para você ser rebaixado a algo como Enfermidade ou Incesto.

Não é onde me vejo, nem morto.

O problema é que estou loucamente apaixonado por Sara, de maneira que não posso simplesmente esquecer a coisa. Já pensei em mudar para outro edifício, assim não teria a tentação ao alcance das mãos, mas me apeguei ao jardim da cobertura. Ele me lembra muito o do Éden. O que realmente não ajuda muito, com todo aquele cenário tentador.

Mas mesmo que eu me mudasse para o Brooklyn ou para o Queens ou para outra parte de Long Island, ainda assim saberia onde Sara vive e trabalha e quando ela costuma tomar uma sauna a vapor em sua academia. Depois, eu odeio empacotar coisas. E teria de reconfigurar minha conexão de banda larga, o que é um saco. Portanto, excluí “mudança” de minha lista.

Eu poderia ver se Memória poderia fazer algo por mim, como excluir Sara de meu banco de dados. Mas Memória pode ser muito seletiva às vezes, e realmente seria capaz de fazer um estrago danado. A última coisa que eu quero é acabar vagando por aí nas próximas centenas de anos tentando achar onde é que deixei as minhas chaves.

Então fico com meu apartamento do Upper East Side e com meus sentimentos por Sara e com a noção geral de que não tenho a menor ideia do que deveria fazer.

Em momentos como este, eu gosto de meditar. E nada melhor para distender a mente e procurar alguma clareza do que tomar um banho de sol invisível e nu no meu jardim da cobertura.

Meus olhos estão fechados, meu corpo besuntado de uma camada de Coppertone, o sol quente cozinhando minha vestimenta humana novinha em folha para que eu fique com uma bela cor bronzeada.

Quando voltei de Amsterdã, fiz com que Engenhosidade reparasse as cicatrizes de meu ferimento, comprando seu silêncio com um pouco de Viúva Branca que eu havia trazido de um dos bares de maconha. Engenhosidade trabalha melhor sob efeito de substâncias que alteram a mente. Então, quando ele mencionou que meu traje humano parecia um pouco ultrapassado e me mostrou o último modelo, eu lhe entreguei três gramas de cogumelos psicodélicos para que ele criasse para mim a versão mais atualizada do que se considera um corpo masculino perfeito: peito esculpido, braços e pernas musculosos e barriga de tanquinho, e pele imaculada, sem pelos. Também consegui dar uma aperfeiçoada na parte mais masculina de minha anatomia.

Embora eu não possa provar, poderia jurar que Vaidade tem algo a ver com a minha decisão nesse sentido.

Naturalmente, minha aparência física exterior tinha de se manter a mesma – rosto, cabelos, cor da pele e altura – então tive de esperar algumas semanas para que meu novo traje humano personalizado chegasse. Na verdade, você não pode simplesmente pegar um modelo da prateleira e sair direto para a rua com ele. Não, a menos que queira fazer parte da edição anual da revista *Style* com os "Dez Imortais Mais Mal Vestidos".

Espero que minha nova vestimenta me dê a confiança de que preciso para me aproximar de Sara. Embora a aparência física, por si só, não vá resolver meu dilema. Preciso colocar a cabeça no lugar.

Minha respiração está vagarosa e rítmica, a única imagem que tenho sob as pálpebras é da escuridão, enquanto minha mente flutua, tranquila e concentrada, e então todos os sons da cidade de Nova York e as sinas de seus mais de oito milhões de habitantes não passam de estática abafada, em segundo plano, como o rugido do oceano, suave e monótono.

Naturalmente seria mais fácil manter minha concentração se o objeto de meu dilema não aparecesse na cobertura cantando "Hot Stuff", de Donna Summer, e usando um minúsculo biquíni preto novinho em folha.

Quando abro os olhos e dou uma olhada para ela, Sara para de cantar e tira os fones de seu iPod, depois abre sua cadeira de praia e começa a montar acampamento. Penso que mesmo estando invisível eu deveria colocar alguma roupa, só para ficar decente, quando Sara olha em minha direção e diz: "Posso me juntar a você?".

Esqueci de novo de me esconder. Não era exatamente assim que eu imaginava que pudesse ser nossa apresentação oficial.

Faço um movimento para me cobrir, mas ela me impede.

“Está tudo bem”, diz. “Eu não me importo.”

Você pensa que sabe tudo sobre uma mulher mortal, mas ela nem pestaneja ao ver sua vestimenta de homem nu. Que, por sinal, é feita especialmente para jamais perder o tônus muscular ou desenvolver um pneuzinho. E Engenhosidade não economizou nos acessórios.

“Não sabia que eles permitiam tomar banho de sol sem roupa aqui”, ela diz a uma distância de mais ou menos três metros.

“Não permitem”, confesso, cobrindo minha nudez com uma camiseta, apesar dos protestos dela. É a coisa mais cavalheiresca a fazer. Acontece que ela está tão tentadora em seu traje de banho que eu estou prestes a ficar de barraca armada.

Ela está olhando para mim com uma expressão de curiosidade. “Você parece familiar.”

Eu ainda lembro nosso encontro no metrô, há uns dois meses, como se fosse ontem. Mas quando você está vivendo por aí por mais de duzentos e cinquenta milênios, sete semanas parecem mesmo algo como o dia anterior.

“Moro no apartamento dois mil e quatorze”, digo, esperando que ela o memorize.

Ela balança a cabeça. “Não. Acho que não foi aqui que te vi. Tenho certeza absoluta.”

“Eu viajo muito,” digo. Não importa o que isso signifique. Não tenho a menor ideia do que estou dizendo.

Sara está olhando para mim do mesmo jeito que fez no metrô, como se me desnudasse, o que não quer dizer muito neste momento.

“Não”, ela insiste. “Foi em outro lugar. Talvez em algum canto da cidade. Você trabalha com imóveis?”

Balanço a cabeça negativamente. “Estou em futuros e opções.”

“Então é um corretor da bolsa?”

“Algo parecido.”

Ela concorda com um movimento de cabeça, como se estivesse tudo explicado e vem em minha direção. “Sara Griffen”, se apresenta estendendo sua mão direita.

Eu a seguro.

Se apenas ficar olhando quando ela lavava as mãos ou segurava objetos era tentador, tocar fisicamente suas mãos parece algo totalmente excitante.

“Fábio,” digo, mal balbuciando meu nome.

"Sério?", inclina a cabeça e fica me analisando. "Você não tem cara de Fábio."

"Tenho cara de quê?", pergunto ainda segurando sua mão.

Ela me fita diretamente, depois desce o olhar para meu torno perfeitamente esculpido, sem pelos, e continua até encontrar um volume considerável abaixo de minha cintura. Quando sua atenção retorna ao meu rosto, ela ostenta um sorriso sacana.

"Está com cara de quem precisa de uma mãozinha."

capítulo 14

A última vez que fiz sexo com uma mulher mortal foi no *Titanic*, pouco antes de ele bater no iceberg. O nome dela era Dorothy Wilde e era um estouro. Quase vinte anos de idade, viajando na segunda classe, fadada a ser esmagada por um cofre caindo no Brooklyn, menos de uma semana depois de ter sobrevivido ao naufrágio, Dorothy me ensinou coisas a respeito de mulheres do começo do século vinte que muitos homens mortais tinham de pagar caro para ter. Não vem ao caso o fato de ela achar que eu fosse herdeiro do espólio do milionário John Jacob Astor IV, que não sairia vivo do *Titanic*.

Mesmo antes de o transatlântico se chocar contra o iceberg, eu sabia o que ia acontecer, mas Dorothy Wilde não pareceu notar nada de errado até que a popa começasse a se encher de água. Wallace Hartley e o resto dos músicos da banda do navio não foram os únicos que continuaram a tocar depois que a linha d'água começou a subir. Não vou entrar em detalhes, mas digamos que, da mesma forma que o *Titanic* ia se inclinando para baixo, era essa também a trajetória de Dorothy Wilde.

Mas Dorothy não tinha nada a ver com Sara Griffen.

"Ai, meu Jerry", digo quando ela se vira e se joga na cama ao meu lado, rindo e ofegando ao mesmo tempo.

"Jerry?", ela pergunta pegando a metade de um baseado apagado na mesinha ao meu lado e acendendo. "Quem é Jerry?"

Não me dei conta de que dissera o nome dele, até ela me perguntar. "Ah... só um carinha aí que eu conheço e que me lembra Deus."

"Deus?", ela pergunta, dando uma tragada enquanto estende a bituca para mim. "Você acredita em Deus?"

Esse não é o tipo de conversa pós-coito que eu quero ter. O problema é que, depois de um bom sexo, eu tendo a me abrir como um penitente peregrino diante do papa.

Tenho de aprender a ficar de bico calado depois de ter um orgasmo.

Felizmente dou uma pausa para colocar meus pensamentos em ordem antes de responder, enquanto dou uma tragada na bituca. Seguro a fumaça o quanto posso, na esperança de que, enquanto aguardasse minha resposta, Sara pudesse mudar o tema da conversa.

"Bem, acredita?", ela pergunta de novo, virando a cabeça no travesseiro para me olhar.

Esvazio meus pulmões e olho para ela – os lábios molhados, a pele úmida pela transpiração, os cabelos castanhos macios caindo sobre os ombros.

"Sim, quando olho para você."

O engraçado é que não era isso que eu tinha planejado dizer. Mas parece ter sido um bom truque, porque ela sorri, deixa a conversa pra lá e enfia a língua na minha garganta.

Uma hora depois, quando ambos estamos ofegantes de novo, Sara pergunta se eu me lembro de ter encontrado com ela no metrô.

Fico olhando para o teto, para fingir que não sei do que ela está falando.

"Há algumas semanas", ela diz. "Eu entrei na estação rua Houston e sentei-me na sua frente. Você estava usando um boné do Boston Red Sox e uma camiseta com frase 'Foda-se Nova York'."

Às vezes eu gosto de usar algo bombástico, só para ver qual será a reação dos humanos. Na verdade, tecnicamente é uma interferência, mas eu nunca alterei de maneira drástica a sina de ninguém fazendo isso. Exceto naquela vez em que fiquei girando pela Torre de Londres, durante o reinado de Henrique VIII, com uma túnica onde se lia "Sua mulher é uma puta traidora."

Ops!

"A princípio, eu tinha dificuldade de acreditar como é que você podia sair por aí usando uma coisa como aquela no metrô de Manhattan", comenta Sara. "Mas ninguém teve coragem de enfrentá-lo. Você tem essa aura que não deixa ninguém querer perturbá-lo. Salvo que em vez de intimidar ou de parecer agressivo, você tem essa expressão de profundo tédio. Como se não se importasse com o que alguém possa pensar."

Quase isso.

"Foi isso que me intrigou a seu respeito", ela admitiu. "Eu não conseguia tirar meus olhos de você. Lembra?"

Admito, assentindo. Maldita honestidade pós-coito.

"Eu sabia", ela diz, se virando para apoiar-se em um dos cotovelos, me fitando com seus olhos sedutores. "Eu podia apostar pela maneira como você olhou para mim na cobertura. Você me reconheceu também.

Mas o seu reconhecimento foi mais profundo. Como se me conhecesse há muito mais tempo do que um encontro casual."

Eu não quero fazer isso. Não quero ter de lhe dar uma resposta, de lhe dizer a verdade. Mas não posso mentir para ela. Não posso fingir que não a tenho seguido por aí desde que se mudou para cá, na tentativa de reunir coragem para falar com ela.

"Tenho seguido você", eu confesso.

Provavelmente não era a melhor maneira de dizer isso, mas foi o que me ocorreu.

Ela olha para mim, não rindo porque pensa que eu esteja fazendo uma piada, mas mirando fixamente, me estudando, fazendo com que eu sinta que deveria me levantar e ir embora.

"Sério?", pergunta.

Eu assinto.

"Desde o metrô?"

Novamente faço que sim. Eu só comecei a segui-la depois. O que deveria servir para alguma coisa.

Ela fica me encarando em silêncio por tempo suficiente para que eu pense que talvez tenha de pedir um favor à Memória, para que eu não acabe com um registro policial. Então Sara sorri e diz: "Eu nunca fui seguida antes".

"E isso é bom ou ruim?", pergunto.

"Bom", ela responde, e a palavra é dita de um jeito tão suave e sensual que soa como se ela estivesse ronronando. "Sem dúvida é bom."

Os momentos seguintes transcorrem em uma mistura de alívio e tensão sexual, como se fosse a única coisa que eu possa fazer para mostrar a ela meu agradecimento por não me castigar com uma ordem de restrição.

"No que você está pensando", ela pergunta.

Eu olho para ela, para essa mulher que ajuda os sem-teto e que não levanta sua voz com raiva e que ouve as pessoas com genuíno interesse. Essa mulher que fuma maconha e que gosta de ser seguida e que faz sexo com uma entidade imortal que acaba de conhecer. Essa mulher que transou com Fado e que está na Trilha de Destino.

"Você é um enigma", eu digo.

Ela me analisa, ainda inclinada sobre o cotovelo, a cabeça apoiada na mão. "Você é um dos homens mais incomuns que eu encontrei", diz, enquanto sua outra mão desliza pelo meu peito, passa pela barriga e seus dedos se enroscam em meu excitado acessório. "E o mais potente."

Valeu, Engenhosidade.

capítulo 15

Um dos maiores problemas de namorar uma mulher mortal, uma vez que tecnicamente estou quebrando as regras sobre apaixonar-se ou envolver-se, é que não se trata de uma boa ideia ser visto em público com Sara. O que limita nossas alternativas.

Nada de teatro.

Nada de restaurantes.

Nada de clubes de strippers.

Então, para nosso primeiro encontro oficial, em vez de levar Sara para um agradável jantar no Blue Water Grill ou para alguma dança de colo no Scandals, eu a convidei para vir ao meu apartamento, para uma comida chinesa *delivery*. Não o mais romântico dos gestos, mas meus dotes culinários deixam muito a desejar. Além disso, eu não cozinho para ninguém desde que recebi Instigação e Destruição e alguns Pecados Mortais para um churrasco durante a Guerra do Peloponeso. E aquilo foi mais como um contente-se com o que tiver.

Obviamente, receber Sara em minha casa tem lá seus próprios desafios.

Eu preciso esconder qualquer evidência física de minha identidade, o que inclui meu calendário apagável de predestinação, alguns memorandos de Jerry sobre secas, fome e outras catástrofes naturais, e um porta-retratos com uma foto minha com o Partido Donner.[1]

E tenho de me lembrar de deixar a tampa do vaso abaixada.

---

[1] O Partido Donner é a denominação de um grupo de imigrantes que em 1840 ficou isolado em uma região que hoje pertence a Utah, em pleno inverno. Sem víveres, em pleno desespero, acabou recorrendo ao canibalismo em relação aos companheiros mortos de inanição e frio. Dos 87 que partiram, só sobreviveram 46. (N. T.)

Sei que não devia me preocupar com nada. Mas estou ansioso e nervoso, querendo dar uma boa impressão. Então está tudo limpo, preparado, comprei velas aromáticas e coloquei um som do Velvet Underground, tentando deixar tudo perfeito. É como se eu esquecesse que sou imortal.

Tão logo Sara chega sentamo-nos à mesa da cozinha para comer camarões com manga e frango à general Tso. Apenas para registrar, o general Tso não gostava de frango frito agridoce com temperos. Comida muito condimentada irritava suas entranhas. Mas ele era doido por torta de creme.

O tempo todo, enquanto estamos comendo, tento descobrir assuntos para conversar, tropeçando no diálogo. Por razões óbvias, não posso entrar em detalhes sobre minha existência, mas acho que isso não deve se tornar um problema. Desde que ela não me pergunte sobre o que eu faço para viver.

"Então, me conte mais sobre o que você faz", diz Sara.

Tento pensar num jeito de a gente apenas fazer sexo e evitar toda essa coisa da honestidade, mas não estou recebendo vibrações de Sara nesse sentido. Além disso, toda essa ansiedade está fazendo, por assim dizer, com que minha vestimenta humana apresente defeitos, o que não me deixa com um monte de alternativas.

"Eu viajo muito", digo, na esperança de que isso a satisfaça.

"Para onde você viaja?", ela pergunta.

"Muitos lugares", respondo. O que é verdade. Então, tecnicamente, não estou mentindo.

Ela ri. "Pode ser um pouco mais vago?"

"Posso tentar", retruco.

Sara ri novamente e eu penso que consegui evitar qualquer discussão a respeito de minha existência, até que ela fala: "O que exatamente faz alguém que trabalha em futuros e opções?".

Posso sentir a mão de Persistência nisso, aquele canalha implacável.

"Geralmente, serviço ao cliente e resolução de problemas", informo.

Tá certo, isso basta. Desde que ela não me pergunte que tipo de problemas.

"Que tipo de problemas?", ela pergunta.

"O de sempre."

Sara me fita com um sorriso divertido.

"Você não é muito a fim de conversa fiada, não é mesmo?", pergunta.

Dou de ombros.

"Você só quer trepar?"

"Isso é uma alternativa?", digo. "Achei que a gente tinha de terminar o jantar primeiro."

Sara ri. "Será que todos os homens só pensam em sexo?"

A resposta curta é: sim. Todos os homens só pensam em sexo. Ao menos os homens com quem eu tenho de lidar. É uma das razões pelas quais eles se distraem tanto de seu caminho original.

Bares de solteiros.

Clubes de strip.

Pornografia on-line.

Perdi mais horas produtivas humanas à procura de prazer sexual do que com pragas, genocídio e todas as guerras juntas.

Sara levanta-se de sua cadeira, anda em minha direção, e senta-se no meu colo, de cavalinho, e me dá um longo, interminável beijo. Quando ela se afasta, seus olhos me fitam com tanto calor e sinceridade que, eu reparo, toda a minha ansiedade desaparece.

"Como é que você faz isso?", pergunto.

"Faz o quê?", ela diz.

"Isso que você faz", eu digo, analisando seu rosto a poucos centímetros do meu. "O jeito como você consegue fazer com que eu me sinta bem apenas com um beijo."

"Não sei", ela responde. "Mas me alegra saber que você se sente assim."

Sentamo-nos um diante do outro, ela ainda me cavalgando e deixando com que eu me perca em seu rosto, a tensão sexual se intensificando até que, imagino, um de nós vai desmoronar.

Ou talvez seja apenas eu.

"Quero que você saiba que eu normalmente não faço sexo com alguém que acabo de conhecer", diz Sara.

"Nem eu", comento, esperando que o fato de, tecnicamente, eu não ser uma pessoa anule o fato de que fiz sexo com mais de cem mil mulheres mortais.

"Eu só perdi a minha virgindade aos vinte e cinco anos."

O problema de Sara é que ela é incorrigivelmente sincera.

"Quantos anos você tem?", pergunto.

"Vinte e nove."

Olho para ela, querendo perguntar, mais por curiosidade do que por ciúme ou qualquer sentido de competição. Mas, antes que eu me atreva, ela mostra três dedos.

"Três?", indago.

Ela faz que sim. "O primeiro foi apenas o que consumou. O segundo foi um erro. E o terceiro...", diz, passando o dedo pelo meu rosto.

Começo a pensar em algum comentário divertido, mas há algo a respeito de sua expressão que me leva a reconsiderar. Em vez disso, o que sai da minha boca é:

"Talvez a terceira vez seja a mágica."

Sara olha para mim e sorri. "Há alguma coisa a seu respeito... Algo diferente. Algo que me faz sentir ligada a você. Algo em que eu quase consigo tocar."

"Posso lhe dar algumas sugestões."

"Estou falando sério," ela diz. "É como se algo tivesse ligado, fazendo com que tudo dentro de mim se ajustasse, e simplesmente parece bem. Isso assusta você?"

"Não", digo.

"Provavelmente, a maioria dos rapazes se surpreenderia."

"Eu não sou a maioria dos rapazes."

"Eu sei", ela continua. "É isso que eu gosto em você."

Sara me beija outra vez, suavemente, e então sorri e afasta o cabelo das minhas têmporas, e eu me dou conta de que em toda a minha existência ninguém me tocou assim. Ninguém me olhou assim. Ninguém me fez sentir assim.

Impotente e invencível.

Apavorado e corajoso.

Cheio de esperança e dúvida.

Tudo ao mesmo tempo.

Tenho de admitir que, embora eu tenha tido minha cota de experiências estranhas, essa coisa toda de estar apaixonado é um pouco desconcertante.

Não é de admirar que seja contra as regras.

capítulo 16

"Sexo é o novo preto."

Estou tomando um drinque no Marion's Marquee Lounge, da rua Bowery, na *happy hour*, enquanto Atração fica embaçando, filosofando sobre o atual estado do amor.

"O amor está fora de moda", continua. "É antiquado. Como sorvete feito em casa, saias rodadas e carruagens puxadas por cavalos. É pitoresco, mas impraticável. Homens e mulheres não têm mais tempo para o amor. Em vez disso, dão algumas risadas juntos, tomam umas biritas, fazem sexo e acham que encontraram o amor. Basta dar uma olhada neste lugar."

Olho ao redor do salão repleto de pequenas mesas redondas e luminárias antigas e homens e mulheres reunidos sob a penumbra, compartilhando drinques, conversas e tensão sexual. Estou aqui à procura de algumas respostas sobre relações humanas, na esperança de receber alguma dica de alguém como Amor ou Romance ou Afeição, mas Atração se ofereceu para me pagar uma bebida, então não pude mesmo me livrar dele.

O problema de Atração é que ele é um narcisista.

"Cada um desses humanos veem outra pessoa imaginando que possa ser o companheiro perfeito", diz Atração sorrindo para si mesmo sob um ponto de luz, nas proximidades. "Mas suas percepções são distorcidas pela paixão pela pessoa que está sentada à sua frente, seus olhos e pensamentos tomados pela paixão e pelo desejo. Entende o que eu quero dizer?"

Ele aponta em direção a um dos cantos, onde Paixão e Desejo estão usando vestidos de coquetel e tomando margaritas.

O problema de Paixão é que ela é bulímica.

O problema do Desejo é que ela é obsessivo-compulsiva.

"Agora, Amor tentará embaçar seu bom senso com baboseiras como puro, imutável amor", ele fala, examinando seus perfis em seu copo alto, meio vazio. "Mas os humanos se apaixonam uns pelos outros apesar de suas faltas e deficiências. Quando se trata de Atração, Desejo, Paixão e Luxúria, esses defeitos desaparecem. Diabos! Somos os verdadeiros óculos de fundo de garrafa, meio zonzos, vendo as coisas distorcidas."

O homem de vinte e nove anos de idade na mesa ao nosso lado é tão bonito quanto Vaidade e tão transparente como Incompetência, mas isso não tem importância para a mulher de trinta e quatro anos com quem ele está e que não pode parar de pensar sobre como ele é bonito. Ela não vai continuar pensando nisso daqui a dezoito anos, quando seu marido estiver desempregado e seus dois filhos adolescentes estiverem tendo aulas particulares, para recuperação.

"A maioria dos humanos se casa hoje por paixão ou desejo", comenta Atração, debruçando-se para observar a sua imagem refletida na reluzente superfície da mesa. "Especialmente aqueles que se encontram sob o efeito de alguns gins-tônicas. Geralmente, você não encontra o amor em bares. De qualquer forma, não na parte inferior de Manhattan."

Antes que eu possa fazer um comentário, Atração se inclina e diz: "Falando no diabo...".

Quando um de nós diz "Falando no diabo", não raro a gente vê o próprio Satanás entrando. E quando isso acontece, é melhor ficar na sua. Você não vai querer ver o lado ruim de Satanás, especialmente agora que ele está tentando parar de fumar.

Nesse caso, de qualquer forma, Atração estava falando no sentido figurado.

Ao contrário da mitologia popular, Amor não é um ser alado e nu, lançando flechinhas para os mortais e fazendo com que se apaixonem. Em vez disso, ela usa uma pantalona preta com uma capa de veludo negro e se parece mais com Judy Garland no filme *Nasce uma estrela*.

"Aqui entre nós", diz Atração, inclinando-se para sussurrar, "eu acho que ela podia fazer uma boa transformação."

O problema de Amor é que ela é codependente.

Eu não vou ao encontro de Amor com frequência, uma vez que as pessoas em meu caminho não tendem a encontrá-la com regularidade, e percebo que por trás de seu andar confiante e de seu sorriso convidativo ela parece estar lutando contra as lágrimas. Embora haja dezenas de casais no salão e muitos deles estejam fisicamente atraídos, uns pelos outros, ninguém aqui está procurando por amor.

Momento depois de entrar, Amor vai em direção ao bar, cercada por gargalhadas e gritinhos de Paixão e Desejo, que estão embriagadas e começam a exagerar.

"Sabe...", diz Atração, abrindo a caixinha de pó de arroz.

"Guarde esse pensamento pra você", eu digo, levantando-me e seguindo Amor até o bar, onde eu a encontro sentada lá no fim, perto de um homem bêbado de trinta e dois anos que vai desenvolver cirrose do fígado quando tiver quarenta e cinco.

"Você é bem bonita", ele murmura para Amor, que está tentando ignorá-lo, sem sucesso. "Posso lhe pagar um drinque?"

"Por que você não compra um drinque para sua mulher?", ela diz, indicando a que está sentada diante dele.

"Harry, podemos ir agora", ela fala, obviamente nada feliz com a situação.

Talvez seja impressão minha, mas não parece haver nenhum amor entre eles.

"Só mais um drinque", diz Harry. "Um para mim e outro para essa linda mulher que roubou meu coração."

"Chega", a esposa fala, se levantando. "Estamos indo embora."

"Uísque com gelo," Amor diz ao barman.

"Mas eu a amo", diz Harry a sua mulher, quando ela o arrasta bar afora. "Eu a amo!"

Amor simplesmente o ignora e acende um Winston, soltando a fumaça em outro homem que começa a se aproximar dela, com intenções amorosas.

Eu vou até um banco perto dela. "Dia difícil?"

"Por que será que cada mortal acha que está apaixonado pensando em mim", ela comenta, "em vez de na pessoa por quem supõe estar apaixonado?"

"Todo humano supõe estar apaixonado de outro?", eu pergunto.

"Teoricamente", ela diz. "Mas, por alguma razão, não está funcionando desse jeito. Luxúria e Desejo e Atração parecem ser o sabor do dia. Winston?", ela pergunta, me oferecendo o pacote de cigarros.

"Não, obrigado", eu digo. "Nunca tive vontade de fumar nem quero começar agora."

"Não é uma boa ideia tentar Fado, não é?"

"Por ai...", respondo.

Ficamos batendo papo por algum tempo, o suficiente para que Amor esvazie a maior parte de sua dose de uísque com gelo, até que eu acho que está na hora de mencionar o assunto que ronda minha cabeça.

"Por que os humanos se apaixonam?", pergunto.

"Pode-se dizer que é algum tipo de escolha."

"Entendo", eu falo. "Muito bem, então como os humanos se apaixonam? Como é que você cria a consciência que faz com que eles percebam que foram feitos um para o outro?"

"Primeiro, eles não estão tão apaixonados como acreditam", ela diz. "Cair de amores implica que você esteja descontrolado, e isso é o que Paixão e Luxúria e Desejo querem que sinta. O problema é que elas fazem um trabalho de *marketing* tão bom delas mesmas que muitos humanos prontos para o amor me confundem com seu anseio físico."

Devo admitir que tenho visto a parte dos humanos que me toca estragar suas sinas à procura de amor, quando o que eles realmente queriam era trepar.

"A verdade, Fábio", ela diz, entornando o resto de seu uísque, "é que o amor é como um bom livro que você não consegue largar e que deseja que nunca termine. Mas, com Atração e Luxúria, em vez de saborear a forma como a história se desenrola, você simplesmente pula para o último capítulo."

Enquanto reflito sobre isso, Amor pede outro uísque com gelo. Ouço Paixão e Desejo dando risadinhas, lá no fundo do salão.

"E segundo", diz Amor, apontando para o ambiente em torno de nós, "nem todos estão prontos para me acolher. Aqueles casais ali, todos prisioneiros de sua paixão e de seu desejo, não estão prontos para o amor. Não saberiam o que fazer com ele. Então, não vou perder meu tempo com homens e mulheres que não podem apreciar o que eu lhes ofereço."

"Tudo bem. Então, quando a gente está pronto para o amor, como é que sabe que não se trata de Atração ou Desejo?"

Amor sorri e olha para seu drinque. "Você simplesmente sabe."

Jerry costumava dizer isso durante suas aulas de onisciência prática. Aquilo me deixava puto. Eu odiava aquela matéria. Tive uma nota muito baixa e foi por causa disso que consegui o diploma numa curva de Gauss.

"Mas por que todo esse interesse no amor, Fábio?", ela pergunta.

"Só curiosidade", eu retruco, fingindo indiferença.

"Só curiosidade, né?", ela ironiza. "Bem, se você me perguntar, há uma razão para que as pessoas se encontrem."

"Encontrem quem?"

"Seja quem for a pessoa por quem você estiver enamorado."

"Não sei do que você está falando", desconverso.

"Vamos lá, Fábio", ela diz. "Ao contrário do que dizem a meu respeito, não sou cega."

"Shakespeare disse isso, não foi?", eu acrescento, tentando mudar de assunto. "Acho que foi em *O mercador de Veneza*."

"Olhe só", ela continua. "Não é assunto meu, mas, se você quiser um conselho, não saia por aí contando isso para os outros. Se chegar ao Jerry, será o fim e eu não quero que aconteça porque tenho a intuição de que seja lá quem ela for, é alguém muito especial."

"Obrigado", eu digo.

"E não se preocupe", Amor fala com uma piscadinha. "seu segredo está a salvo."

Passamos o resto de seu segundo uísque com gelo falando sobre Romance e Afeição e os bons velhos tempos; depois eu vou embora, justamente no momento em que um homem de cinquenta e cinco anos com os primeiros sintomas de Alzheimer se aproxima de Amor e a pede em casamento.

capítulo 17

Alguns dias depois, estou seguindo Sara enquanto ela mostra um apartamento de três quartos no Harlem para um casal que vai se divorciar e casar novamente, um com o outro, mais três vezes ao longo dos próximos dezesseis anos, quando tomo conhecimento de que Nicolas Jansen, o bom rapaz que eu provoquei até que me esfaqueasse naquele beco de Amsterdã, entrou para um monastério.

Nossa!

Esse, definitivamente, não era o futuro dele, imediato ou qualquer outro, quando eu o encontrei. Supunha-se que ele fosse saltar das drogas para a prisão e repetir a dose. Talvez gastasse um pouco de tempo se alimentando de restos de comida de latas de lixo. Teria lesões. E piolhos na cabeça.

Ao se dar conta de que me esfaqueara e presumivelmente me matara, Nicolas se sentiu tão culpado e se cagando tanto de ser pego e mandado para a prisão que permaneceu sóbrio, esperando que a polícia o encontrasse. Mas, como as autoridades nunca apareceram nem o assassinato foi noticiado pela mídia, Nicolas viu isso como um sinal de Jerry e percebeu que tinha tido a oportunidade de começar uma nova vida, de maneira que resolveu entrar para o Monastério Ortodoxo de Saint-Nicolas, localizado nas montanhas do sul da França.

Sua sina meio que mudou no momento em que me feriu, mas eu estava tão preocupado em consertar minha vestimenta humana e, depois, me apaixonando por Sara, que nem me dei conta.

Provavelmente, eu deveria ter ficado de olho em Nicolas Jansen para ver como as coisas iam se desenvolver para ele, mas apenas imaginei que ele fosse passar mais tempo na cadeia do que na reabilitação. Depois, não fico em constante e consciente observação ao que cada um de meus humanos está fazendo. Suponho que isso seja, em parte, o que Jerry estava falando quando me disse para fazer melhor o meu trabalho, mas estou tão enjoado e cansado de ver a mesma história se repetir mais e mais vezes que tendo a não prestar mais atenção. Como eu faço com Redundância.

Então, hoje, faço um escaneamento rápido e descubro que aquele que seria meu assassino melhorou a sua sina. Ou melhor, eu melhorei a sina dele.

Regra #2: Não melhore o futuro designado para ninguém.

Isso não vai exatamente ampliar minhas chances de ser eleito o empregado do mês.

Não que eu tenha feito de propósito. Foi um acidente. Uma reação. Um erro. Mesmo assim, espero que meu papel na melhoria da sina de Nicolas Jansen escorregue pelas fendas sem que Jerry tome conhecimento do que aconteceu. Além do mais, estamos falando em entrar para um monastério. Não é como se Nicolas Jansen estivesse prestes a ser canonizado.

Então, não há nenhuma razão para que Jerry perceba, não a menos que ele resolva fazer um controle de qualidade a esmo em seus balanços mensais de predeterminação. Mas Jerry está tão atrasado em suas tarefas que eu não deveria me preocupar.

Então, porque eu tenho a sensação de que algo está errado?

"Ei, Fááááááááááááááááááááááááábio."

Um momento depois, Destino aparece ao meu lado, sua crina de cabelos vermelhos descendo pelas costas nuas.

Ela está usando um vestido de seda vermelha, que desliza até seus tornozelos, bem decotado na frente e atrás, e sapatos altíssimos, de bico e salto finos. Pelo tamanho de seu decote e ausência de marca de calcinhas, ela parece não estar usando nenhuma roupa íntima.

Não sei ao certo se é o calor sexual irradiado de Destino ou o fato de estar apaixonado por uma mulher mortal que está no caminho de um maníaco-sexual imortal e ambos estão no mesmo recinto, mas minha vestimenta mortal está começando a transpirar.

"O que a traz ao Harlem?", pergunto, tentando parecer casual.

Ela balança a cabeça em direção a Sara, que está mostrando ao casal condenado a repetir três vezes o mesmo erro as características da cozinha gourmet do condomínio. "Apenas verificando uma de minhas clientes. E você?"

"O mesmo", eu digo, fazendo um gesto em direção a George e Carla Baer, que já estão discutindo um com o outro sobre o fato de poder ou não arcar com um milhão e novecentos mil dólares, que é o quanto lhes custará o apartamento.

“Tem certeza de que não está aqui por causa dela?”, pergunta Destino.

“Por que eu estaria aqui por ela?”, questiono.

Se o vermelho é a cor da culpa, então me pintem de escarlate.

“Ah... eu não sei”, continua Destino, rastejando sobre o balcão da cozinha até se deitar de lado. “Talvez porque você esteja apaixonado por ela.”

Honestidade. Aquela vaca. Eu devia ter pensado melhor antes de confiar nela.

“Não tenho a menor ideia do que você está falando”, digo.

“Mesmo?”, ela fala, jogando para longe seus sapatos e se esticando toda, como faz um gato, seus seios e mamilos delineados sob o cetim vermelho. “Então, que tal brincar de médico sem contato?”

Olho para ela, esticada languidamente sobre o balcão, parecendo excitada e com os lábios úmidos, em suas armadilhas de sexualidade. A última coisa que quero é admitir, para Destino, como me sinto sobre Sara. Mas não posso me arriscar, aceitando o convite de Destino, pois, mantendo contato inadvertidamente com ela eu poderia, sem querer, de uma hora para outra me materializar na frente de Sara.

E por “mantendo contato inadvertidamente” eu quero dizer fazendo sexo.

Destino desce do balcão, seu vestido sobe para revelar que, de fato, ela não está usando nenhuma roupa de baixo. “Tire suas roupas.”

“Não”, eu respondo.

“Vamos lá, Fábio”, ela insiste, movendo-se em minha direção, seus seios perfeitos insinuados sob o vestido de cetim.

Eu retorno à sala de visitas, tentando pensar a respeito de gladiadores.

“Sei que você me quer”, ela diz, me encurralando contra o braço do sofá de couro negro, o vestido deslizando de seus ombros até cair no chão em volta de seus pés, como uma poça vermelha.

Eu não tenho de ser Honestidade para admitir que a quero.

Mas nesse momento estou tentando sintonizar o canal de Castidade.

“É a sua sina”, ela sussurra de maneira exasperante, seu corpo nu a poucos centímetros, seus lábios quase roçando minha orelha.

Gladiadores e Castidade não são páreo para a atração sexual de Destino, então, em vez de permanecer em pé diante dela, eu caio sobre o braço do sofá e giro, rolando até o outro lado.

“Covarde”, ela diz, engatinhando sobre o assento, movimentando as mãos e os joelhos. “Venha aqui e me ensine a ser uma boa menina.”

“Você é uma puta”, eu falo.

"Ah............ Fááááááááááááááááábio", ela murmura, rolando e jogando a cabeça para trás, tomando os seios nas mãos, como se elas fossem uma taça. "Adoro quando você fala sacanagem. Queria estar usando minha coleira."

"Não estou interessado", falo.

"Tem certeza?", ela pergunta, se virando de lado. "Eu até o deixaria usar meu vestido."

"Não fico bem de vermelho", digo.

"Como quiser", Destino capitula, deixando o sofá um segundo antes que o casal se sente para discutir se deve ou não comprar o apartamento. "Tenho apenas de achar alguém que caiba num tamanho tão pequeno."

Enquanto o casal e Sara continuam tratando do negócio, completamente alheios à batalha sexual que acaba de ser travada ali mesmo, Destino se veste.

"Eu acho que é bem bonitinho", diz Destino.

"O que é bonitinho?"

"O fato de você estar caído por ela", continua. "Estranho, mas bonitinho."

"O que há de estranho, a respeito?", pergunto, percebendo que acabo de admitir meus sentimentos.

Destino apenas sorri, enquanto calça novamente seus sapatos. "Falando nisso", ela diz, olhando-me de alto a baixo, "você está com uma nova vestimenta humana?"

Primeiro Honestidade e agora Segredo? Será que ninguém mais respeita as normas?

Destino anda em círculos ao meu redor, lambendo os lábios. "Parece boa, Fábio. O que aconteceu com aquela que Segredo consertou para você?

"O que ela lhe contou?", pergunto.

"Ah... uma coisinha aqui, outra ali...", diz Destino. "Aquela Segredo fica tagareeeela quando toma uns drinques."

Maravilha! Destino não apenas sabe que eu estou apaixonado, como também o que aconteceu em Amsterdã. Mas quanto ela sabe? Acho que não importa. Tudo o que Jerry precisa é de uma razão para investigar meus humanos e descobrir que alterei a sua sina e, antes que você perceba, estarei limpando merda de cachorro, com pás, em uma das fazendas de lutas de cães de Satanás, durante o Carnaval.

"Então, o que você quer de mim?", pergunto como se não soubesse.

"Não se preocupe, Fábio", ela garante se aproximando mais de mim, seus lábios a uma respiração de distância de minha orelha.

"Seu segrego está a salvo, comigo."

E com isso ela desaparece. Rumo a Las Vegas ou Bangkok ou seja lá onde vá essa puta imortal onipresente.

Quando volto minha atenção aos mortais que estão no apartamento comigo, Sara se afastou, dirigindo-se à sacada, onde aproveita para aproveitar a vista de tirar o fôlego do Central Park, enquanto o casal, que em breve vai se divorciar, debate sobre o apartamento.

A esposa quer comprar, mas o marido acha que é uma má ideia. Eles não podem arcar com esse investimento. Ele está a favor de algo menor, talvez em Chelsea. Mas ela não quer saber. Insiste nas janelas panorâmicas e no banheiro de mármore e na cozinha gourmet e no prestígio do lugar, na região alta da cidade. Ela vai bater o pé, como sempre, e ele ficará irritado com ela, por isso. Como sempre.

Esse foi o golpe mortal para seu primeiro embate. Eles vão comprar o apartamento, viverão ali por menos de dois anos, e depois ele pedirá o divórcio. Cinco anos mais tarde, depois que casem outra vez, farão tudo de novo, sem o apartamento de dois milhões de dólares, mas com os mesmos resultados.

Às vezes eu me sinto como uma babá para um bando de indisciplinados, incontroláveis malcriados.

Meu trabalho seria muito mais fácil se eles não comprassem este lugar, se ele simplesmente se levantasse e dissesse a ela: "Não, não podemos pagar".

Na verdade, isso é tudo o que ela quer. Um homem forte e decidido, que mantém os pés no chão e assume o controle das situações. Alguém que tomará todas as decisões por ela. Alguém que fosse o oposto de seu pai, que desmoronou quando sua mãe morreu, então ela, a filha mais velha, teve de cuidar da família até que seus irmãos menores terminassem de cursar o colégio.

Mas ele não é um homem assim. Ele quer tranquilizá-la, fazê-la feliz, dar a ela as coisas que ela quer, porque não sabe que está fazendo justamente o contrário. E então ele senta-se e se rende aos argumentos dela e aceita suas exigências e se submete aos desejos dela, porque a ama e quer satisfazê-la, em lugar de se impor. Em vez de assumir o controle e dizer a sua controladora esposa-mala para que cale a boca.

Isso é o que eu gostaria que ele fizesse. Agora mesmo. Assumisse o controle da situação. Mostrasse a ela quem decide. Ser o homem que ela deseja que ele seja.

Irritado e frustrado, tanto com esse casal maluco como por ter tido aquele encontro com Destino, eu ando até a parte de trás do sofá, me inclino até chegar perto de George Baer o suficiente para sentir seu suor e o perfume de sua colônia, e disparo: "Simplesmente diga a ela para calar a boca!".

"Será que você pode calar a boca?", ele diz.

A mulher dele e eu olhamos para ele, admirados, de queixos caídos.

"O quê?", ela diz.

O quê?, eu penso.

"Nós não vamos comprar este lugar", ele fala. "Não podemos pagar por ele. Então, vamos ter de encontrar outro, por um preço mais razoável."

Não sei quem está mais surpreso – ela, o marido ou eu. Mas assim, sem mais nem menos, posso ver tudo se descortinando diante de mim. Uma mudança na realidade. Um novo futuro.

Oh-oh. Acho que fiz de novo.

Eles não vão se divorciar em um ano. Ou, ao menos, por essa questão. Em vez disso, a esposa finalmente terá atendido seu desejo de ser cuidada, de ter alguém que tome as decisões por ela, de ser aliviada do peso da responsabilidade. Possivelmente, a nova dinâmica a levará a uma relação de dominação/submissão que vai desembocar em uma jornada para dentro do mundo BDSM – Escravidão-Disciplina-Sadomasoquismo. Nessa mesma época, no ano que vem, ela estará usando uma mordaça, uma luva de couro, presa numa gaiola customizada, com todo o equipamento, incluindo correntes e algemas.

Talvez não tão nobre quanto entrar para um monastério, mas mesmo assim um progresso nos seus destinos previstos.

Embora Carla Baer fique triste por não ter conseguido o apartamento, está tão chocada com a súbita atitude decidida e autoritária do marido que mal tenta esboçar uma leve reação. Quando vão embora, graças a seu novo comportamento controlador, o marido toma coragem para reservar lugares em seu restaurante favorito, disposto a contar à mulher que viajarão de férias para o México, no ano que vem. E fico pensando se, inadvertidamente, transformei as coisas para melhor ou pior.

Talvez não tenha sido a sugestão subliminar que eu gritei.

Talvez tenha sido só uma coincidência.

Talvez ele tenha mudado sua sina por conta própria.

Certo. E talvez Destino se torne uma freira.

capítulo 18

Nunca fui um grande fã de mudanças. Gosto de minhas rotinas e da maneira como está disposta a minha mobília e do jeito que meus travesseiros estão afofados. Sou de Touro, acima de tudo. Mas isso é um pouco mais significativo do que de que lado da cama eu durmo.

Mudar as sinas dos humanos não é como trocar uma lâmpada. Pode criar sérias repercussões, não apenas para o humano cuja sina você alterou, mas para todos os demais com quem aquela pessoa tem contato. É do que trata o conceito dos seis níveis de separação, só que, em vez de ser apenas um número de passos que nos distanciam de conhecer alguém, cada humano fica um número de passos distante de impactar a sina de cada outro humano no planeta.

Uma palavra gentil de uma pessoa para outra pode levar a outra palavra gentil, resultando em uma sequência de palavras ou ações benéficas, capazes de mudar os caminhos de todos os envolvidos. Da mesma forma, disparar palavras ou atos de violência pode acabar afetando mais do que o destinatário inicial. Basta olhar para Ed Gein ou Ted Bundy ou quaisquer outros abusadores ou molestadores ou matadores em série ao longo da história. O número de vidas que eles afetaram é incomensurável.

Não que eu esteja esperando que Nicolas Jansen esfaqueie seus novos irmãos monásticos ou que George e Carla Baer comecem a armazenar partes de cadáveres em seu refrigerador, mas tenho de levar em conta as consequências de minhas ações.

Todas as pessoas que seriam vítimas da vida de crimes e drogas de Nicolas Jansen não terão mais essa experiência como um fator em suas vidas. Todos os seus futuros colegas de cela e traficantes e parentes de rua não terão contato com sua influência negativa. E todos aqueles que tentariam ajudar Nicolas não terão de enfrentar a decepção de seus fracassos.

Seus pais finalmente têm esperança em seu futuro. Os outros monges do Monastério Ortodoxo de Saint-Nicolas serão afetados por seu novo irmão. E os humanos com que Nicolas entrar em contato serão inspirados por suas palavras e ações.

Igualmente, George e Carla Baer não impingirão suas inseguranças ou neuroses sobre ninguém mais. Serão pessoas felizes e espalharão essa felicidade sobre outras pessoas que fazem parte de suas vidas, e essas, por sua vez, serão afetadas de uma maneira positiva e passarão essas vibrações para os demais que venham a conhecer e encontrar. E assim por diante, por diante, por diante...

Então, sem querer, influenciei alguns milhões de humanos. Alguns, mais que outros. Mas eles estão em situação muito melhor hoje do que ontem. E a maioria deles nem sequer sabe disso. Estão livres de sua sina. Por mim. Pela mudança de circunstâncias em suas vidas.

E eu estou pensando se vou acabar com isso.

"Acabar com o quê?", pergunta Sara.

Aparentemente estive pensando em voz alta de novo.

Sara e eu estamos aconchegados no sofá, assistindo ao programa *Sem reservas*, de Anthony Bourdain, no Travel Channel, e comendo pipoca. Eu nunca tinha feito isso. Nada disso. Nunca fiquei assim agarradinho, nunca fiquei vendo o Travel Channel, e odeio pipoca. Se o isopor tivesse gosto, seria como o da pipoca. Mas estou compartilhando com Sara e fingindo que gosto, porque aprecio qualquer atividade que signifique estar com ela.

"Nada", eu digo. "Só coisas do trabalho."

"Que tipo de coisas do trabalho?", Sara pergunta, pegando um punhado de pipocas, enquanto Anthony Bourdain segue comendo na região de Nápoles, na Itália.

Esse é outro problema que eu descobri sobre namorar uma mulher mortal. Ela gosta de falar sobre tudo.

Problemas.

Sentimentos.

Sexo.

Qualquer sexo que eu tenha feito com uma mortal foi só de uma noite. Nem mesmo minhas escapadas com outros imortais podem ser descritas como relacionamentos. E mesmo que Destino e eu tenhamos uma coisa de pôr-e-tirar durante a maior parte de nossa existência, não temos sido exatamente exclusivos.

Então, uma conversação profunda, significativa, do tipo vamos-nos-conhecer-uma-ao-outro, nunca foi algo que eu tenha praticado. Sem mencionar o fato de que qualquer diálogo consistente implica revelar detalhes a meu respeito, sobre quem eu sou e sobre o que eu faço.

Regra #3: Nunca revele que você é imortal.

Naturalmente isso quer dizer que tenho de mentir. E começo a descobrir que isso me chateia mais do que poderia imaginar.

"Cometi um erro", eu digo.

"Todo mundo comete erros", Sara comenta. "Isso faz parte do ser humano."

Quase dei risada, mas percebi que ela estava falando sério.

Quando você erra na Round Table Pizza, você está afetando a refeição de alguém. Quando você erra na loja Gap, você está afetando o guarda-roupa de alguém. Quando você erra na corretora Charles Schwab, você está afetando a segurança financeira de alguém. Mas, quando você se engana em minha linha de trabalho, você tem de levar em conta em como isso afetará a sina de toda a espécie humana.

Até certo ponto, os seres humanos são como pizzas, jeans largos e fundos de previdência – alguns resultam em mais consequências do que os outros. Para ser justo, há mais pizzas no mundo do que militantes do Exército Republicano Irlandês. Mesmo assim, isso não quer dizer que a pizza não pode ter um impacto no futuro financeiro de alguém.

Na televisão, Anthony Bourdain está comendo pizza.

"O que foi que você fez?", pergunta Sara.

"Dei uma informação errada a alguém", digo.

Sara imagina que eu seja um corretor da bolsa de valores, trabalhando com produtos internacionais. O que não é inteiramente falso. De alguma forma, eu agencio seres humanos e trabalho com o produto da sina.

"Que tipo de informação errada?", ela pergunta.

"Do tipo que pode me dar problemas", respondo.

O problema da Sara é que ela tem uma paciência infinita.

"Tudo bem", diz, largando a pipoca. "Esse erro que você cometeu. Isso irá matar alguém?"

"Não."

"Vai provocar o fim do mundo?"

Tenho de pensar nisso, antes de balançar a cabeça. "Creio que não."

"Vai fazer com que você seja demitido?"

Há possibilidades de que, com tudo o que tem de lidar, Jerry não tome conhecimento das sinas artificialmente ajustadas de três pizzas inconsequentes. Não é como se eles tivessem feito algo notável ou extraordinário ou inovador, como lançar as bases da filosofia ocidental ou recusar-se a ceder seu assento no ônibus ou fazer uma tremenda jogada no Masters. Eles fizeram escolhas que milhares de humanos fazem todos os dias.

"Provavelmente, não", respondo.

"Então, deixe pra lá", sugere Sara, inclinando-se para perto de mim. "Qualquer que seja o erro que você cometeu, é possível que não seja tão grande como você pensa. E, mesmo que acabe se tornando um problema, você tem tudo o que precisa, dentro de si mesmo, para consertá-lo."

Sara encosta um joelho em minha coxa, coloca a mão em meu peito e reclina sua cabeça em meu ombro. Eu cheiro seus cabelos, o perfume de seu xampu. Ouço as exalações delicadas de sua respiração. Sinto sua pulsação vibrando contra minha vestimenta de homem. E subitamente me sinto melhor.

Essa é uma sensação estranha, de afeição e familiaridade, essa intimidade sem sexo. Isso de ter alguém cuidando de mim, uma pessoa que se importa com minhas preocupações, e me faz sentir bem. Essa sensação de calor e formigamento que me vem sempre que penso em Sara subitamente é uma verdadeira febre. E eu estou repleto de uma alegria que jamais havia sentido antes.

Então, faço algo que jamais fizera antes. Eu envolvo Sara em um abraço; depois, beijo o alto de sua cabeça, gostando de tê-la, assim, sem querer fazer sexo. Quando ela olha para mim, eu beijo seus olhos e sua testa e sorrio para ela. Ela sorri de volta, antes de se ligar na televisão, aconchegando-se mais.

E assim simplesmente eu me sinto melhor com tudo.

Quando me dou conta do que fizera, de que havia interferido nas sinas de alguns humanos, penso em como podia consertar isso, como eu poderia colocá-los de volta na trilha anterior, onde estavam antes que eu interferisse. Mas, quanto mais penso sobre isso, mais me convenço de que é impossível fazer tudo voltar a ser como era antes. E que eu não ia querer, mesmo que pudesse fazê-lo.

Durante minha existência inteira, eu sempre soube o que vinha em seguida. Para mim mesmo e para meus humanos. Agora, subitamente, meu mundo está tomado pela incerteza. Pelo desconhecido. Pelo entusiasmo. Há algo sobre não saber o que vai acontecer que eu considero emocionante. Comigo. Com Sara. Com os três humanos que ajudei a escolher um melhor caminho.

E estou pensando... Será que eu conseguiria escapar, se fizesse isso de novo?

O que quero dizer é que Jerry não se tornou onisciente assistindo aulas de compras ou dormindo durante as de física. Então, há uma boa chance de ele pegar a coisa, eventualmente. A menos que ele esteja tão distraído que eu pudesse voar sobre o radar. O que é possível, Jerry está muito ocupado estes dias e tem uma tendência a deixar as coisas escorregarem. Exceto quando envolvem Destino ou Fado ou uma das Revelações. Então, eu tenho de ter cuidado se vou me meter nas vidas daqueles simplórios por quem sou responsável.

Percebo que estarei quebrando a primeira regra, mas se eu apenas lhes der sugestões, dicas sutis, um delicado empurrãozinho na direção certa, então não será como extrapolar os parâmetros de suas sinas predefinidas. Só estarei ajudando que regressem a seus caminhos originais. Só os auxiliarei a otimizar seus futuros. E se eu puder dar uma mãozinha a alguns deles, apontando o rumo correto, manipulando suas sinas para superar as confusões que fizeram com suas vidas, talvez eu possa me ajudar. Talvez possa redescobrir por que eu gostava desse emprego, a princípio.

Pela primeira vez em quinhentos anos, novamente sinto que sou importante.

capítulo 19

A última vez que me senti assim, com importância, foi durante as décadas da Idade Média. Na verdade, Destino ficou com a parte do leão no que se refere aos responsáveis pelo renascimento da evolução humana – Cervantes, Da Vinci, Shakespeare. Mas, em vez de ser lançado para saciar a fome dos leões, como aconteceu com muitos de meus clientes no transcorrer da prosperidade do Império Romano, os que estavam na minha lista na Renascença – Dante, Botticelli, Raphael – ao menos desempenharam um papel na mudança da vida humana para melhor.

Desde aquela época, as coisas foram declinando gradualmente.

Certamente grandes pensadores, cientistas e pintores, como Nietzsche, Edison e Van Gogh, apareceram depois, mas eles não estavam em meu caminho. Não. Eu fiquei com os missionários, ditadores e presidentes que espalharam religião e deflagraram guerras e lançaram bombas atômicas. Sem mencionar que tive de suportar as sinas de dezenas de milhões de seres humanos, direta ou indiretamente mortos por suas ações.

Então, quando descubro que fiz diferença nas sinas de humanos do século vinte um, mesmo se apenas tenha mandado um viciado em drogas para um monastério francês ou um casal desequilibrado para um futuro de escravidão e disciplina, eu quase sinto que encontrei um novo jeito de usar o inevitável. Como se eu tivesse a oportunidade de me reinventar.

Um novo e aperfeiçoado Fado.

Um benfeitor da humanidade.

Ou pelo menos dos descarrilamentos do trem da humanidade.

Minha primeira tentativa de alterar a sina de um humano é com Amanda Drake, uma viciada em metanfetamina, com quarenta e cinco anos de idade e que vive no East End de Londres. Ela tem andado num constante vaivém durante toda a sua vida adulta, presa por delitos como furto, falsificação, roubos e fazendo-se passar por um membro da família real. Ela também passou mais ou menos três anos entre saídas e entradas em serviços de recuperação de drogados.

Eu escolho Amanda Drake por algumas razões.

Uma, ela está em minha agenda de hoje.

Dois, ela precisa de ajuda.

E, três, eu fechei meus olhos e apontei para o nome dela, em minha lista.

A última coisa que desejo é criar algum tipo de padrão, ajudando muitos humanos em determinada categoria geográfica ou demográfica. Então acho que a escolha aleatória de alguém é a coisa mais inteligente que posso fazer. Embora não saiba se a inteligência é um fator importante em meu processo de decisão.

A sina original de Amanda definia que ela trabalharia como garçonete e que nunca se casaria; que morreria sozinha em um hospital para convalescentes aos sessenta e oito anos de idade. Não era a mais satisfatória das sinas, mas melhor do que a que ela estava se esforçando para criar para si mesma.

Quando eu chego de surpresa, Amanda está tomando um café da manhã que é uma mistura de pseudoefedrina, ácido muriático, limpador de freio, acetona, soda cáustica e metanol. Pessoalmente, eu teria pedido waffles e bacon.

Amanda vive num apartamento de dois quartos, no andar de cima de uma lavanderia, e divide o espaço com um casal de solteiros que não consome drogas e que, na noite passada, avisaram a ela que terá de se mudar. Recentemente, Amanda também perdeu seu emprego na lavanderia lá de baixo, quando o dono a pegou cheirando solventes usados para a lavagem a seco.

Sem um emprego ou um lugar para viver, Amanda vai acabar nas ruas, implorando por dinheiro e eventualmente se prostituindo para sustentar seu vício. Perderá peso, terá problemas renais, será estuprada mais de uma vez e descobrirá que não importa quanto consiga descer, ainda haverá mais degraus abaixo.

Em menos de cinco anos, Amanda Drake estará morta.

Por que será que não peguei alguém mais fácil para começar? Como um fetichista felino ou um comedor compulsivo ou um coprófilo submisso? Alguém com apenas um grande problema, em vez de uma mulher com tantos que lotariam uma semana inteira de Jerry em Ação?

Honestamente, não entendo como os humanos acabam assim. Eles são as únicas criaturas no planeta que pensam que deveriam ser felizes. Eles se preocupam com dinheiro e com seu futuro e com sua herança. Eles se preocupam com a guerra e a doença e a morte.

Eles se preocupam com sexo e amor e relacionamentos. Mas se preocupam principalmente com o fato de não estarem felizes.

Depois de mais de cinco mil anos de avanço da civilização, isso ainda me enlouquece.

Então, aqui está Amanda Drake, anoréxica no limite máximo com feridas no rosto, uma vítima de sua própria desgraça, uma mulher que poderia ter escolhido construir uma vida melhor, mas em vez disso preferiu desmoronar ano a ano, até que finalmente chegou ao ponto em que Dennis está esperando literalmente num dobrar de esquina.

Enquanto eu me sento e a observo juntando as poucas coisas que ainda tem dentro de uma mochila de lona suja e surrada, as alças de sua roupa unidas com alfinetes de segurança, comecei a me perguntar o que estou fazendo aqui. Essa mulher não pode ser ajudada. E, mesmo que pudesse, ela merece sê-lo? Ela teve todas as oportunidades para consertar sua vida sozinha, sem meu auxílio. O que ela precisa é ser libertada de sua desgraça.

Mas embora eu quisesse muito ajudá-la, não sou indicado para essa tarefa. Ela terá de esperar até que Dennis a chame, em cinco anos. Nesse meio-tempo, tenho uma infinidade de outros humanos desanimados, descontentes e desiludidos para praticar minha recém-descoberta benevolência. Então pego minha lista, fecho os olhos e ondulo meu indicador no ar, para selecionar outro humano.

Antes que eu faça minha escolha e me desmaterialize daquele lugar, Amanda deixa escapar um ruído que me faz parar. Hesito por um momento, de costas para ela, esperando que o que eu pensei ter ouvido não fosse o que eu pensei ter ouvido. Mas então Amanda solta outro soluço.

Eu me viro e encontro Amanda de joelhos, dobrada sobre a sacola, suas mãos cobrindo o rosto, seu corpo tremendo no ritmo de seus soluços.

Porra! Eu estava tão perto de sair de fininho...

Nunca fui uma presença confortadora e nunca soube o que dizer para uma mulher aos prantos, então comecei a elaborar pensamentos positivos para tentar fazer Amanda parar com aquilo. Mas ela simplesmente continuou soluçando, até aquele ponto em que não se pode ouvir nenhum som escapando de seus lábios e a saliva começava a gotejar de sua boca.

Às vezes, os humanos me dão asco.

Então, comecei a falar em voz alta.

"Oi, está tudo bem.Você não precisa chorar.

"Vamos lá, Amanda. As coisas vão melhorar.

"Jesus, enfie uma rolha agora mesmo, tá?"

Continuo pensando que talvez acontecesse algo semelhante ao que houve com George Baer, lá naquele condomínio. Em vez disso, parece que eu estou piorando as coisas.

Finalmente, como não tenho outras alternativas e estou ficando frustrado, olho em volta para ter certeza de que estamos sozinhos; então, eu me materializo e digo duas palavras que costumam dar o resultado que se espera.

"Cale a boca!"

Funciona. Amanda cala a boca. O choro acaba. A baba continua a cair, mas você não pode esperar milagres.

"O quê...?", ela pergunta, olhando para mim, seus olhos primeiro cheios de confusão, depois de terror. "O quê...?"

"Eu disse, cale a boca."

Ela fecha a boca, seus lábios continuam tremendo, as lágrimas brilhando em seu rosto e a saliva escorrendo em seu queixo.

"Assim é melhor", digo.

Tenho certeza de que ela acha que estou aqui para ferí-la ou estuprá-la ou cometer alguma atrocidade, então tenho de agir com cautela. Garantir que não vou dizer nada que possa assustá-la. Só dar um empurrãozinho de leve na direção certa.

"Agora me escute, sua patética perda de talentos de Jerry", eu falo. "Se você não der um jeito de juntar toda essa merda, vai estar morta em cinco anos."

Muito bem. Talvez eu não tenha sido muito sutil, mas ao menos cumpri meu objetivo.

"Morta?" ela diz.

"Sim, isso. Morta. M-O-R-T-A. Morta. É isso que você quer?"

Ela balança vigorosamente sua cabeça de um lado para o outro.

Embora eu tenha certeza de que ela está falando a verdade, de que ela não quer morrer, ainda não a vejo completando seu quinquagésimo aniversário. Em vez disso, por causa de meu súbito aparecimento e do anúncio de sua morte iminente, ela vai acabar parando de cheirar tanta metanfetamina, de maneira que seus pulmões estarão limpos em um ano.

Aparentemente, essa coisa de ajudar as pessoas é mais complicada do que eu pensei.

"Veja", eu digo, "sei que provavelmente você está sendo sincera sobre não querer morrer, mas eu não estou caindo nisso, assim de bandeja. Então, vamos tentar de novo. Você quer morrer?"

De repente, ela começa a chorar de novo.

"Que foi?", pergunto.

Ela solta alguns soluços, depois limpa seu nariz escorrendo com a manga de um de seus braços. "Você... va-a-a-a-ai... me... m-m-m-a-a-a-a-atar?"

"Pareço com Morte?", falo. "Meus cabelos são brancos? Tenho lentes de contato coloridas? Estou usando luvas de agente funerário?"

Ela balança a cabeça, mesmo que não esteja lá muito certa sobre as lentes de contato.

"Então, não... eu não estou aqui para matá-la", afirmo. "Estou aqui pra salvar você, bunda-mole."

Seus soluços pararam, transformados em fungadas. Quando ela olha para cima, há algo semelhante a espanto, em seus olhos. "Você está aqui para me salvar?"

"É o que estou tentando lhe dizer."

Honestamente, às vezes humanos podem ser seres muito difíceis de lidar. São piores do que babuínos. Mais resistentes a aprender a limpar o traseiro também.

"Você é da clínica?", ela pergunta.

Clínica? Que clínica?

"Não, não sou da clínica."

"Foi a senhora Devon que o mandou aqui?"

De novo com as perguntas. "Olhe", eu digo, "quer calar a boca? Você está tornando isso um pouco mais trabalhoso do que deveria ser."

"Mas eu não entendo", ela fala.

"O que há para entender?", pergunto. "Você precisa parar de usar drogas. Precisa conseguir um emprego. E precisa dar um jeito na sua vida. É muito simples, sério."

"Mas... eu não sei", ela continua, as lágrimas começando a fluir novamente. "Cometi muitos erros..."

Imagino se Jerry teve tanto trabalho para convencer Noé a construir sua arca.

Então fico ali e penso, tentando entender o que posso fazer para convencer Amanda de que as coisas não são tão sem esperança como ela acha, e que ela pode arrumar a sua vida.

E então a coisa me vem.

"Todo mundo comete erros", eu digo, dando alguns passos até me agachar diante dela. "Isso faz parte do ser humano. Mas você tem tudo o que precisa no seu interior para consertar as coisas."

As palavras da Sara vêm à minha boca.

"Sério?", ela murmura, olhando para mim. Pela primeira vez desde que me fiz visível, sua face expressa algo que parece com esperança.

"Sério", digo. "Você apenas se esqueceu de como encontrar. Mas está aí."

Antes que eu me dê conta, estou me aproximando e limpando suas lágrimas com meu polegar.

E então acontece. Sua sina muda. Eu a vejo limpa e sóbria, trabalhando meio período em uma loja de roupas perto de Piccadilly Circus e como voluntária em um abrigo para mulheres. Eu até vejo que há potencial para romance. Um ligeiro progresso em sua sina anterior, mas nada com que eu possa me preocupar. Afinal de contas, ela ainda vai morrer antes de completar os setenta anos.

"Quem é você?", ela pergunta.

"Sou seu anjo da guarda", respondo ficando em pé. "Portanto, não fode comigo!"

E, com isso, eu desapareço no ar.

capítulo 20

Estou em um bar em Duluth, Minnesota. Não exatamente minha primeira escolha de um ótimo lugar para ir, mas é onde Darren Stafford passa a maior parte de seu tempo desde que perdeu seu emprego, no colégio onde ensinava biologia — isso sem mencionar sua casa, sua esposa, seu autorrespeito e o processo de paternidade movido contra ele por uma brilhante aluna sua, de dezessete anos de idade. Então, embora seus dois filhos adolescentes estejam quase terminando o colégio, ele ainda terá de pagar pensão pelos próximos dezoito anos.

Felizmente para Darren, a maioridade em Minnesota é aos dezesseis anos, o que significa que ele não perdeu sua liberdade por transar com uma de suas alunas. Entretanto, se ela fosse uma galinhona americana, uma coruja nevada, uma fêmea de chapim boreal ou de mergulhão, Darren teria de ficar em liberdade condicional durante seis meses e ainda prestar cem horas de serviço comunitário, pois a legislação de Minnesota proíbe o sexo entre humanos e pássaros.

Não estou inventando isso não.

Pervertidos como os humanos são, eu sempre me surpreendo como eles vão longe para satisfazer seus desejos. Mesmo assim, é espantoso imaginar que alguém possa olhar para um corvo, um beija-flor ou uma carriça de peito vermelho e dizer: "Hummmmmmmmm, eu gostaria de pegar um desses".

Até onde eu sei, Darren Stafford não é um homem de bico e penas, mas sim um homem Jim Bean, o uísque. E, agora mesmo, ele está quase terminando a segunda rodada do dia, que ainda não chegou às doze horas de idade .

"O que vai querer?", pergunta o barman, um mixologista de quarenta e nove anos, que seguirá essa carreira até que morra de câncer do pulmão antes de completar os sessenta.

"Jim Beam", digo, sentando-me a poucos bancos de distância de Darren. "Puro."

Odeio beber álcool à temperatura ambiente ou sem gelo, mas aprendi que não posso esperar que os humanos acreditem em mim quando lhes conto o que vai acontecer com eles, então trato de desenvolver um pouco de confiança da melhor forma para que possa dar o meu recado.

Darren Stafford dá uma olhada para o balcão, levanta seu copo quase vazio para mim, depois liquida o resto de seu Jim Beam com um só gole.

"E para ele, o que está bebendo", falo para o barman.

"Prepare um duplo", diz Darren, enquanto vem para um banco mais próximo.

Admito que pegar Darren Stafford não foi uma escolha aleatória como Amanda. Mas a próxima pessoa em minha Lista de Humanos Idiotas a Ajudar vive em Dakota do Norte, então saltei sobre a Terra dos Dez Mil Lagos para ver como estava passando meu desgraçado professor colegial de biologia favorito.

"Semana dura", digo.

"Você não tem ideia", fala Darren.

Nada como comprar um drinque para um bebedor solitário para torná-lo seu melhor amigo. A menos, é claro, que você lhe pague dois ou três. As bebidas chegam e Darren derrama sua história para seu mais novo melhor camarada, o que é mais uma história em sua defesa do que eu poderia imaginar. Trata-se de quase um conto de fadas de amor e inocência e traição, em vez de uma decisão real e idiota da parte dele.

Isso, junto com sua atitude de tirar vantagem de minha generosidade pedindo um duplo e o fato de que eu simplesmente mal consigo engolir meu drinque sem vomitar no copo, me faz questionar por que estou tão dedicado a salvá-lo de seu caminho de desespero etílico. Até que ele subitamente se desmorona e começa a chorar.

"Ouça", eu digo, colocando um braço em seu ombro, para lhe oferecer conforto.

Salvo as mulheres mortais com que tenho feito sexo durante milênios, eu evito tocar os humanos. Os meus humanos, de qualquer forma. Não tanto pela textura de seus corpos, mas pelas qualidades que deles emanam. Como tocar carne fresca brilhando de suor e emitindo um odor fétido.

"Ouça", eu digo, retirando minha mão e tentando respirar pela boca. "Você não tem de ficar aqui, fazendo isso consigo. Você tem uma escolha."

E eu quero acrescentar "otário", mas não acho que será uma crítica construtiva.

"Escolha?", ele se espanta, limpando o nariz na manga. "Que escolha? Eu estou fodido."

"Não", digo. "Você foi fodido e fodeu alguém que não deveria, e por causa de A você chegou a B, mas isso não significa que você tenha de permanecer fodido."

Ele não acredita em mim. Não até que eu comece a lhe contar detalhes de seu caso, preenchendo as lacunas que ele propositalmente deixara e corrigindo o conto de fadas que ele criara.

"Como é que você sabe tudo isso?", ele pergunta, com os olhos subitamente cheios de suspeita. "Você é um policial, um advogado ou o quê?"

"Apenas um amigo", respondo, quase sufocando com a palavra. "Alguém que conhece você melhor que você mesmo."

"Bem, se você me conhece tão bem", ele diz, pronunciando cada palavra com ênfase e derrubando metade de seu drinque recém-servido pelos lados do copo, "então talvez possa me dizer, em primeiro lugar, por que dormi com aquela putinha."

Eu lhe digo o porquê. Conto o que estava se passando em sua cabeça naquela manhã em que ele parou diante da varanda dos fundos da casa de sua aluna. Conto o que ele queria ser quando crescesse e todas as más escolhas que fez ao longo do caminho e que o impediram de realizar seus sonhos. Então conto o que será dele, se não sair daquele bar neste exato momento.

"Vou fazer sexo com pássaros?", ele pergunta.

Não. Mas acho que isso até soa melhor do que ser um sem-teto com chatos na virilha. Além disso, nunca se é cuidadoso o suficiente. E eu pertenço à Sociedade Protetora dos Animais.

Mas não tenho de me preocupar com a possibilidade de Darren Stafford fazer sexo com mergulhões. E não tenho que me preocupar com a eventualidade de ele mergulhar em uma depressão etílica durante os próximos doze anos. Depois de nossa pequena conversa de hoje, ele vai descobrir que pode começar de novo e que existe vida depois de uma cagada fenomenal. Embora vá se apaixonar por uma estudante de ciências de dezenove anos na faculdade comunitária onde passará a ensinar.

Algumas coisas nunca mudam.

"Mas por que eu faria sexo com pássaros?", Darren pergunta.

Eu digo que não sei. Talvez seja uma espécie de autoflagelação pelos erros que ele cometera e as vidas que arruinara.

"Fazer sexo com aves é contra as leis de Minnesota", informa o barman, batendo as cinzas de seu Camel no cinzeiro.

"É contra a lei de onde eu vim, também", digo.

"E onde é que fica isso?", pergunta o barman a caminho de desenvolver câncer de pulmão.

"Céu", falo, e desapareço num piscar de olhos.

Eu sempre amei o filme *A Felicidade Não se Compra.*

Alguns segundos depois, antes que o barman e Darren tenham a chance de reagir, eu me rematerializo no bar.

"Falando nisso", eu digo ao barman, "você deveria querer parar de fumar, se quiser manter seus dois pulmões e viver para ver seu neto jogar futebol universitário em Michigan."

Então, desapareço de novo.

Sei que não é uma boa ideia fazer isso, mas às vezes eu não posso me conter. Além disso, nenhum dos dois dirá uma só palavra a meu respeito para ninguém. Nem mesmo comentarão entre eles. Depois de hoje, Darren Stafford jamais entrará nesse ou em qualquer outro bar, pelo resto de sua vida. E o barman, ainda que fadado a morrer de câncer do pulmão, conseguirá ao menos ver seu neto jogar pela Universidade de Michigan.

Não há muito que eu possa fazer quando uma doença já invadiu alguém. Não posso reverter o dano que já foi feito ou evitar que evolua. Mas posso dizer a eles que podem lutar. Que não têm de acreditar em todas as estatísticas e percentagens e probabilidades contra eles, porque podem sobreviver mais tempo do que os especialistas lhes informam. Eu posso lhes dar esperança. O que devo admitir, não é exatamente meu forte.

Desesperança. Fracasso. Desespero. Esses são os instrumentos do meu negócio, têm sido por mais tempo do que posso recordar. Eu me acostumei a eles. Sinto-me confortável com eles. Eles se tornaram parte de minha existência diária, como comer e respirar e fazer sexo sem contato. Fazem parte da minha rotina. Fazem parte de meu estilo de vida. Fazem parte de minha natureza.

Percebo que tenho sido muito parecido com meus humanos – parado em uma rotina e acostumado a fazer coisas de tal jeito que não consigo ver outra maneira de fazê-las. E isso realmente me aborrece, em um nível que vai além do nojo e do ódio por mim mesmo.

Sou como meus humanos. Somos iguais. Eles são um reflexo de mim. Eu sou um reflexo deles. E essa é a maior dose de realidade com a qual estou preparado para lidar agora.

capítulo 21

Nas semanas seguintes, eu atravesso o globo, de Bogotá a Budapeste e a Bali, ajudando homens e mulheres e crianças fadados a futuros de mediocridade, opressão e péssimos cortes de cabelos. Vá, tire sarro se quiser. Mas você não tem ideia do impacto que um mau corte de cabelo tem no futuro de uma pessoa.

Não tenho de aparecer em carne e osso para ajudar a maioria deles e não tenho de ficar repetindo a materialização ao ar livre que usei com Amanda Drake ou Darren Stafford. Não é uma boa ideia ter muitos humanos falando a respeito de um anjo da guarda que aparece na sua frente. Antes que você possa se dar conta, minha fotografia estaria estampada em todos os jornais e na mídia eletrônica e eu estaria sendo agendado para participar de entrevistas nos programas de Larry King e Oprah, o que, de fato, iria deixar Jerry bem puto. A Oprah nunca o convidou para seu programa.

Em algumas ocasiões, de qualquer forma, sou forçado a interagir com meus humanos como se fosse um deles, oferecendo palavras de encorajamento ou amigáveis sugestões ou às vezes um tapinha na parte de trás da cabeça. O que realmente não funcionou muito bem com aquele marido abusivo de Munique. E isso explica por que tive de chamar Engenhosidade, de novo, para consertar meu rosto.

Ainda estou pegando o jeito da coisa.

Se você passou a maior parte das últimas centenas de anos ficando farto e amargurado entre criaturas inferiores que assiduamente insistem em agir como bundonas, mudar sua atitude em relação a elas não é algo que acontece da noite para o dia. Mas estou tentando trabalhar com meus humanos, ensinando-os a como reconduzir suas vidas aos trilhos para que fiquem felizes, o que, em contrapartida, também me deixa feliz. Acho que estou começando a entendê-los um pouco melhor, embora ainda esteja um pouco aquém da curva desejável quando se trata de Sara. Realmente, ainda não estou mais próximo de compreender seu destino do que estava antes. Na verdade, sinto como se estivesse mais longe ainda de encontrar as respostas. É como se, por ficar mais próximo dela, eu perdesse a capacidade de ver as coisas com clareza.

"Bom dia", diz Sara, recostada de lado, olhando para mim de seu travesseiro.

É domingo de manhã e estamos no quarto dela, o qual tem uma conformação semelhante à do meu, mas é muito mais quente e convidativo.

Paredes de um vermelho intenso.

Cama de tons de terra.

Nenhum espelho no teto.

"Sabe que você nunca acorda com uma sombra?", ela comenta.

"O quê?", pergunto, pensando que seja o começo de algum tipo de conversa filosófica sobre arquétipos e psicologia junguiana.

"Uma sombra", ela diz. "A barba dos homens continua a crescer durante a noite, então, mesmo que se barbeiem antes de dormir, eles acordam com uma sombra." Sara passa levemente os dedos no meu rosto. "Sua pele está tão lisinha como antes de pegar no sono."

Esse é outro problema de namorar uma mulher mortal. Ela percebe coisas a meu respeito que ninguém mais notaria. Como o fato de que eu não tenho nenhum cheiro corporal.

Ou que eu nunca tenho de cortar as unhas.

Ou que não preciso me barbear.

"Fiz depilação a laser", digo, porque é a única resposta que me ocorre.

"Isso é ruim", ela fala. "Eu gosto de uma aparência selvagem, vez ou outra."

Anotação pessoal: tenho de pedir a Engenhosidade que me instale alguns folículos faciais.

"Então, o que você queria ser quando criança?", Sara pergunta, deslizando o dedo pelo meu peito.

"Eu?", digo.

"Não", ela ironiza. "O outro sujeito com quem estou dormindo."

"Por que você quer saber como eu era quando criança?", pergunto.

"Apenas curiosidade", ela diz, seu longo, delicado dedo circulando ao redor de meu umbigo. Se eu tivesse sido um menino, aquilo que ela estava fazendo me deixaria esquecer tudo sobre subir em árvores e jogar bola.

Então, seu dedo começa a traçar outra parte de minha anatomia.

"Queria determinar as sinas de todos os seres humanos do planeta", deixo escapar.

"Sério?", ela diz, sua mão deslizando para trás, em minha cintura, enquanto ela apóia o queixo em meu peito e me olha. "Isso não é muita ambição para um moleque?"

Simplesmente encolho os ombros. Não há necessidade de dizer a ela que Ambição é uma mulher.

"Então, muito bem", ela diz, jogando uma perna sobre minhas cadeiras e subindo em cima de mim, seus lábios contra meus ouvidos. "Se você está tão interessado nas sinas das pessoas por que não começa com a minha?"

Meia hora depois, estamos na cozinha usando roupões, tomando café e comendo restos de macarrão da rede Nick's. Sara come desse jeito todo o tempo. Jamais cozinha. Nem sequer se importa em esquentar as sobras no forno, servindo-se diretamente das caixinhas ou recipientes originais – comida chinesa, macarrão, omeletes. Até mesmo sopa. Ela não tem pratos, o que explica o fato de eu estar comendo espaguete a marinara com almôndegas em uma caneca para viagem da Starbucks.

"Então, o que é que você queria ser quando crescesse?", pergunto.

Estou tentando entender Sara, na esperança de que ela revele algo que acenda alguma luz sobre seu destino. E me dê um lampejo de seu futuro.

"Quando eu era pequena, queria ser uma cigana."

"Uma cigana?", repito, não muito seguro de como aquilo poderia me ajudar.

"Eu queria vagar pelos campos, encenando para as pessoas", ela diz. "Queria entretê-las e fazer com que dessem risada e vender a elas garrafas de água que elas pensariam ser de poções mágicas."

"Então, você queria fazer as pessoas de bobas", eu comento.

"Depois, quis ser uma freira", ela conta.

"Por que uma freira?"

"Acho que para compensar o fato de querer ter sido uma cigana."

Faz sentido.

"Depois eu quis ser uma vaqueira, uma estrela do *rock*, uma dentista, uma dondoca, uma barista, uma puta, uma cantora de bar, uma passeadora de cães, uma líder de torcida, uma trapezista, uma motorista de táxi, uma paleontologista e uma caçadora de recompensas."

Demais para aprender algo sobre Sara através de seu passado.

"Por que você entrou no ramo de imóveis?", perguntei.

"Acho que foi por acaso... tropecei nisso", ela admite. "Mas há algo de gratificante no ato de ajudar alguém a encontrar um lugar que possa chamar de lar. É como auxiliar as pessoas a realizar seus sonhos."

Muito bem, agora estamos chegando a algum lugar.

Com certeza, somente o fato de Sara possuir certas qualidades nobres não explica por que as pessoas têm aquele tipo de reação diante dela. Seu efeito não é necessariamente um reflexo do que ela é, mas do que está destinada a se tornar.

É ao mesmo tempo excitante e desconcertante estar assim tão perto dela e ainda não ter ideia de quem ela é ou para onde está se dirigindo. Quando você está acostumado a ler o futuro de oitenta e três por cento da população do mundo e sabe como as coisas vão se desenrolar, leva um pouco de tempo para se acostumar a não ser capaz de ler a pessoa por quem está apaixonado. Ela é como uma tela de televisão em branco. Tudo o que consigo ver é um reflexo opaco do presente.

Acho que eu deveria estar preocupado com o fato de Destino ter conhecimento de meu interesse por Sara, considerando que agora sou culpado de várias acusações de interferência. Quando muito, alterei de propósito as sinas de mais de duzentos mortais. Não é exatamente um número significativo no grande cenário cósmico, e a maioria deles apenas voltou a seus caminhos originais, mas quando você calcula o impacto que esses mais ou menos duzentos humanos terão em outros com que entram em contato, os números podem, presumivelmente, aumentar de maneira exponencial.

Como uma espécie de praga, eu só estou espalhando a esperança em vez da doença.

Mas estou nas alturas com essa coisa de ajudar as pessoas. Eu me sinto revigorado. Inviolável. Invencível. O que não é lá uma grande coisa, considerando-se que sou imortal. Além do mais, não vejo Destino há mais de um mês. Talvez ela tenha me esquecido e decidiu deixar que eu me divertisse.

"Você acredita em destino", Sara pergunta.

Sentir espaguete e almôndegas querendo sair pelo seu nariz não é tão divertido como possa parecer.

"Destino?", eu digo, tossindo.

"Você sabe, a trajetória inevitável que determina sua vida."

"Isso é o fado", eu corrijo, removendo um pedaço de almôndega de minha narina esquerda.

"É mesmo?", ela pergunta. "Tem certeza disso?"

"Absoluta."

"Então o que é destino?"

Explico a diferença para ela, sem entrar em detalhes muito técnicos ou retratar destino como uma puta, o que não é fácil.

"Trata-se, principalmente, de uma questão de escolha", eu digo. "Com o fado não existe nenhuma. Seu futuro é determinado por uma força que é alheia à sua escolha. Com o destino, você está mais envolvida no processo de tomar a decisão."

"Então, o destino é melhor", ela conclui.

"Bem, eu não iria tão longe a ponto de dizer isso..."

"E o fado é foda."

Essa conversa não está indo para uma direção favorável a mim.

"O fado é apenas mal compreendido", justifico. O que não é inteiramente correto. Eu realmente sou foda. Mas estou trabalhando para mudar isso.

"Por que você quer saber se eu acredito em destino?", digo, tentando afastar a conversa dos meus defeitos.

"Não sei", ela diz, pegando um pedaço de pizza e falando com a boca cheia. "Eu apenas tenho essa sensação de que você e eu estávamos destinados a nos encontrar."

Embora esse seja um pensamento atraente, não é provável. Imortais não podem invadir os radares uns dos outros. E definitivamente não podemos aparecer nos caminhos dos mortais.

"E eu fiquei amiga dessa mulher que conheci no Central Park e começamos a conversar sobre fado e destino", conta Sara. "Eu acho que ela meio que ficou impressionada comigo."

"Mulher?", pergunto, curioso. "Que mulher?"

"O nome dela é Dalila", informa Sara. "Uma ruiva estonteante. Corpo fantástico. Guarda-roupa monocromático. Vive no SoHo. Vamos almoçar juntas na semana que vem."

Não admira que eu não tenha visto Destino com frequência ultimamente. Ela tem andado por aí com a minha namorada enquanto eu estou dando um jeito nas sinas dos viciados em drogas, professores fracassados e políticos profissionais.

Destino está quebrando a Regra #1. Não que eu possa... olha quem está falando...

"O que mais ela disse?", perguntei.

Aparentemente, Destino anda exaltando as virtudes do feminismo, o poder do celibato, os benefícios da autogratificação. Eu quase posso ouvir sua risada gutural e subitamente me pergunto se ela não estará nos observando agora mesmo.

A maior parte do tempo, quando Destino está nas proximidades, eu posso senti-la. Somos uma espécie de gêmeos idênticos, exceto pelo fato de não sermos nada parecidos e que ocasionalmente fazemos sexo. Mas Sara me distrai tanto que é possível que eu não tenha percebido Destino nos observando.

Sinto um calafrio de indignação e dou uma olhada pelo apartamento de Sara, procurando alguma coisa vermelha situada visivelmente fora do lugar, mas tudo o que enxergo são tons de terra. O quarto de Sara, por outro lado, tem mais vermelho do que os olhos de Vício.

"De qualquer forma, como você sabe tanto sobre fado e destino?", Sara pergunta.

"Apenas um hobby", digo, levantando-me e andando em direção ao quarto.

"Hobby esquisito", ela comenta.

Paro na entrada do quarto, olho ao redor, sabendo que Destino não está ali, mas incapaz de me livrar da sensação de que ela está nas proximidades me vigiando. Ou talvez eu esteja paranoico. De qualquer forma, estendo meus dois dedos médios, levanto os braços e gesticulo enfaticamente, depois ponho a língua bem para fora e solto um consistente ruído de peido com a boca.

"O que você está fazendo?", Sara pergunta, da cozinha.

"Nada", eu digo, voltando para ela. "Apenas procurando Destino."

"Bem, então você está olhando no lugar errado", ela afirma, se inclinando sobre a mesa da cozinha, seu roupão parcialmente aberto, revelando uma parte de seu seio esquerdo.

"O destino está esperando por você aqui mesmo."

Tenho de admitir, Sara parece muito tentadora parcialmente nua entre uma variedade de recipientes descartáveis e canecas de plástico. Mas Destino colocou um obstáculo maior do que eu posso imaginar em minha contínua procura de felicidade com Sara, o que significa que vou precisar de certa ajuda. Sei que Preguiça e Gula estariam mais do que inclinados a oferecer seus serviços, mas o que tenho em mente não é exatamente uma dupla dessas, formada por um glutão com intolerância à lactose e um maconheiro narcoléptico.

Não posso acreditar que estou prestes a dizer isso, mas...

"Não posso", digo. "Tenho de ir trabalhar."

"Mas é domingo", retruca Sara, com a decepção nublando seu rosto e fazendo com que eu me sinta com Culpa. "Eu pensei que a gente ia passar o dia junto."

"Eu sei", digo. "Mas tenho de encontrar com um cliente, para falar sobre futuros, no cenário internacional."

Embora não seja verdade, não é também uma mentira deslavada. Mas não posso dizer a Sara que estou deixando o país para rastrear Morte.

Ela se afasta da mesa, sem se preocupar em fechar o roupão, e desliza em minha direção.

"Tem certeza de que não pode ligar dizendo que está doente?", pergunta, pressionando seu corpo contra o meu.

Tento pensar em beisebol ou em um animal atropelado ou em Átila, o Huno, de tanga. Qualquer coisa que possa tirar minha mente do corpo quente e nu, de Sara.

"Quem dera eu pudesse", digo. "Mas tenho de ir."

"Quando você vai voltar?", ela pergunta, colocando seus braços em volta de mim e me abraçando forte, sua respiração fazendo cócegas no meu ouvido.

"Assim que for possível", digo. E isso não é mentira.

Ela se afasta e olha para mim, seu rosto é um requintado trabalho de arte que posso imaginar perfeitamente, em detalhes, quando fecho meus olhos.

"Promete vir me seguir mais tarde?", ela quer saber.

Como se eu tivesse de prometer.

capítulo 22

Você tem de entender Dennis.

Primeiro de tudo, mesmo quando não está guardando um rancor de quinhentos anos contra alguém que tinha sido seu melhor amigo, ele pode parecer meio ranzinza. Afinal de contas, ele é Morte. O que causa danos em sua vida social. Apesar de suas ocasionais tentativas de realizar jantares e festas-surpresa, é um tanto difícil escapar do estigma associados com o fim das vidas de todos os humanos. Acho que a maioria dos outros Imortais pensa em seu trabalho com um pouco de culpa. Mas quando você gasta centenas de milhares de anos destilando praga e genocídio e terrorismo, tende a desenvolver um talento para a eliminação imparcial.

Dennis me disse uma vez que ser Morte era como dirigir uma orquestra que sempre tem tocado a mesma sinfonia e que ele se acostumou tanto a cada compasso, ritmo e movimento que não pensa mais em suas ações. A orquestração da morte simplesmente vem a ele de maneira natural.

Na verdade, apesar de nosso desentendimento, Dennis não é má pessoa. Apenas é mal compreendido. Não é que ele force os humanos a consumir alimentos ricos em gorduras que podem obstruir o coração ou sobem na traseira de lanchas quando o motor está funcionando. Além da velhice, das quedas de aviões e de um ou outro eventual desastre natural, a maioria das pessoas morre, hoje em dia, porque faz escolhas erradas.

Fumar cigarro.

Excesso de bebida.

Comer baiacu.

Outros humanos são apenas naturalmente idiotas.

Bebendo e dirigindo.

Ateando fogo em si mesmos.

Tentando parar uma motosserra com sua artéria femural.

E então culpam Dennis? Honestamente, ninguém mais quer assumir a responsabilidade por sua própria morte.

Mesmo antes que Destino soubesse de meu afeto por Sara, eu vinha pensando bastante em Morte, ultimamente. Talvez seja porque eu tenho me sentido bem com essa coisa de ajudar os meus humanos a descobrir um futuro menos sombrio. Ou talvez porque eu tenha me apaixonado por uma mortal. Ou talvez porque não queira que Sara termine como um dano colateral numa disputa entre duas entidades imortais. Mas decidi que finalmente chegou a hora de colocar um ponto final em todo esse distanciamento do tempo de Colombo.

Então, aqui estou, em Viena, na Áustria, na área externa de um centro de distribuição da UPS, comendo salsicha com mostarda e bebendo uma cerveja Pfiff de Märzen, observando Guenther Zivick, de quarenta e oito anos de idade, carregando um monte de caixas de papelão vazias até um compactador de lixo, na parte de trás das instalações. Guenther trabalha para a UPS há quinze anos e já usou a prensa hidráulica inúmeras vezes. Mas, hoje, é a sua vez de mostrar toda a extensão de sua estupidez humana.

Quando Guenther termina de encher a prensa hidráulica com as caixas vazias, ele vai ligar o compactador, subindo na borda da prensa, para, em seguida, esmagar as caixas que estão dentro da máquina com seu pé, que acaba ficando preso. Ninguém perceberá o que aconteceu, até que, na manhã seguinte, seus colegas encontrem o corpo esmagado de Guenther.

Ainda não há nenhum sinal de Dennis, o que não me surpreende. Com mais de cento e cinquenta mil mortes diárias no mundo para lidar, ele não pode atender um a um pessoalmente, de maneira que tende a selecionar, deixando Devastação e Desespero cuidar da maioria dos casos de mortalidade infantil e de pessoas que morrem por causas naturais. Ele prefere ficar com o restante – mártires, heróis, vítimas de assassinato. E, em casos como este, Dennis tende a surgir no último minuto. Além disso, ele nunca foi um grande fã da culinária austríaca.

Dou outra mordida em minha salsicha enquanto Guenther liga a prensa hidráulica antes de subir na borda e usar seu pé direito para pressionar as caixas mais para dentro do compactador de lixo. Fico surpreso de como ele conseguiu estender sua vida por aproximadamente cinco décadas.

Observo quando ele empurra o pé dentro do compactador em movimento e balanço a cabeça. Meu antigo eu simplesmente terminaria a salsicha e acabaria com minha cerveja, enquanto Guenther fosse sugado para dentro do compactador, e encontraria sua sina, o que, embora seja desagradável, ao menos o removeria do banco genético.

Talvez seja porque eu tenho vivido com eles por tanto tempo, mas apesar de sua limitada imaginação e de seus conflitos gratuitos e das caras ridículas que fazem durante o sexo, eu comecei a desenvolver uma afeição particular por meus trapalhões, autodestrutivos e equivocados humanos. Sei que não posso ajudar todos, mas não posso simplesmente cruzar os braços e ficar assistindo a um deles ser compactado, quando eu posso fazer alguma coisa a respeito.

Pouco antes de a prensa prender seu pé e arrastar Guenther para a câmara, transformando-o em uma panqueca humana, eu o agarro pela parte de trás de seu uniforme marrom e o puxo para fora do compactador de lixo. Penso em continuar invisível, mas então Guenther não iria perceber o que quase aconteceu com ele. Então eu me materializo, antes de agarrá-lo.

"Ei", ele grita em alemão, ao se deparar comigo. "Que diabos você está fazendo?"

"Salvando a sua vida", respondo, também em alemão, antes de dar outra mordida em minha salsicha. "Você tem alguma noção de como é perigoso colocar seu pé dentro de um compactador de lixo em movimento?"

Para enfatizar, eu termino o resto de minha cerveja, e jogo a lata no compactador, que a devora em uma rápida série de rangidos e estalos.

"Imagine isso acontecendo com você", eu digo. "Simplesmente, por todo o corpo."

Ele olha para o compactador de lixo, depois para mim, e em seguida volta ao compactador como se estivesse tentando perceber qual de nós está falando a verdade. Começo a pensar que ter salvo Guenther não foi lá uma tremenda ideia.

"Você trabalha aqui?", ele pergunta.

Com as mãos, eu aponto para minha roupa, que consiste em sandálias de dedo, um par de bermudas com estampa de mosaicos azul-esverdeados, em formato de losangos, e uma camiseta amarelo-canário com a frase *Prostitutas Chupam*. "Parece que eu trabalho aqui?"

Ele me analisa como se estivesse pensando a respeito.

"Então, quem é você?", pergunta.

"Sou o inspetor de segurança", digo. "E se você não sair da minha frente em cinco segundos, você vai constar em meu relatório."

"Mas eu estava apenas..."

"Um. Dois..."

Antes que eu possa dizer "três", Guenther está correndo em direção à porta dos fundos do prédio. Eu o observo, enquanto termino o resto de minha salsicha, lamentando o fato de não ter mais cerveja para ajudar a engolir aquilo goela abaixo. Fico pensando se posso viajar rapidamente até o próximo *pub*, mas, quando eu me viro, lá está Dennis, com uma máscara de neoprene, luvas industriais reforçadas de agente funerário, e uma expressão irritada.

"Diabos, mas o que é que é isso?"

"Surpresa", eu digo, com um sorriso que espero não pareça tão forçado quanto sinto.

Dennis me analisa com aqueles olhos azuis gelados abaixo de uma mecha de cabelos brancos e acima de sua máscara de partículas. "Não gosto de surpresas."

É verdade. Eu tentei levá-lo a uma festa-surpresa comemorando a destruição de Pompeia e ele matou o fornecedor.

"O que você está fazendo aqui?", ele pergunta, puxando para baixo a máscara.

Abro minha boca para explicar por que estou aqui, mas não é fácil pedir desculpas a Morte. Esqueci como ele pode parecer assustador.

"Você salvou aquela vida humana", Dennis diz.

Falemos sobre momentos embaraçosos. Estou aqui para fazer as pazes com Morte e para lhe pedir ajuda em relação a Destino e acabo resgatando um dos seus futuros clientes.

"Pois é, estava com jeito de que seria uma coisa muito dolorosa", digo. "E, de qualquer forma, ele não vai mesmo ficar muito tempo por aqui."

Noto que, embora tenha salvo a vida dele hoje, Guenther Zivick vai durar, de fato, mais dois anos antes de ser despedido, ficará vagando pela casa em estado de sonolência etílica, perderá as chaves de seu apartamento e tentará subir até a janela da cozinha, mas, a meio caminho de conseguir, estará com a cabeça dentro da pia quando, inadvertidamente, abrirá a torneira de água quente e se afogará.

Dennis fica me encarando, sem piscar. Odeio quando ele faz isso. Fico arrepiado.

"Como tem passado?", pergunto.

"Como tenho passado?", ele diz, como se ter perguntado aquilo fosse a melhor forma que encontrei de enfrentar a situação. "Vejamos... um punhado de revoluções, uma dezena de guerras civis, inúmeros motins, algumas limpezas étnicas, um par de guerras mundiais, Iraque, Vietnã, o Oriente Médio, incontáveis atos de terrorismo, o Holocausto, um monte de assassinos seriais, algumas bombas nucleares, rebeliões, levantes, crimes, assassinatos, quedas de aviões, terremotos, *tsunamis*, furações e o HIV."

Muito bem. Um pouco dessa hostilidade represada. Eu esperava por isso. E provavelmente até mesmo mereça. Mas, ainda assim...

"Bem, se você simplesmente tivesse afundado o *Santa Maria*", digo. "Ou começado um motim. Ou infectado o navio com a praga..."

"Você quer começar com isso de novo?", ele diz. "Porque eu posso continuar, o dia inteiro."

"Olhe", eu digo. "Tudo o que eu quis dizer era..."

"Não fui eu que pedi a seu melhor amigo que quebrasse as regras", diz Dennis. "Não fui eu que desejei que seu melhor amigo mudasse a sina da humanidade. Não fui eu que acabei de salvar um humano do compactador de lixo."

A maneira como ele diz isso faz com que tudo pareça muito desagradável.

Não é assim que eu achava que ia acontecer. Não vim aqui para reacender velhas discussões. Vim para acertar as coisas. Para me desculpar. Para forjar uma nova parceria. Mas esse é o problema de ser Fado. Às vezes eu simplesmente não consigo aceitar a mim mesmo.

"Lamento", eu digo, sem me controlar. "Por Colombo. Pelos cinco séculos de brigas. Pelo compactador de lixo. Por tudo. É culpa minha. Desculpe."

Dennis fica me observando, como se não tivesse certeza de ter ouvido direito. "Você lamenta?"

Eu balanço a cabeça, afirmativamente.

"De verdade?"

Balanço a cabeça, de novo. "De verdade."

"Jura por sua vida, fazendo uma cruz no coração?"

"Bem, se eu tivesse um coração, faria uma cruz nele", digo. "E se eu pudesse morrer, acho que seria o que eu espero."

Dennis me olha por um momento, antes de finalmente balançar a cabeça, indicando que acredita em mim. Então, pela primeira vez em séculos, ele sorri. É pequeno, mas sem dúvida um sorriso. E por mais difícil que seja acreditar, não há ninguém mais no universo com um sorriso tão deslumbrante e luminoso como Morte.

Desta vez, meu próprio sorriso não parece forçado.

Permanecemos outra vez em um silêncio constrangedor, nenhum de nós sabendo como agir. Percebo que os olhos de Dennis estão embaçados. Embora eu não possa dizer que seja a primeira vez que eu o vejo marejar, é sempre um pouco desconcertante quando Morte começa a chorar.

"Você está com uma boa aparência", digo, tentando quebrar o gelo.

"Você também", ele comenta. "É uma nova vestimenta humana?"

"Última moda", digo, flexionando meus bíceps. "Popular entre as mulheres."

Ele balança a cabeça e sorri e eu fico imaginando quando foi a última vez que ele fez sexo.

Ficamos alguns minutos falando sobre nossas últimas façanhas e tentando ignorar o fato de que nos permitimos ficar quinhentos anos sem fazer isso. Mas não podemos papear mais do que alguns minutos, uma vez que nós dois temos agendas muito lotadas. Então fazemos planos de nos encontrar quando voltarmos a Manhattan.

"Ei, Fábio", diz Dennis.

"O quê?"

Posso perceber pela expressão de seu rosto que há algo sério que ele quer compartilhar.

"Você sabe que não pode se envolver com humanos."

Eu admito, embora fique imaginando se ele se refere a Guenther Zivick ou se sabe alguma coisa sobre Sara, mas acho que não é isso que realmente importa.

"Você vai me denunciar a Jerry?", pergunto.

Ele nega com a cabeça. "Apenas tenha cuidado. Os humanos podem ser mais problemáticos do que parecem." E então ele desaparece, deixando-me a refletir sobre a sabedoria de minhas ações. Mas não tenho muito mais tempo para pensar a respeito, porque Guenther Zivick retorna com um segurança para me expulsar da propriedade.

Esse é o agradecimento que recebo por ter salvado a vida dele.

capítulo 23

A contrapartida budista para os conceitos de sina e destino é o carma, a soma de tudo o que um ser humano fez, está fazendo e fará. Os efeitos de todas as ações e façanhas criam experiências passadas, presentes e futuras. Mas carma não é destino, uma vez que, em certa medida, os seres humanos agem por livre-arbítrio para criar o seu destino. E uma determinada ação, realizada agora, não vai condenar você a alguma sina predeterminada. Simplesmente conduz a uma consequência cármica.

Como o indiano nativo que está sentado na mesa próxima à porta da frente.

"Esse sujeito não para de ajudar uma mulher que deixou cair sua sacola de compras, quando estava a caminho de casa", diz Carma, engolindo um pouco de seu cordeiro ao curry, com um pedaço de *naan*, e lavando tudo com seu último gole de cerveja. "Não queria ser incomodado, o cacete. Agora veja isso."

O indiano, que será infeliz no casamento, traindo sua esposa ao longo de nove anos, procura por seu copo de água e enfia a manga de sua camisa branca no *dahal* amarelo. Quando percebe o que fez, afasta o braço tão depressa que bate no cotovelo do garçom que passa, fazendo com que ele deixe cair sua bandeja cheia de *chai* no colo do próprio indiano.

"Na mosca!", diz Carma.

Conheço Carma desde que comecei a existir. Nós nos encontramos no Caldo Primordial 101, que deu origem à vida, e ficamos instantaneamente amigos, até mesmo compartilhamos o quarto durante a Orientação para Trajetória e ficamos colegas de laboratório nos Fundamentos para a Existência Humana. Jerry deu aquele curso, do qual Carma e eu escapamos mais de uma vez para fumar maconha e pegar umas ondas nas praias da África do Sul. Apesar de nossas tentativas de convencer Jerry de que estávamos fazendo pesquisas sobre o *Homus erectus*, tivemos de repetir nossas aulas durante o declínio do homem de Neandertal.

Faz algum tempo que não vejo Carma, desde a Grande Depressão, porque ele tende a ficar a maior parte do tempo na Índia. Não é nada fácil tentar encontrar alguém entre mais de um bilhão de seres humanos apinhados em um subcontinente. Mas, além de Morte, é bom ter Carma do seu lado, por isso eu o localizo em um bar em Nova Delhi e o convido para o almoço.

O problema de Carma é que ele é alcoólatra.

Cerveja, vinho, uísque. Qualquer coisa que se elabore, fermente ou destile. Suas atividades favoritas são ir à Oktoberfest, em Munique, a um bar no Dia de São Patrício, em Dublin, e beber uns tragos durante o Cinco de Maio, em Tijuana. E quando Carma bebe, não fica um bêbado feliz.

Pense em barulho.

Pense em algo detestável.

Pense num turista americano.

"Ei, Apu", diz Carma, chacoalhando sua garrafa vazia para o garçom. "Que tal outra cerveja?"

O rapaz, que está pegando um pedido em outro lugar, dá uma olhada fulminante para Carma, o que provavelmente não seja uma boa ideia. Tão logo o garçom se vira, ele escorrega e cai sobre uma mesa de turistas russos.

"Então, qual é a sua parte nesse grande acontecimento do qual Jerry anda falando?", pergunta Carma.

"Sei lá", digo, observando o garçom pedir desculpas aos turistas. "Não tenho pensado muito nisso, na verdade."

Durante os últimos meses, Jerry enviou mais alguns e-mails sobre esse Grande Acontecimento, cada um mais enigmático do que o outro. Apesar de ele ter mencionado algo sobre significativas implicações globais.

"Bem, Casualidade está fazendo um bolão, se você quiser entrar", informa Carma. "Uma aposta inteligente seria investir em uma pandemia mundial, embora haja muitas outras se inclinando para outra idade do gelo e de um holocausto nuclear. E a última que ouvi é que o retorno do Messias está na proporção de doze para um. Vai entender."

O retorno do Messias sempre fica nessa média de apostas, de doze para uma. Vai entender.

"Então, o que diz?", pergunta Carma, tentando acenar para outro garçom, para trocar sua garrafa vazia de cerveja.

“Que tipo de pandemia?”, pergunto. “Estamos falando de gripe ou praga?”

“Não importa”, responde Carma. “Uma pandemia é uma pandemia. Casualidade não se fixa em detalhes.”

Embora eu não tenha pensado muito nisso ultimamente, uma praga mundial poderia fazer maravilhas para liberar meus dias de férias.

Estou pensando em colocar meu dinheiro em uma pandemia, ou talvez em um holocausto nuclear, mas ambas as alternativas me batem como um mau carma, então decido pela idade do gelo. Não é tão ostensivo, mas se trata de uma aposta segura. Faz tempo que não temos uma dessas.

“Ei!”, Carma grita para que todos possam ouvir. “Estou com sede aqui!”

Todos os clientes das outras mesas olham em nossa direção. No fundo do restaurante, posso ver o gerente falando com alguns sujeitos da equipe de segurança.

“Você deveria abaixar a voz”, eu sugiro, inclinando-me para a frente. “Os humanos estão começando a notar a sua presença.”

“Faz tempo que eles perceberam”, ele diz, enfiando na boca uma garfada de *masala* vegetal. “A maior parte do tempo eles passam por sua vida sem sentido usando antolhos, completamente inconscientes de como suas ações afetam sua patética existência.”

Você pode notar por que nós nos damos tão bem.

Um garçom finalmente traz outra cerveja para Carma, calando sua boca por algum tempo, o que me dá oportunidade de perguntar a ele sobre uma questão que está na minha cabeça desde que Sara disse que pensava que estávamos destinados a nos encontrar. Claro, é altamente improvável. Mas assim foi a evolução humana.

“Tem alguma chance de que eu esteja na Trilha de Destino?”, pergunto.

Carma suga metade de sua cerveja. “Você andou saindo com Insanidade outra vez?”

O problema de Insanidade é que, você sabe...

“Não”, digo. “Estou apenas imaginando...”

“A Lei da Predestinação define com clareza que Destino, Fado e Carma jamais podem cruzar suas trajetórias, compartilhar a mesma trilha ou aparecer um no caminho do outro”, ele lembra. “É uma impossibilidade cósmica.”

Carma sempre foi um aluno melhor que eu.

“Então, não existe a possibilidade de um mortal ser destinado a conhecer um imortal?”, pergunto. “Não apenas para pegar um pedido ou me servir drinques, mas com um plano deliberado ou um propósito?”

Carma olha para mim do jeito que o papa Urbano VIII olhou para Galileu, quando ele afirmou que o Sol era o centro do universo.

"Olhe à nossa volta", sugere Carma, apontando para sua garrafa de cerveja meio vazia e para os clientes e empregados. "Você acha que algum desses humanos, dessas subcriaturas mortais estão destinadas a encontrar um de nós com um plano ou propósito? Para conhecer Carma ou Fado?" Toma outro trago de sua cerveja. "Talvez Vergonha ou Mediocridade..."

O futuro ejaculador precoce que está sentado na mesa próxima está nos encarando.

"O que você está olhando?", pergunta Carma.

O homem olha para o outro lado e dá um gole em seu chá.

"Tudo bem", comenta Carma. "Ignore a gente. Faça de conta que não estamos aqui. Faça de conta que suas ações não têm nenhuma consequência cósmica."

O homem continua a nos ignorar, pedindo sua conta a um garçom que estava de passagem.

"Talvez você deva se acalmar", eu sugiro.

"Me acalmar?", diz Carma, terminando o resto de sua cerveja. "Como é que eu posso me acalmar quando ao meu redor estão criaturas em perpétuo estado de ignorância?"

Parece familiar.

"Eles são apenas humanos", digo. "Não podem evitar."

"Claro que podem", comenta Carma, aumentando a voz. "Mas, em vez disso, todos estão focados na quantidade de dinheiro que conseguem, no tipo de carro que dirigem ou em que nome está na etiqueta de sua roupa de baixo."

Todos os clientes do restaurante estão olhando em nossa direção.

"Voltem para seus patéticos pensamentinhos humanos sobre dinheiro e propriedades pessoais", ele grita.

"Talvez você devesse baixar o tom", eu falo.

Carma levanta-se de sua cadeira, ainda segurando sua garrafa de cerveja vazia, e esbraveja: "Que tal um pouco menos de concentração nos bens materiais e um pouco mais de ênfase nas reflexões pessoais?"

Não era exatamente isso que eu quis dizer com "baixar o tom".

Dei uma olhada para o gerente, que vinha em nossa direção.

"Talvez a gente deva ir embora", digo.

"Boa ideia", diz Carma, e então desaparece, deixando-me sozinho para lidar com as repercussões de sua atitude e com o pagamento da conta.

capítulo 24

Quando chego em casa, Sara está esperando por mim em meu apartamento.

Provavelmente não foi uma ideia muito inteligente de minha parte dar a chave a ela. Não que não confie nela ou que não aprecie ser recebido com um beijo e um caloroso abraço. O problema é que eu tenho o costume de simplesmente me transportar para dentro e para fora do conforto de minha residência, o que é difícil fazer quando sua namorada mortal preparou uma noite romântica.

Eu me esqueci completamente daquele encontro noturno.

Ando pela porta da frente, exausto pelas minhas últimas tentativas de ajudar os humanos a redescobrir seus caminhos ideais. Claro, quando você tem a capacidade de viajar à velocidade da luz, uma viagem transcontinental é uma ninharia. Mas quando você atravessa quatro continentes e trinta e dois países em três dias na tentativa de melhorar a sina dos humanos e se reconciliar com Morte, você só quer tomar um banho quente, tirar sua vestimenta humana, torcer sua roupa de homem, e dar o dia por completo.

O encontro de noite foi ideia de Sara. Não que não passemos muito tempo um com o outro. Provavelmente mais do que deveríamos, uma vez que estou atrasado em minhas cotas e que nosso relacionamento não conta propriamente com a aprovação de Jerry. Mas considerando minhas estranhas horas de trabalho e o fato de eu continuar dando desculpas sobre por que nunca saímos juntos em público, Sara quis reservar uma noite para fazermos algo especial.

Então, antes mesmo que eu tivesse a chance de tomar um banho ou de mudar minhas roupas, Sara me leva até o sofá, para um jogo de strip-palavras-cruzadas.

As regras eram muito simples:

1) O jogador que não tiver tantos pontos como seu oponente, em qualquer rodada, tem de remover uma peça de roupa.
2) O jogador que soletrar uma palavra sexual pode fazer com que o oponente tire outra peça de roupa e também está isento de tirar qualquer uma das suas durante aquela mesma rodada, mesmo que tenha o menor número de pontos de todos.
3) Se um jogador apresenta um desafio com uma palavra e vence, ele pode colocar uma peça de roupa de volta, mas se perder tem de remover alguma.
4) O vencedor do jogo pode fazer um pedido ao perdedor.

É uma maneira engraçada e informativa de ficar pelado.

Como Sara é a anfitriã, eu a deixo começar, o que se mostra um erro. Não apenas ela consegue o ponto automático de palavra dupla, como soletra a palavra *fadado*.

Por alguma razão, isso não me parece muito divertido.

"Então, como foi a sua viagem?", Sara pergunta.

"Boa", eu digo.

"Você fez alguma coisa divertida?"

"Não, realmente."

Eu soletro a palavra *tetas*. Vale apenas seis pontos, diante dos vinte e dois de Sara, mas, invocando a segunda regra, eu faço com que ela tire sua blusa.

"O que você fez?"

"Só coisas de trabalho", digo, misturando minhas cartas. Quando levanto os olhos de minha cartela, posso dizer pela expressão em seu rosto que Sara está chateada com alguma coisa.

"Está tudo bem?", pergunto.

"Sim", ela afirma. "É que você nunca quer compartilhar nada sobre seu trabalho."

Sara soletra a palavra *distante*.

"Não é muito interessante", eu digo.

"É interessante para mim", fala Sara.

"Por quê?", pergunto. Honestamente, quem havia de querer saber o que faz alguém que supostamente trabalhe com *commodities* internacionais?

"Porque é parte do que você faz", responde Sara. "Faz parte do que você é."

Eu soletro a palavra *merda* e tiro uma de minhas meias.

Então, sendo tão vago quanto possível, eu conto a ela como cuido de milhões de clientes e como a maioria deles tende à falta de bom senso e a fazer decisões ruins.

"Você não teria de alertá-los?", ela questiona, soletrando a palavra *sêmen* para um ponto duplo. "Oferecer a eles alguma orientação?"

"Não é simples assim", digo.

"Por que não?", ela quer saber.

"Porque não."

Tudo o que tenho são vogais e consoantes de um só ponto, então o melhor que posso fazer é parar. Assim, Sara ganha a rodada e soletra uma palavra sexual, o que vale por duas peças de roupa. Assim perco a outra meia e minha camisa.

"Porque o quê?", pergunta Sara.

"É complicado."

"Dê-me um exemplo", ela continua.

"Não podemos falar sobre outra coisa?"

Sara soletra a palavra *choramingar*, depois cruza os braços e fica olhando para mim do outro lado da mesa, um sorrisinho no rosto.

"Muito bem", eu digo. "É mais ou menos assim. Meus clientes raramente costumam fazer o que deveriam. Então, mesmo com meus conselhos e orientações, não há nenhuma garantia de que seguirão o que indico. E mesmo que façam isso, ainda existe a possibilidade de que estraguem tudo em algum ponto da estrada."

Sara me encara e inclina a cabeça para um lado. "Você tem certeza de que não deveria estar no serviço de atendimento ao cliente?"

"O problema é que a maioria das pessoas nunca tem consciência plena de seu potencial", eu falo. "Em vez disso, permitem que sejam sepultados sob todas as expectativas sociais e sob a constante rotina de uma existência que as condena a sua sina."

Eu soletro a palavra *perdedor* e tiro minhas calças.

"Sabe no que acredito?", Sara pergunta, embaralhando as peças em sua estante. "Acho que as pessoas tentam fazer o melhor que podem. E que mesmo quando estão lutando ou tomando decisões erradas, ainda assim continuam trabalhando na direção de um grande propósito."

Eu tento fazer uma cara séria, mas a ingenuidade dela é tão engraçadinha.

Sara soletra a palavra *esperança*.

O problema de Sara é que ela é sincera.

"Tá, muito bem, a maioria das pessoas com quem eu faço negócios tem uma história de tomar decisões ruins", digo.

"Então, faça outra coisa", Sara sugere. "Algo em que você possa trabalhar com pessoas que não vão decepcioná-lo."

"Esse emprego já está preenchido", digo.

Eu soletro a palavra *puta*.

Com minha dupla vitória, Sara tira seus *jeans* e seu sutiã, deixando-nos apenas com nossas roupas de baixo, embora ela ainda esteja usando suas meias.

"Além disso, alguns de meus clientes estão começando a me ouvir", conto. "Então, vou permanecer com eles para ver o que acontece."

Sara me olha do outro lado da mesa e sorri. "Obrigada."

"Por quê?", pergunto.

"Por compartilhar", ela responde, e então soletra a palavra *felação*.

Pela expressão no rosto de Sara e pelo fato de que eu provavelmente não possa superá-la nos pontos, eu tiro toda a minha roupa íntima e espero que ela venha reclamar seu prêmio. Com sorte realizando a palavra que a fez vencer.

Com um sorriso sedutor e um olhar lúdico, Sara se levanta da mesa, me pega pela mão e me conduz ao sofá.

"Quer tentar algo novo?", pergunta.

"Você venceu", eu digo, me recostando. "O que você quiser."

Sara monta em mim, colocando uma mão em cada lado da minha cabeça, o rosto a poucos centímetros do meu. Ela se inclina para me beijar, os lábios entreabertos, a língua provocantemente úmida, e então, no último momento, ela desliza para baixo em direção à minha cintura. Eu observo seu movimento, passando por meu peito perfeito, depilado e esculpido, por minha barriga de tanquinho e, depois, eu me recosto e fecho meus olhos, sentindo a respiração dela me acariciando, com uma antecipação tamanha que tenho dificuldade de me controlar.

Não tenho muita certeza de quanto tempo passa, mas em algum momento eu noto que ainda estou esperando por contato físico. Quando abro os olhos, vejo Sara fazendo uma simulação de sexo oral.

"O que você está fazendo?", pergunto.

"O que você quer dizer?", ela responde, olhando para mim.

"Por que você está fingindo que está me chupando?"

"Isso se chama sexo sem contato", ela explica, rastejando em minha direção, até que seus quadris estão sobre os meus, movimentando-se para frente e para trás, sem me tocar. "Dalila me contou sobre isso. Disse que era até melhor que relações sexuais diretas."

Que beleza! Eu saio por dois dias e Destino convence minha namorada a parar de fazer sexo comigo.

"O que você acha?", Sara quer saber.

Eu acho que Destino está passando tempo demais com minha namorada, isso é o que eu penso.

Eu a imagino nos observando, escondida no canto, usando suas meias vermelhas e ligas e calcinhas abaixo da cintura e um sutiã vermelho, com um sorrisinho maroto e comendo uma maçã caramelada.

Antes, eu ficava excitado só de pensar em Destino com um modelo como aquele. E sempre fiquei entusiasmado ao ver uma mulher comendo uma maçã. Eu sou tarado por simbolismo religioso. Mas, com Sara flutuando sobre mim, seu lindo rosto sublime como uma escultura de Michelangelo, acho que o encanto de Destino me distrai. Eu não quero pensar nela. Só quero pensar em Sara. Sobre como me sinto quando estou com ela. Sobre como valorizo cada momento que passamos juntos. Sobre como me sinto mais completo. Como se estivesse perdendo algo durante toda a minha existência e nem tivesse percebido o que faltava até que a encontrei.

Ela é honesta e compassiva

Generosa e sincera.

Paciente e compreensiva.

Em resumo, ela é tudo o que eu não sou.

É que penso que em Sara eu encontrei meu complemento perfeito. Ela é a borracha do meu lápis. O Camembert da minha baguete. O *yin* para meu *yang*.

Eu olho para cima, em direção a ela, e a encontro olhando para mim, um delicado sorriso tocando seus lábios, seus olhos direto nos meus, e percebo que não me importo que Destino tenha se transformado na melhor amiga da minha namorada. Eu não me importo que ela esteja tentando perturbar nossa vida sexual ensinando a Sara sobre sexo sem contato. O tiro saiu pela culatra. Agora, eu me sinto mais próximo de Sara do que nunca.

capítulo 25

Nunca deixo de me espantar com o fato de os seres humanos procurarem, constantemente, a felicidade na satisfação imediata.

Telefones celulares. E-mail. Entrega em domicílio vinte e quatro horas.

Fast-food. Micro-ondas. Refeições embaladas.

Cartões de crédito. Caixas eletrônicos. Bilhetes de loteria.

Ninguém quer adiar a sua gratificação. Nem esperar por uma resposta ou um pacote. Nem trabalhar para conquistar ou obter sucesso financeiro. Eles querem a casa e o carro e o casamento e a família e o condomínio no Havaí e que querem tudo isso agora.

Pegue, por exemplo, o desiludido ex-líder no tempo de ginásio, agora com vinte e seis anos, e sua superficial esposa de vinte e dois anos.

Eles estão descendo a Champs-Elysées, vestidos com peças de Versace e Fendi e Gucci, têm as mãos cheias de sacolas cheias de Lacoste e Cartier e Louis Vuitton. Não podem pagar o que estão usando nem tampouco o que compraram. Não têm condições sequer de pagar a própria viagem a Paris, mas eles se sentem com direito ao luxo e aquele estilo de vida por causa de sua boa aparência e seu inexplorado potencial para a grandeza.

Se ao menos soubessem que em menos de dez anos estarão divorciados, recasados e divorciados novamente, trabalhando em cubículos sem nenhuma luz natural, e ainda pagando as contas de cartão de crédito daquelas férias.

Obviamente, eles não são os únicos a mimar-se em excesso na mais famosa avenida de Paris. Milhares de outros consumidores de todo o mundo estão aqui para frequentar as lojas especializadas e jantar nos bistrôs e cafés chiques e ser vistos em uma das discotecas.

Agentes imobiliários e artistas e consultores financeiros.

Escritores, treinadores de cães e CEOs.

Arquitetos e editores e decoradores de interiores.

Todos eles procurando por algo que faça com que se sintam especiais. Que faça com que se sintam desejáveis. Que faça com que se sintam como se pertencessem àquilo.

Todos eles à procura de gratificação instantânea.

Bem, talvez nem todos, mas a maioria deles. O suficiente para me manter ocupado por algumas horas tentando convencer o maior número possível desses humanos equivocados que a chave para descobrir uma sina mais benéfica reside não em encher o vazio de suas vidas com bens materiais, mas com reflexão pessoal.

Estou começando a soar como Carma.

Converso com uma compradora compulsiva de quarenta e dois anos e explico a ela como o fato de ter seis principais cartões de crédito, quatro dos quais de limite máximo, não é a melhor maneira de planejar seu futuro financeiro.

Paro um passeador de cachorros de vinte nove anos, que acaba de esbanjar dois dias de pagamento em um simples par de jeans e lhe digo que Darwin provavelmente haveria de excluí-lo do acervo genético como impróprio para a seleção natural.

Pergunto a um casal com mais dinheiro do que integridade se sua riqueza não seria mais bem aplicada na alimentação de crianças sem teto do que em satisfazer seu insaciável apetite por mobiliário de design e caviar importado.

Não estou fazendo muitos amigos assim.

Convencer os humanos a desistir de seus autodestrutivos estilos de vida é muito mais difícil do que eu pensava. Com certeza, isso seria mais fácil se Bom Senso ainda estivesse por ali, mas ela desapareceu durante a Guerra do Vietnã e não foi mais ouvida desde aquela época.

E não ajuda em nada que eu tenha de competir com Ostentação e Vaidade.

Elas estão caminhando no passeio do outro lado da Champs-Elysées, trabalhando os turistas e os moradores locais como políticos à cata de votos. Vaidade está usando um justíssimo e negro vestido Donna Karan, que muito a favorece, com um decote profundo e comprimento na altura dos joelhos, enquanto convence um trio de colegiais de que precisam de uma completa mudança no guarda-roupa. Ostentação, por outro lado, ganha seus adeptos enquanto se exibe e desfila por ali como Mick Jagger, usando calças de couro e camiseta de cetim.

O problema de Vaidade é que ela é hipocondríaca.

O problema de Ostentação é que ele é misógino.

Enquanto observo os dois se movimentando entre a multidão, convencendo os humanos de suas necessidades e desejos e da importância do estilo sobre a substância, uma voz rouca atrás de mim diz: "Não é tão fácil como parece, não é?".

Eu me viro, sabendo quem vou encontrar sentadinha no banco, antes que veja Destino em um macaquinho de couro vermelho da Guess, com decote V e fechado com zíper, e um par de botas de couro de cano bem alto, combinando com a roupa.

"O que não é tão fácil?", pergunto, tentando fingir que não sei do que ela está falando.

"Ah, vamos lá, Fááááááááááááááááábio", ela diz. "Estou observando você faz uma meia hora tentando convencer seus humanos a mudar seus hábitos. É admirável. Sem sentido, mas admirável."

Não tenho muita certeza do que me aborrece mais: o fato de Destino estar me observando há meia hora sem que eu percebesse ou o fato de ela pensar que estou fazendo algo inútil, sem sentido.

"O que você está fazendo aqui?", pergunto.

"Chafurdando", ela responde. "Olhando como os outros oitenta e três por cento vivem. Não sei como você aguenta, Fábio. Eles são simplesmente tão... comuns."

Isso talvez seja verdade, mas ainda assim eles são meus humanos e não gosto de vê-los julgados por uma entidade imortal que já fez sexo com cada um dos Pecados Capitais.

"Eles não são assim tão ruins", eu digo. "Você apenas tem de conhecê-los."

Destino cai na gargalhada.

Enquanto uma parte de mim não pode acreditar que estou defendendo meus humanos, outra grande parte de mim não consegue aceitar o desprezo de Destino por eles.

"Eles podem não ter sido fadados a salvar a vida de alguém ou a ganhar um Prêmio Pulitzer ou a descobrir a cura da Aids, mas todos têm algum valor que os redime", eu comento. "Desde que você supere seus fracassos e preocupações e comportamentos destrutivos."

"Isso não se parece com você, Fábio", ela comenta. "Você costumava ser tão objetivo. Tão indiferente. Por que de uma hora pra outra tem tanto interesse em seus humanos?"

"Talvez porque esteja cansado de vê-los arruinar suas vidas. Talvez eu queira ajudá-los a encontrar seus sonhos..."

De novo, palavras de Sara saindo de minha boca.

"Você sabe que está procurando encrenca, Fábio", ela diz. "Interferir é um dos 'nem que a vaca tussa'."

"Tá certo, mas você não seguiu exatamente a política da empresa com Sara", coloco antes que possa me conter.

"Se você percebesse o quanto ela é especial", diz destino, "você entenderia."

"Eu sei o quanto ela é especial", retruco.

"Você não tem ideia", continua Destino. "Está se deixando levar, fora de controle, Fábio. Você precisa cair fora disso antes que acabe machucado."

"Estou bem", digo.

"Você sabe que não pode funcionar", diz Destino. "Você não pode ter um relacionamento com ela. Não é apenas contra a política da companhia; é impossível."

"Estou bem", eu digo novamente.

Por alguns momentos, não falamos nada, apenas ficamos ali imóveis, um diante do outro nos olhando – eu parado, desejando que ela vá embora e ela parada, como um imenso ponto de exclamação.

Destino inclina sua cabeça para mim e sorri.

"O quê?", pergunto.

"Sinto sua falta, Fábio", ela diz. "Sinto falta de todos os momentos bons que tivemos."

"Era só sexo", eu digo.

"Talvez", ela retruca. "Mas era bom sexo."

Realmente não posso discordar dela nessa questão.

Ela continua a me encarar, a cabeça inclinada, com aquele sorriso largo de gato da Alice.

"O que?", pergunto de novo.

Como se eu não soubesse.

Ela desliza para cima de mim, suas longas, firmes e bem torneadas pernas no invólucro de couro a um centímetro de minha vestimenta de homem, uma das mãos baixando seu zíper, expondo uma montanha ao largo do decote.

"Não posso", digo, fechando os olhos. Eu poderia jurar que é minha imaginação, mas ela cheira a canela.

“Venha, Fáááááбio”, ela ronrona, sua respiração roçando tentadoramente meu ouvido. “Em nome dos velhos tempos.”

Eu apenas balanço a cabeça e seguro a respiração e penso em Gula. Quando abro os olhos, espero vê-la nua diante de mim, aquele sedutor sorriso em seu rosto. Em vez disso, vejo seu corpo encapsulado em vermelho se afastando devagar da Champs-Elisées, em direção ao Arco do Triunfo.

capítulo 26

Depois que termino as coisas em Paris, passo algumas horas na Inglaterra lidando com uma porrada de fracassados, ex-famosos e membros do Parlamento, e então vou fazer um passeio até a Torre de Londres. O guia, um aspirante a guarda real, conta tantos fatos errados sobre a história da Torre que tenho de começar a corrigi-lo. No final da visita turística, sou avisado para não voltar nunca mais. Tudo bem. O lugar era muito mais animado quando as pessoas estavam ali para ser decapitadas de fato.

Da Inglaterra, vou para a Bélgica e a Alemanha, depois atravesso a Áustria, a Hungria e a Grécia, a caminho do Sudeste da Ásia, antes de balançar sobre a Austrália e então dobrar de volta à China e à Rússia. Um rápido salto sobre o estreito de Bering e uma passagem como se fosse um redemoinho pelo Canadá e, antes que você diga "Destino é uma puta ruiva", estou de volta a Nova York a tempo de meu jantar com Sara.

Papai Noel não circula assim tão rápido.

Com certeza, ele está entregando a todos os menininhos e menininhas os bens materiais que eles estão esperando receber por seu comportamento impecável, enquanto eu estou enchendo as meias dos que estão sob minha responsabilidade com sugestões sobre como manter um emprego, de por que é inadequado fazer sexo com a sua sogra e quando parar de investir sua poupança de aposentadoria na mesa de roleta.

Nem todo humano está aberto a minhas sugestões. Alguns deles estão tão firmes em sua trajetória e tão convencidos de sua infinita sabedoria que me ignoram ou chamam os guardas para me atacar com spray de pimenta. Mesmo assim, apesar da rejeição e da iminência de ser preso e da sensação de ter minha face molhada em gasolina e queimada, descobri como a maioria dos humanos está faminta por alguém que realmente se interesse por suas vidas. Para lhes dar algum rumo. Oferecer um senso de propósito. Para oferecer ajuda e conforto – mesmo se for encharcado com frases como "vergonha para a vida inteligente" e "inútil desperdício de carbono".

Às vezes é duro ouvir a verdade.

Mas no final das contas eu sinto que estou começando a fazer diferença, em vez de ficar na retaguarda apenas observando meus humanos arruinarem suas vidas. Sei que as circunstâncias de suas sinas não admitem participação, que seus caminhos supostamente têm de ser traçados por suas próprias escolhas, sem qualquer influência. Mas por que os seres humanos que estão sob a responsabilidade de Destino podem decidir sobre seus futuros e os meus estão presos em suas sinas de merda?

"Você está resmungando de novo", diz Sara.

Olho para cima de meu frango com dezesseis especiarias e noto que estou pensando alto de novo.

"O que eu disse?", pergunto.

"Algo sobre sina e destino", ela responde, dando uma mordida em sua chuleta de cordeiro grelhada.

Estamos no Mesa Grill – um barulhento e popular restaurante do sudoeste, considerado cinco anos seguidos o melhor em cozinha regional americana de Nova York. Pessoalmente não vejo razão para tanto alarde. Até onde posso dizer, meu frango de dezesseis especiarias tem, no mínimo, três a menos do que o anunciado. Considerando os vinte e sete dólares que cobram pelo prato, isso significa que cada tempero custa um dólar e sessenta e nove centavos, portanto eu poderia ter uma devolução de cinco dólares e sete centavos.

Não é a coisa mais inteligente, de minha parte, ser visto em público com Sara. Você nunca sabe quando vai encontrar Integridade ou Fofoca. Mas Sara começou a se queixar que durante os três meses, mais ou menos, que estamos juntos, nunca tínhamos tido um encontro fora de nosso prédio de apartamentos.

Então, porque eu quero que ela fique feliz, reservei uma mesa no Mesa Grill para o jantar. Não é exatamente um lugar pequeno e íntimo, mas pensei que, já que íamos sair em público, poderíamos muito bem encerrar esse assunto. Além disso, não é que eu esteja tentando esconder de Destino o meu relacionamento com Sara. E, sendo realista, não posso esperar que Sara se contente com sexo, televisão a cabo e pedidos de comida chinesa em domicílio para sempre. Depois, o refrigerador de Sara estava vazio e ela precisava de algumas sobras.

“Então, o que você está resmungando aí?”, pergunta Sara, dando outra mordida em sua chuleta com purê de batatas e alho.

“Não é nada”, eu digo.

“Não é nada”, fala Sara. “Você fala sobre isso o tempo todo.”

“Falo o tempo todo sobre o quê?”

“Sina e destino”, ela diz. “É como se fosse uma obsessão para você. Você fala sobre isso até quando dorme.”

Eu não tinha percebido que insistia tanto nisso. E não tinha a menor ideia de que falava durante o sono.

“Não estou obcecado”, eu digo. “Estou apenas... preocupado.”

“Por que?”, ela pergunta.

Outra coisa sobre as mulheres mortais: elas fazem um monte de perguntas. O que pode se tornar um grande desafio, quando você está tentando evitar lhes dizer a verdade.

“Eu não sei”, digo. “Foi você que começou.”

Isso mesmo. Eu consegui desviar da culpa. A manobra deve resolver o problema.

“Eu”, ela continua. “Como foi que eu comecei essa coisa?”

“Quando você me perguntou se eu acreditava em destino”, eu disse.

“Sim, mas quando eu perguntei como sabe tanto a respeito de sina e destino, você me disse que era um hobby seu.”

Eu não sei como me deixei ser encostado contra a parede, como estou. Quero dizer, é como se eu não pudesse ver o que estava vindo.

De repente, não estou mais interessado no resto de meu frango com treze especiarias.

“Escute”, diz Sara, inclinando-se sobre a mesa e pegando minha mão. “Estou apenas tentando entender você. Para conhecê-lo. Para descobrir a pessoa que há dentro de você. E não posso fazer isso se você me mantiver à distância.”

Ela está certa. Mas não sei como discutir esse assunto com Sara sem explicar quem sou e o que faço. Com certeza eu não tenho exatamente seguido o manual da companhia, ultimamente, mas oferecer o tipo de honestidade de que ela precisa é procurar problemas.

Tenho de improvisar.

“Você se lembra de quando disse que pensava que estávamos destinados a nos encontrar?”, pergunto.

Sara assente.

“O que levou você a pensar isso?”, quero saber.

"Não sei", ela responde. "Apenas um pressentimento. Como se houvesse um grande propósito em nosso encontro. Algo único. Algo..."

"Especial?"

Sara confirma e sorri.

Eu me debruço sobre a mesa e seguro as mãos de Sara nas minhas. "Se você me perguntar, o que há de especial sobre nós é você."

Não se trata de uma evasiva ou de uma tentativa de mudar de assunto ou de se jogar para um boquete. É simplesmente a verdade.

"E o que você disse a respeito de pensar que nós estávamos destinados a estar juntos", eu disse. "Eu também penso." E a coisa é que eu penso mesmo, acabo de perceber.

Sara sorri novamente, depois se inclina por cima de meu frango de treze especiarias e me beija, antes de retornar à sua chuleta de cordeiro.

O resto do jantar transcorre sem nenhuma conversa sobre fado e destino, embora Sara faça um comentário sobre como ela preferia ser destinada do que fadada, qualquer que fosse o dia da semana, o que fez maravilhas por meu ego. Isso também me lembra que já é tempo de ir embora. É quase impossível ir a um restaurante em Manhattan e não tropeçar em Embriaguez ou Ansiedade ou um dos Mortíferos. Até agora não vi nenhum deles, mas não quero forçar a minha sorte me queixando sobre meu frango deficiente de condimentos ou pedindo sobremesa.

Quando estamos saindo, Sara para e dá as sobras para uma mulher sem teto na Quinta Avenida, o que significa que teremos de pedir pizza ou comida chinesa em domicílio para que ela tenha algo que comer no café da manhã. Enquanto ela está remexendo na carteira para pegar uma nota de vinte para dar à mendiga, eu me viro para encontrar Destino me encarando do lado de dentro do Mesa Grill.

Destino está do outro lado da janela usando uma blusa de seda vermelha bem justa, jeans vermelhos apertadinhos, tênis de couro vermelho e uma boina vermelha. Se não fosse invisível, não restaria um só humano macho presente no restaurante que deixasse de lhe perguntar seu número de telefone ou que não saísse no tapa, com o objetivo de conseguir um encontro com ela.

Ela continua a me encarar, lambendo a janela e se esfregando no vidro, então eu me viro e observo Sara com a mulher sem teto, conversando com ela, confortando-a, fazendo com que desse risada, lançando sobre ela a mesma magia que espalhava sobre todos os que encontra. A mesma magia que ela lança sobre mim.

Penso em como era minha existência antes de Sara – mundana e infrutífera, repleta de frustração e decepções e com sexo vazio, sem significado, sem contato. Agora, minha existência é excitante e otimista, cheia de propósito e de satisfação e com transas emotivas, íntimas e de total contato.

Nunca experimentei nada remotamente semelhante ao que sinto por Sara. Esse desejo de estar com ela. De vê-la e de senti-la e de tocá-la. De aspirar seu perfume e ouvir a sinfonia de sua voz. De mergulhar meus sentidos em tudo de Sara.

Enquanto fico ali parado olhando-a oferecer à sem-teto mais conforto com suas palavras e um toque mais caloroso do que o que significa a nota de vinte dólares, penso em como aprecio os prazeres mais simples proporcionados pelo fato de estar com Sara, como o peso de sua mão na minha ou a maneira como seu perfume fica no travesseiro ou o calor do seu corpo curvado perto do meu. Porém, acima de tudo, penso em como ela mudou minha atitude. Em como me fez olhar o futuro do meu trabalho, pela primeira vez em séculos. Em como me influencia de forma positiva, como eu jamais poderia imaginar.

Penso em como sou tão mais alegre quando estou com ela.

Antes que possa me conter, caminho até ela, faço com que se vire e a beijo como se não a visse há semanas.

Talvez seja porque ela não aguenta nos ver juntos. Ou talvez ela tenha tido outra emergência. Ou talvez ela apenas tenha se cansado de ser ignorada.

Quando eu me volto para trás, Destino não está mais lá.

capítulo 27

Eu costumava pensar que sabia quem era. O que queria. Como ia passar o resto da eternidade.

E todo mundo não sabe, também?

Quando você é humano, apenas imagina como as coisas poderão ficar. Mas quando você é Fado, tem uma excelente ideia do que o futuro lhe reserva. Eu podia ver minha própria sina se estender diante de mim, como um longa-metragem épico de Cecil B. DeMille. Só que sem Charlton Heston, que não se parecia em nada com Moisés, de qualquer forma. Moisés era baixinho, pálido e careca e tinha dentes estragados. Malvestido, inclusive. E fazia uma sopa de bolas de *matzo* mais ou menos.

Como *Os Dez Mandamentos*, minha própria história épica era bem previsível. Era assim, até que Sara aparecesse. Desde que me apaixonei, subitamente perdi o último rolo do meu filme e não tenho mais ideia de como vai terminar. Pontos fundamentais que pareciam inevitáveis deram uma virada indefinida e eu me vejo vagando por aí, sem a menor ideia de para onde estou indo e o que estará esperando por mim quando eu chegar.

Acho que é o que se deve esperar quando uma respeitável entidade imortal decide começar a quebrar as leis do universo.

Por centenas de milênios tenho sido um mero observador, acompanhando os humanos vivendo suas vidas e tomando decisões equivocadas e se comportando geralmente de uma maneira idiota. Agora aqui estou, me envolvendo, alterando futuros, salvando pessoas de compactadores de lixo e de extremo consumismo e de drogas alucinógenas.

Estou no litoral do Oregon, observando alguns estudantes da Universidade do Oregon, todos à procura de cogumelos psicodélicos. É estranho, mas nunca imaginei que poderia gostar de ficar perdendo tempo com criaturas inferiores e que acreditam na possibilidade de encontrar iluminação em um fungo que cresce nos excrementos do gado.

"Cara!", exclama Brian Tompkins, um veterano de vinte anos de idade, quando descobre um monte de cogumelos psicodélicos que ele arranca para mostrar a seus colegas. "Ponto!"

Brian tinha sido um adolescente sensato até chegar à faculdade. Nunca havia experimentado drogas e tomava apenas uma cerveja vez ou outra quando sabia que não teria de dirigir. Mas a experiência na faculdade e os novos amigos que fez o levaram a descobrir as maravilhas das drogas alucinógenas.

Embora aqueles cogumelos não fossem matá-lo, e toda a maconha que ele pudesse fumar não teria um impacto negativo em sua média de notas, entre bom e ótimo, as três bombas de ácido a que ele se expôs em sua jornada pessoal de iluminação o convenceriam de que ele tinha a capacidade de se desmaterializar, algo que ele haveria de testar colocando-se na frente de um trem da Amtrak a caminho de Des Moines.

Então dou uma cutucada na trajetória de Brian, bem próxima da morte, sussurrando em seu ouvido que tomar chá de cogumelos e usar ácido causava nos humanos machos um intenso desejo de ter sexo oral com cobras venenosas.

Parece que o truque funcionou. Ele larga os cogumelos e sai correndo, aos gritos, e vai abster-se de usar drogas como meio de iluminação, para escolher o caminho da experiência transcendental, estudando budismo, taoísmo e filosofias zen. Talvez não tão cheia de aventuras como sua trilha anterior, mas beeeeem menos fatal.

Pego os cogumelos abandonados por Brian Tompkins e os coloco no bolso, para evitar que seus amigos se sintam tentados a usá-los. Como disse Oscar Wilde, a única forma de se livrar da tentação é cedendo a ela. E os humanos não são nada difíceis de tentar, mesmo quando existe a possibilidade de que acabem recebendo uma chupada de uma víbora.

Falando em serpentes...

"Não é justo", diz Tentação, aparecendo momentos depois que eu coloco os cogumelos no bolso, um movimento sedutor em seus lábios. "Ele podia mudar de ideia."

"Eu não duvido", falo.

Embora não inclinada a usar sapatos de salto alto para provocar desejos, como Destino, ou a ficar andando por aí de roupas íntimas, como Luxúria, Tentação trata de exalar mais sexualidade revelando menos. Decote na medida certa e uma leve insinuação de sua roupa íntima sob o virginal vestido branco de verão que esconde suas formas, enquanto ao mesmo tempo deixa transparecer as curvas e maravilhas sob o tecido de algodão. Mas ao contrário da explícita sexualidade de Luxúria e Destino, Tentação nunca permite que você alcance a primeira base. Ela é mais do tipo não-dá-nem-desce.

Tentação é a única responsável pelo fracasso do "pecado original" envolvendo Adão e Eva, que ficaram na história como os únicos responsáveis pela futura semente das más escolhas e dos efeitos destas para a humanidade inteira. Dá-lhe sentimento de culpa. Não me admira que eles parassem de dar entrevistas e tirassem seus filhos da escola pública. Até onde eu sei, foi tudo uma armação, embora Eva tivesse mesmo uma inclinação para maçãs e serpentes.

"Eu não ia levá-lo a fazer nada que ele não quisesse", ela diz.

"Acredito!"

"Sério", ela diz, "tudo o que eu queria era mostrar a ele como reconhecer quais são os cogumelos venenosos."

O problema de Tentação é que ela é uma mentirosa crônica.

"Então por que você não os coloca de volta?", ela sugere, chegando mais perto, seus dedos roçando levemente minha mão, seus quadris deslizando nos meus, exalando um cheiro de canela. "Por mim?"

O aroma de enroladinho de canela é quase irresistível, mas sei que se trata apenas de uma artimanha. Ela, na verdade, não exala um cheiro daquele pãozinho que parece recém-saído do forno, e sim do industrializado. Trata de me oferecer o meu aroma favorito. E ela sabe disso. Para outra pessoa ela pode cheirar a jasmim. Para outra, lavanda. Para outra, ainda, *bacon*. É surpreendente a sua capacidade de levar alguém a fazer o que ela quer apenas seduzindo com odores.

Mas, por mais que eu realmente queira um rolinho de canela agora mesmo, não posso me render a ela.

"Não posso", digo.

"Por favor?", insiste Tentação, sussurrando no meu ouvido, seu perfume invadindo minhas narinas, acendendo tanto meu apetite culinário quanto o sexual. Tento pensar em beisebol, mas isso não funciona mais para mim desde que Fraude destruiu o jogo com esteroides e hormônios do crescimento humanos.

Antes que eu me dê conta do que estou fazendo, começo a remexer no meu bolso da frente à procura dos cogumelos.

"Você não vai se arrepender", afirma Tentação.

Ela está certa. Eu não vou. Mas Brian Tompkins vai.

Antes que eu me renda ao intoxicante perfume de rolinhos de canela, sou chamado para outro encontro com Jerry.

capítulo 28

"Jerry vai recebê-lo agora."

Levanto-me de minha cadeira e sigo na direção do longo percurso entre a recepção e o gabinete de Jerry. Enquanto tento me convencer de que se trata de um despacho de rotina e de que o momento é apenas coincidência, posso sentir Destino em tudo isso. Seu cheiro. Seu bronzeador. Seu spray para os cabelos. E, quando atravesso aquela porta, sei que estou correndo grande perigo.

Pense em Three Mile Island.

Pense em Chernobyl.

Pense em Ishtar.

Não existe sequer a emoção à flor da pele que recebi das almas humanas em minha última visita. Em parte isso se deve ao fato de Hostilidade estar na Coreia do Norte, juntando suas forças com as de Raiva e Arrogância para ver o que podem suscitar. Além disso, estou fingindo Indiferença, então todos de fato me ignoram.

Quando entro no escritório de Jerry, ele está no computador, digitando tão depressa que seus dedos são uma imagem esfumaçada de luz branca. "Sente-se", ele diz, sem levantar os olhos.

Eu ando, de meias, na ponta dos pés, sobre o piso, tentando não olhar para baixo. Quando você está suspenso lá no céu em uma imensa caixa de vidro, a acrofobia ganha todo um novo significado.

Jerry termina o que está fazendo e me olha de cima a baixo.

"Você me parece diferente", ele diz, notando minha aparência insossa, anódina.

"Estou trabalhando incógnito", digo, tentando fingir que não sei por que estou aqui.

Provavelmente não tenha sido uma boa ideia ostentar meu relacionamento com Sara em público.

"O que você tem feito, Fábio?", ele pergunta.

"Nada demais", respondo, forçando um sorriso. "Só o de sempre."

"O de sempre", repete Jerry, ainda sem sorrir. "É isso mesmo?"

Balancei a cabeça positivamente, continuando a ostentar ignorância. É inútil, claro. Mesmo se Destino não tivesse me delatado, trata-se daquele a quem chamamos ser supremo.

Às vezes eu realmente odeio o fato de que Jerry seja tão tremendamente onisciente.

Jerry me olha de maneira transparente, então se inclina para trás na cadeira e coloca seus chinelos sobre a mesa, cruzando os tornozelos. "Como a Terra tem tratado você, atualmente?"

"Bem", respondo, depois de limpar a garganta. "Não posso me queixar."

"De verdade?", Jerry continua. "Nem parece você. Está sempre se queixando."

"Apenas seguindo o seu conselho", digo. "Fazendo melhor meu trabalho. Cuidando mais dele."

"É isso?", ele diz, fazendo malabarismo com algumas galáxias em uma mão enquanto, com a outra, escreve uma mensagem de texto no seu celular. Que presunçoso. "Até onde posso ver, parece que você está se importando um pouco demais."

"O que você quer dizer?", pergunto, armando minha melhor fachada de inocência.

Por alguns momentos, ele fica só me encarando – você sabe aquele jeito que Deus faz quando sabe que você não está dizendo a verdade? Então estou prestes a desistir e a confessar, falando a verdade, que estou apaixonado por uma mortal que está na Trilha de Destino, quando Jerry vira a tela de seu monitor para mim e diz: "De acordo com os últimos dados que recebi, parece que no trimestre passado seus clientes tiveram uma taxa de setenta e nove por cento de sucesso".

Fico olhando para os gráficos estampados na tela, surpreso demais para dar alguma resposta imediata. Não era por isso que eu estava esperando quando fui chamado para ver Jerry, então as justificativas que eu ensaiei não vão funcionar. E não posso acreditar nos números. Setenta e nove por cento!

"Nossa!", digo, tentando não sorrir enquanto uso o mesmo olhar de surpresa de que lancei mão quando os guardas de Calígula apareceram para assassiná-lo. Como se ele não soubesse o que estava para acontecer.

"Isso é demais em termos de decisões adequadas feitas por um montão de recém-evoluídos mamíferos", diz Jerry. "Especialmente considerando que sua melhor taxa anterior foi de sessenta e oito por cento. E isso durante a Idade Média."

Além de acreditar que os seres humanos possuem a capacidade de entender o universo, Voltaire e Descartes e outros grandes pensadores da Idade da Razão defendiam o conceito da vontade racional, postulando que os homens faziam suas próprias escolhas, em vez de ter a pressão de uma sina sobre eles.

Voltaire e Descartes eram uns idiotas, cheios de pompa.

"Devo ter tido uma rodada de sorte", falo, acendendo o sorriso que comprei de Humildade.

"Sorte o cacete", exclama Jerry, tirando os pés de cima da mesa e se inclinando sobre as palmas das mãos tão depressa que meu sorriso se dissolveu num instante.

Maldita Humildade. Vou pedir meu dinheiro de volta.

"Não sei bem sobre o que você está falando", comento.

"Não me sacaneie", fala Jerry. "Eu sou o criador, honrado seja Cristo! Não é como se eu tivesse nascido na última era do gelo."

Bom argumento.

"Existe apenas uma explicação para um sucesso tão grande na taxa de conversão de sina", afirma Jerry. "Você está quebrando a regra número um. E deveria saber muito bem sobre isso de se envolver com humanos. Os outros têm uma desculpa, como Coragem ou Ciúmes ou Orgulho..."

"Ele é gay, você sabe", eu digo.

"Sério?", Jerry diz. "Bem, isso explica muita coisa. Mas não o desculpa por se envolver na vida dos humanos. Você tem de pensar nas consequências de seus atos, Fábio. Você é o Fado, pelo amor de Deus!"

Eu apenas balanço a cabeça. Realmente não há muito que você possa fazer quando Jerry diz seu próprio nome em vão.

"Agora, não quero ter de chamá-lo aqui de novo por isso", diz Jerry. "Do contrário, terei de dar um castigo a você. Estamos entendidos."

Eu balanço a cabeça de novo.

"Muito bem", diz Jerry. "Agora, dê o fora daqui. Tenho um universo para administrar."

capítulo 29

Durante as últimas semanas, descobri como dá muito mais trabalho tentar ajudar humanos em vez de simplesmente deixar que estropiem suas vidas. Suponho que isso se pareça um pouco com ser pai, embora eu nunca tenha cuidado de nada além de um casal de mamutes de pelúcia e de uma píton que desapareceu em um banheiro nos anos setenta, então nunca soube o quanto a paternidade pode ser recompensadora. Ou como é difícil ficar ali, parado, olhando seus filhos cometer erros, quando a sua orientação pode salvá-los de muito sofrimento e desilusão.

Tecnicamente, Jerry nunca me disse para parar de me envolver nas sinas dos meus mortais. Ele apenas me disse que eu já deveria saber muito bem disso e que tinha de pensar nas consequências de minhas ações. Embora isso possa ser alvo de discussão no mundo terrestre, Jerry tende a ficar um pouco fulo da vida quando alguém interpreta mal seus decretos. E desobedecer a uma ordem direta de Jerry não é exatamente a melhor maneira de permanecer no lado bom. Basta perguntar a Satã.

Obviamente ele me ameaçou com um castigo. Mas, até aí, Jerry está sempre ameaçando alguém. E embora seu latido com frequência seja pior que sua mordida, Jerry não tende a fazer ameaças vazias. Então, embora seja improvável que ele decida banir-me para o mundo inferior, talvez possa me suspender, privando-me de poderes. E quando você não pode se transportar ou ficar invisível, isso meio que tira o brilho de ser imortal.

Mas ter meus poderes suspensos não é a pior coisa que pode acontecer. Se Jerry ficar mesmo muito puto, ele pode me tirar a imortalidade. O que seria um saco. Eu teria de conseguir um emprego, um novo lugar para viver e minha vestimenta humana acabaria se estragando. E quando minha vestimenta humana estragasse, o mesmo aconteceria comigo.

Não é exatamente o que eu quero para comemorar meu 257.981º aniversário.

Portanto, se quero ser capaz de manter o estilo de vida a que me acostumei, terei de desistir de meu novo propósito e permitir que meus humanos continuem a fazer as escolhas erradas.

Isso tem sido mais difícil de aceitar do que eu esperava, o que me transformou em um Fábio sombrio. Sara tem tentado me animar, cozinhando uma refeição para mim em vez de requentar sobras e limpando meu apartamento com um uniforme de camareira francesa, mas quando fico deprimido eu quero apenas ficar deitado no sofá tomando sorvete Ben & Jerry's e vendo algumas reprises do seriado *Seinfeld*.

Então, decido que preciso de uma mudança de cenário. Quero ir a algum lugar tropical. Algum lugar relaxante. Algum lugar onde eu possa deixar tudo isso de lado.

"Vamos lá, Sombra Furiosa!"

Estou na Corrida de Cachorros de Daytona Beach, na Califórnia, acompanhando o sexto páreo, na matinê de quarta-feira. Já ganhei uma dupla e um simples. Quando Sombra Furiosa cruza a linha final em primeiro lugar, isso vai me tornar vencedor em cinco de seis páreos. Obviamente, não tem a menor importância que Dona Sorte esteja me ajudando a colocar minhas apostas.

"Vamos lá, Shadow Fury!", ela grita, um drinque de vodca pela metade em uma das mãos e o bilhete da aposta, na outra. Se não a conhecesse bem, eu juraria que ela não tinha a menor ideia de que nosso cão ia ganhar.

Temos de fazer uma cena, fingindo que estamos entusiasmados; de outra forma chamaríamos ainda mais atenção do que já chamamos. Foi por isso que despistamos no terceiro páreo.

Sei que não se trata exatamente de esporte. E ficar olhando animais escravizados correr atrás de um coelho mecânico ao redor de uma pista para saciar o desejo dos humanos por jogo e entretenimento faz com que eu sinta como se precisasse de um banho quente. Mas quando você roda por aí há um quarto de milhão de anos cuidando diariamente de bilhões de formas de vida inferiores e seu criador acaba de lhe dizer para ficar fora dos negócios deles, às vezes surge a necessidade de aproveitar as vantagens de suas capacidades oniscientes.

"Aleluia!", grita empolgada Dona Sorte quando Sombra Furiosa vence o páreo por quase um corpo inteiro de vantagem sobre os outros cães. "Graças a Jerry!"

"Jerry?", diz um jogador descontente que está sentado atrás de nós. "Quem diabos é Jerry?"

"O treinador de cachorros", eu digo, pegando Dona Sorte e seguindo rumo ao caixa para resgatar nossos prêmios.

"Ah, Fábio", ela fala. "Obrigada por me trazer aqui. Não me divertia tanto desde 1980, com o time de hóquei dos Estados Unidos nas Olimpíadas."

Depois de descontar nossos bilhetes de apostas, terminamos nossos drinques e demos tudo o que ganhamos naquele dia a um velho que tivera um dia difícil nas corridas. Deixei que Dona Sorte fizesse isso. Assim, tecnicamente, não estou me envolvendo. Além disso, é o que ela faz.

"Bem, Fábio, foi mesmo muito divertido", ela diz, dando um beijo na minha bochecha. "Mas acho que está na hora de voltar ao trabalho."

De fato. Enquanto estávamos lá, nas corridas, um montão de outros clientes nas arquibancadas da pista do Daytona não tinham tanta sorte. Eu observei Dona Sorte indo embora, seu vestido de lamê dourado cintilando sob o calor da Flórida, enquanto ela esbarrava levemente em homens e mulheres cuja sorte imediatamente dava uma virada para melhor.

Uma dessas delicadas roçadas de Dona Sorte foi em Cliff Brooks, um profissional que não conseguiu desenvolver todos os seus talentos, tentando fazer render os cem dólares que trouxe para ganhar o suficiente que lhe permita levar sua namorada a um belo jantar de aniversário. Talvez no Hooters ou no Robbie O'Connel's Pub. Mas, depois de seis páreos, tudo o que Cliff conseguiu com suas tentativas foi ter um cachorro classificado e cinquenta pratas com as quais voltaria para casa.

Se eu não fizer nada, Cliff vai passar o resto de sua vida insatisfeito com seu trabalho, ganhando dinheiro só por ganhar dinheiro, e fracassando na descoberta de seu melhor caminho. Sei que poderia simplesmente me virar e ir embora daqui, ir ao encontro de um belo grupo de monges budistas ou talvez vagar com o Dalai Lama, mas, depois de uma semana sem me envolver, estou prestes a alterar minha retirada. Estou em crise de abstinência por um viciado em drogas ou um sem-teto ou um advogado de defesa da área criminal. E Cliff Brooks é o ajuste de que preciso.

Eu sei que Jerry me disse para não me envolver, mas é apenas um pequeno humano. Uma alma patética. Um mortal que já fez uma vida inteira de escolhas erradas.

Mas, hoje, ele tem algo a seu favor e que ele não está esperando. Um pouco de sorte verdadeira e que não iria receber de Dona Sorte. Cliff

Brooks está prestes a receber uma visita do (ruflem os tambores, por favor!)... Capitão Fado.

Guardião da mudança de destino.

Defensor das incapacidades humanas.

Campeão dos futuros insossos.

Estou pensando que preciso conseguir uma canção-tema para mim. Talvez algo como a abertura da pequena sequência de *Star Wars* ou "O tema de Peter Gunn". Ou mesmo uma coisa original. Eu pediria a Beethoven ou Tchaikovsky para escreverem uma peça rápida, mas, bem... eles estão mortos.

O problema com a defesa da sina de Cliff Brooks, além do fato de que pode me custar minha imortalidade, é que estou visível. Eu poderia dar uma escapada até o banheiro ou procurar uma cabine telefônica e remediar essa situação, para ajudá-lo sem o seu conhecimento, mas se ele for colocar qualquer soma de dinheiro em um dos cães antes que eu o alcance, bem, então todas as probabilidades estarão inacessíveis, por assim dizer. Portanto, no momento em que Cliff termina de ler o programa para o próximo páreo e está entrando na fila para sua próxima maldita aposta, eu deslizo para ficar próximo dele e o pego pelo braço.

"Você não quer fazer isso", digo.

"Fazer o que?", ele pergunta, sem fazer nenhuma tentativa de remover minha mão de seu braço.

"Fazer essa aposta", afirmo, levando-o para longe das bilheterias.

"Por que não?", ele quer saber.

"Porque Tiro na Lua não vai vencer", afirmo.

"Como sabe em qual cachorro eu ia apostar?", ele questiona, enquanto eu o conduzo para além das barraquinhas.

"Digamos que eu seja um médium."

"De verdade?"

"De verdade", respondo, conduzindo-o de volta para a entrada. Ele é tão condescendente. Eu poderia ser um ladrão. Eu poderia ser um maníaco sexual em liberdade condicional. Eu poderia ser um assassino em série e esse sujeito me deixaria levá-lo para um ambiente à prova de som, com ganchos de carne e serras para diferentes usos.

"Então você pode ler meu futuro?"

"Mais ou menos", digo.

"Mais ou menos, como?", ele quer saber.

“Bem, para começar”, eu falo, “você precisa querer reconsiderar suas opções para o jantar de aniversário de sua namorada. Levá-la ao Hooters não vai exatamente levá-lo a fazer sexo com ela.”

“Nossa!”, ele exclama enquanto eu o conduzo a um banco e faço com que se sente. “Você é médium.”

Tá, muito bem, mas não é preciso recorrer a uma entidade imortal da predestinação para saber que levar a namorada para o Hooters para comemorar seu aniversário não é o caminho para a satisfação sexual.

“O que mais?”, ele pergunta, olhando para mim com absoluta confiança.

Os humanos são tão simples. Especialmente os homens humanos. Diga a eles como evitar passar suas noites se masturbando e eles irão seguir você para qualquer lugar. A única real diferença entre humanos machos e cachorros machos é que os humanos geralmente não tentam se masturbar na sua perna.

“Seu nome é Clifford Brooks”, eu digo, sentando-me ao lado dele e dizendo tudo a seu respeito – onde ele vive (Ormond Beach), no que trabalha (estocagem), quantas vezes por mês ele faz sexo (0,37) e o que ele jantou na noite passada (macarrão e queijo de pacotinho).

“Eu também sei que você não está na sua trilha designada”, continuo. “Não está fazendo o que deveria.”

“O que eu deveria estar fazendo?”, pergunta.

Pela ansiedade que vejo em seus olhos e pela expressão de adoração em seu rosto, eu poderia lhe dar um copo de refrigerante com cianureto e ele ainda ia pedir mais.

O que é que eu devo fazer?

Os seres humanos têm esse desejo inato de permitir que qualquer outra pessoa dirija suas próprias vidas em vez de descobrir as coisas por si sós. É como se eles não quisessem assumir a responsabilidade por estropiar as coisas, de maneira a se sentir livres pra culpar outra pessoa.

Seus pais.

Seu terapeuta.

Jerry.

Então, em vez de gastar uns bons momentos sozinhos e descobrir o que realmente querem, tratam de se distrair com televisão, *videogames* e pornografia.

O que é que eu devo fazer?

O que se esperava é que Cliff Brooks estivesse trabalhando como gerente financeiro num banco, ganhando suficiente dinheiro para sustentar sua mulher e sua filha. Mas ele largou a faculdade depois de um ano tentando seguir a carreira de ator, que chegou ao ápice quando ele vestiu uma fantasia de Pateta durante o verão, na Disney World.

"Volte para a faculdade e tire o diploma", eu sugiro.

E, rápido como um raio, ele é um veterano de vinte e sete anos, uma promessa na fraternidade universitária, com um diploma adicional de alcoolismo.

Então eu tento de novo.

"Case e constitua uma família."

Ele vira um pai abusivo, com um futuro marcado por liberdade condicional.

Por alguma razão eu penso em Nicolas Jansen e concluo... se funcionou para ele...

"Entre para um monastério."

Ele é um pedófilo procurado que está sendo extraditado de Caracas, na Venezuela.

Isto é mais difícil do que eu pensava.

Todos os outros humanos que tentei ajudar responderam à minha orientação com sinas melhoradas. Talvez nem sempre ideais. Quero dizer, quem aspira viver de limpar banheiros portáteis? Mas ao menos era um progresso em relação a fumar crack ou se juntar a um culto religioso.

Cliff Brooks, por outro lado, representa um desafio maior. Não importa o que eu sugira, continuo atirando no escuro. Então, simplesmente tenho de continuar tentando até encontrar o alvo.

É como jogar roleta russa, com a diferença de que em vez de balas são sinas.

"Começar seu próprio negócio."

Click.

"Alistar-se nas forças armadas."

Click.

"Criar uma organização voluntária."

Bangue!

De acordo com o relatório que observo, Cliff Brooks vai se transformar em um campeão da causa dos direitos dos animais e da abolição às corridas de galgos no estado da Flórida.

Nossa!

Isso não foi apenas uma completa decolagem de seu caminho atual, mas também uma significativa melhora sobre o que estava fadado a ele em seu nascimento. Com certeza, ele seria um bem-sucedido gestor de finanças e um marido e pai provedor, mas essa nova e evoluída sina ultrapassava os parâmetros de seu próprio potencial.

Pelo que posso ver, ele vai se desenvolver muito, na sequência, a ponto de atrair atenção nacional, e terá um imenso êxito no futuro previsível. E por "previsível" não quero dizer que vai demorar muito tempo. Não que ele vá se acabar ou que terá um ataque cardíaco ou sofrer um atentado da máfia dos cães de corrida. É que simplesmente não consigo ver claramente o que vai se passar nos próximos anos. Está literalmente borrado, como se uma densa neblina tivesse tomado conta da orla cósmica, obscurecendo minha visão.

Balanço a cabeça, na tentativa de clareá-la, porque provavelmente não posso estar vendo o que penso que vejo, mas quando dou outra olhada eu ainda posso divisar claramente a sina de Cliff Brooks.

Ele ainda não está lá, mas maldito seja eu se ele não estiver a caminho da Trilha de Destino.

capítulo 30

"Outra dessas", diz Carma, balançando sua garrafa de cerveja Kingfisher vazia para um garçom em trânsito.

Estamos no andar de cima do Curry in a Hurry, na esquina da Lexington com a 28ª Leste, em Manhattan, e que está lotado com a multidão para o almoço em um dia de semana. Plantas penduradas e aquarelas de encantadores de serpentes e de romance indiano adornam as paredes. Lá no fundo, perto dos banheiros, uma televisão de tela plana mostra uma produção de Bollywood.

A ascensão de Cliff Brooks é algo que eu não posso simplesmente ignorar. É sem precedentes. Uma anormalidade. Uma mutação na ordem cósmica. Preciso descobrir como conduzi-lo de volta ao caminho adequado.

O problema é que nunca fui um bom aluno e as conferências de Jerry sobre Teoria do Caminho e Lei da Predestinação sempre me faziam dormir, então eu precisava de alguma ajuda. Dennis não teve de assistir a essas aulas como obrigatórias em seu currículo, porque todos os caminhos finalmente levam a ele. Preguiça pegava no sono em muito mais aulas do que eu, e Gula frequentemente comia até sua própria lição de casa. Mesmo que Carma fugisse da escola quase tantas vezes quanto eu, de alguma forma ele sempre dava um jeito de ter notas próximas ao limite máximo da turma.

Felizmente, Carma estava na cidade para sua visita anual a George Steinbrenner, então não foi muito difícil localizá-lo.

"Então...", eu digo, "tenho outra pergunta sobre trilhas."

"Você quer dizer como a Trilha do Fado, a Trilha de Destino, toda essa merda metafísica?", diz Carma, seus olhos meio vidrados por causa das Kingfisher que ele já entornou.

"Sim", eu falo, imaginando quantas cervejas ele já teria bebido antes que eu aparecesse.

"Cara, eu não sei", ele admite. "Isso foi há mais de duzentos e cinquenta mil malditos anos atrás.

A japonesa na mesa mais próxima de nós parou o garfo a meio caminho de sua boca aberta e ficou olhando para nós.

"Ouça", eu digo, quando o garçom retorna com outra Kingfisher. "Apenas me ajude com isso e eu peço o almoço."

"Tudo bem", ele diz. "Mas eu nunca fui um bom aluno."

"Ora, vamos lá", eu digo. "Você se superou em Lei da Predestinação. Teve a nota mais alta de todos na classe."

"Eu trapaceei", diz Carma antes de engolir metade de sua cerveja. "Comprei as respostas de Decepção. Nunca sequer abri um livro."

Que beleza! Eu venho buscando clareza e sabedoria e, em vez disso, encontro loucura e embriaguez.

"Você se lembra de algo sobre seus estudos?", pergunto. "Absolutamente nada?"

"Alguma coisa", ele diz. "Lembro das aulas de ginástica e de roubar a cadeira de rodas de Ferida e de encher o armário de Celibato com fotos de Confiança pelada. Ah, e também me recordo de técnicas de visualização que aprendemos em Teatro Virtual."

Pompa deu essa aula. A ideia era se imaginar como um objeto inanimado que representasse as suas habilidades. Minha visualização, meu objeto inanimado que representava o fado da raça humana, foi uma bomba de gasolina.

Antes que eu possa impedi-lo, Carma sobe e senta-se na mesa, com a bunda em seu almoço. "O que você está fazendo?", pergunto.

"Gosto de pensar em mim como uma balança", ele diz, fazendo uma pose com as pernas cruzadas na posição de lótus e seus braços dobrados ao longo dos dois lados do corpo, os cotovelos para baixo e os pulsos pendendo, com as palmas das mãos voltadas para cima.

Odeio quando ele faz isso.

"As pessoas estão olhando", eu digo.

"Deixe que olhem", ele diz em voz alta e de comando. "Eu sou Carma. Eu peso o resultado de suas decisões. Prestem atenção em minha sabedoria."

"Preste atenção nisso aqui", diz um nativo de Nova York, de trinta e cinco anos, careca e com um futuro de oportunidades fracassadas que mostra o dedo indicador em riste para Carma.

Não foi uma sábia decisão.

Carma coloca a ponta de seu dedo médio contra a parte interior de seu polegar e faz um movimento rápido na direção do careca. No momento seguinte, o sujeito está tropeçando em seus próprios pés e caindo de cara na mesa ocupada por um casal que acaba de pedir um frango ao curry.

Carma instantâneo.

No fundo do restaurante, o gerente do Curry in a Hurry, um indiano de quarenta anos com um futuro de ataques cardíacos, está apontando o indicador para nós.

"Caiam fora da mesa! Caiam fora da mesa e vão embora ou eu chamo a polícia!"

Carma não se move.

"Podemos voltar à minha pergunta sobre caminhos?", pergunto.

"Tudo é uma questão de causa e efeito", diz Carma, me ignorando e se dirigindo às dezenas, mais ou menos, de clientes do Curry in a Hurry. É filosofia de *fast-food* para uma plateia de *fast-food*.

"Se você faz coisas boas, coisas boas acontecem com você." Carma abaixa sua mão direita e levanta a esquerda. "Se você faz coisas ruins, blá-blá-blá."

Olho em volta, esperando que os outros fregueses estejam rindo ou balançando suas cabeças ou ignorando completamente Carma. Apesar de tudo, esta é a cidade de Nova York. Coisas como essa acontecem todo o tempo. Em vez disso, ao contrário do sujeito careca com o rosto cheio de frango com curry e do casal cujo almoço ele arruinou, descubro que a maioria dos clientes está prestando atenção. Mais do que isso. Estão quase paralisados.

Já vi essa reação antes, durante a Era Clássica, depois do Êxodo e antes do nascimento do Império Romano, quando a vasta maioria dos humanos estava faminta por messias e líderes espirituais. Carma sentava-se em uma colina ou sob uma árvore e simplesmente começava a falar e assim acabava reunindo uma multidão de pessoas, que lhe pediam para liderá-las para que se salvassem de uma perseguição ou injustiça qualquer de que se sentissem vítimas. Quando ele as tinha ali, atentas e convencidas, exatamente no ponto em que desejava que estivessem, ele entrava em combustão espontânea e elas fugiam gritando.

Depois de tudo, a gente dava muito risada lembrando a coisa, com vinho e pão ázimo.

Mas agora parece que os seres humanos, em vez de buscarem salvadores espirituais, procuram mesmo é por recompensas corporais e bens materiais.

Pellings de ácido glicólico e implantes de seios.

Bolsas Prada e ternos Hugo Boss.

Luxuosas SUVs e sistemas de *home theater*.

Mesmo quando procuram por orientação íntima, eles trocam os ascetas por celebridades. Agora, seus messias são cantores pop e astros do cinema, seus líderes espirituais, evangélicos da televisão e personalidades do rádio. Mas quando eu olho em volta, neste restaurante de *fast-food* indiano do lado leste de Manhattan, para as pessoas imobilizadas por Carma, penso que talvez os humanos estejam mais famintos por liderança do que eu pensava. Talvez queiram mais do que um salário ou um jogo de cama fantástico para definir quem são. Para calcular seu sucesso.

Ou talvez Carma simplesmente saiba como dirigir uma multidão.

"Aquele que fala sem mágoas, de forma honesta, cria carma positivo", ele diz com os olhos fechados, expondo a filosofia do carma no budismo.

"Dedique-se a ações positivas, evitando o que poderia causar algum mal.

"Viva de uma forma que não provoque sofrimento nem a si nem a ninguém.

"Não responda à injustiça com agressão. Responda à injustiça com bondade."

Tenho certeza absoluta que esta última é de Lao Tzu, não de Buda, mas essa gente não sabe a diferença.

"E sobre a Trilha de Destino?", pergunto.

"O homem cria seu próprio destino", ele continua. "O caminho que você busca por si mesmo."

Realmente é frustrante quando ele fala por axiomas filosóficos.

"E se eu não estou procurando um caminho, mas sim mandando outros para uma trilha que não era feita para eles?", pergunto, tentando permanecer calmo, enquanto o gerente do Curry in a Hurry está ao telefone, chamando a polícia. "Carma diz alguma coisa sobre isso?"

"Para entender o caminho de outra pessoa, você primeiro tem de compreender o seu próprio."

Seja lá o que isso queira dizer.

Antes que eu possa continuar em minha linha de questionamento, um jovem que acaba de completar os vinte anos e está a caminho de uma série de empregos sem futuro se aproxima de nossa mesa, segurando seu boné de beisebol nas mãos.

"Se eu me desculpar com minha namorada, ela vai me perdoar?"

"Atos definem o homem, não palavras", responde Carma. "Desculpe-se com ações e você colherá as recompensas."

O jovem agradece a Carma e vai embora do restaurante.

"É tarde demais para fazer alguma coisa certa?", quer saber uma garota de vinte e cinco anos que roubou dinheiro de seus pais para comprar drogas.

"Nunca é tarde demais para reparar nossas ofensas", ele responde.

Ela começa a chorar e se afasta.

"Serei capaz de encontrar a felicidade?", pergunta outro cliente.

"A felicidade se encontra dentro de nós."

"Você pode oferecer salvação?", questiona uma mulher de quarenta e dois anos que vai continuar com um caso extraconjugal durante os próximos sete anos.

"Dane-se a salvação", diz Carma, abrindo os olhos. "Se você quer salvação, fale com Jerry."

Ouço sirenes ao longe. Não devem ser para nós, mas, em todo o caso...

"Acho que a gente devia ir embora", sugiro.

Carma liquida o resto de sua Kingsfisher. "Mas estou em uma maré de sorte."

Acho que isso depende de como você define maré de sorte. Metade dos clientes que estavam aqui quando ele começou tudo foram embora e o gerente está xingando Carma em hindu. Quando olho de volta para Carma, ele está com aquele sorrisinho no rosto.

"Por favor, não me diga que você está pensando em combustão espontânea", eu digo.

"Passou pela minha cabeça", ele diz. "O que você acha?"

"Provavelmente é uma má ideia", respondo. "Mas se você vai mesmo fazer isso, pode ao menos esperar até que falemos sobre Destino?"

"O que é que é essa coisa toda de Trilha de Destino, afinal de contas?", ele quer saber, balançando outra vez no ar sua garrafa de cerveja vazia, parecendo ignorar sua atual condição de Cliente Menos Favorito.

"Acho que a gente poderia falar deste assunto em algum outro lugar", digo, enquanto o barulho das sirenes aumenta cada vez mais.

"Mas eu ainda não terminei meu almoço", ele avisa, pegando um pedaço de *naan* que estava embaixo de sua perna esquerda e recolhendo um pouco de cordeiro ao curry de suas calças.

“Vamos”, eu insisto, pegando-o pela mão e puxando-o de cima da mesa. “Vamos dar o fora daqui antes que a polícia chegue.”

“Tarde demais”, ele avisa.

O carro de polícia para em frente ao restaurante, enquanto os fregueses remanescentes, o encanto aparentemente quebrado, retornam a suas comidas e evitam o contato ocular conosco. Poucos momentos depois, o gerente aparece no alto da escada, seguido de dois oficiais uniformizados.

“Eles aí!”, o gerente grita, apontando para nós. Como se eu tivesse feito algo errado. “Eles estragaram meu negócio e afugentaram meus clientes.”

“Foi isso que aconteceu?”, pergunta o primeiro oficial de polícia, um jovem de vinte e sete anos, solteiro, fadado a continuar assim.

“Não exatamente”, eu digo. Embora não tenha ideia do que vou dizer em seguida. Essa é uma daquelas ocasiões em que eu simplesmente gostaria de sumir num piscar de olhos. Talvez me transportar para o Havaí ou Santorini ou Jamaica. Eu soube que Hedonismo II é agradável nesta época do ano.

A mulher de quarenta e dois anos a quem Carma disse “dane-se a salvação” aponta para ele e diz: “Ele acha que é a encarnação do carma”.

“É isso mesmo?”, pergunta o oficial.

“A conquista do carma reside na ação inteligente e na reação desapaixonada,” afirma Carma e então arrota na cara do oficial.

Como se isso fosse nos ajudar.

“E você?”, pergunta o guarda, olhando para mim. “Quem você pensa que é?”

“Sou alguém que está no lugar errado na hora errada.”

“Mandou bem”, diz o oficial. “Vamos lá fora conversar um pouco, descobrir quem vocês dois realmente são.”

“Eu sou Carma”, anuncia Carma, subindo em outra mesa, batendo em copos e pratos enquanto toma a posição de lótus. “Sou como uma balança...”

“Vamos lá, cara”, diz o primeiro oficial, se aproximando e pegando Carma pelo braço.

Carma não se mexe, o que leva o segundo oficial a se posicionar do outro lado da mesa, onde segura o outro braço de Carma.

“Suas ações terão consequências”, avisa Carma. “Vocês têm de obedecer à minha lei!”

“Tá”, diz o primeiro oficial, pegando suas algemas. “E você precisa obedecer a minha.”

Mais depressa do que você possa dizer *samsara*, Carma é girado sobre seu próprio peito, de maneira que seu rosto fica contra a mesa, com um dos lados sobre uma porção de ricota com espinafre ao curry, seus pulsos algemados, com as mãos para trás.

"Vocês vão se arrepender!", enquanto ele é obrigado a ficar em pé, com espinafre e ricota escorrendo de seu rosto. "É uma má ideia foder com Carma!"

"E é má ideia foder com o Departamento de Polícia de Nova York", retruca o oficial.

O segundo oficial me escolta escadas abaixo, para fora da porta, onde uma multidão está reunida na calçada, para assistir ao show. Atrás de mim, Carma vocifera: "Causa e efeito! Causa e efeito!", enquanto é arrastado do restaurante, com algemas.

capítulo 31

A última vez que fui preso, os seres humanos ainda acreditavam que o Sol girava em torno da Terra e as execuções de heréticos eram um bom, sadio entretenimento familiar. Naquele tempo, costumava-se referir às prisões como masmorras e não era incomum ter de compartilhar sua luxuosa suíte de dois metros quadrados por um com meia dezena de condenados, muitos dos quais precisando de um banho e alguns de um enterro decente.

Tenho de admitir que as acomodações melhoraram significativamente desde aquele tempo.

Nossa cela tem seis por três metros quadrados, com um banco ao longo da parede do fundo e um sanitário com uma pia no canto mais distante. Em vez de concentrar poeira e pedras misturadas com excrementos humanos, o chão é um piso de concreto, limpo. Há até ar-condicionado. E o único de nós que precisa de um banho é Carma.

"Dá pra me trazer um café com leite duplo?", Carma grita, sua face pressionada contra as barras, espinafre e queijo coagulados em seu cabelo e sua camiseta. "Não, espere. Faça aquele chá gelado *chai*."

"Ei, cara", diz o vendedor de seguros de trinta e nove anos de idade que acaba de perder seu emprego e está compartilhando a espaçosa cela conosco. "Pode me pedir um *cappuccino*?"

"De que tamanho?"

"Grande", diz o homem.

"E um *cappuccino* grande!", grita Carma.

Estamos no compartimento para bêbados da 13ª Delegacia, o que, de fato, não é justo, considerando-se que estou completamente sóbrio. Mas eu não poderia deixar Carma sozinho com medo de que ele decidisse fazer uma de duas coisas: um ato de sumiço ou um de combustão espontânea, então contei aos guardas que nos prenderam que eu havia comido alguns brownies de cortesia de Alice B. Toklas e, então, eles me lançaram no depósito com Carma.

É uma situação parecida com as circunstâncias que precederam minha última visita à prisão, no começo do século dezesseis, quando Carma ficou bêbado em um *pub* de Colônia, na Alemanha, e começou a falar sobre como ele havia conversado com Satã. Com certeza, era verdade. Nós havíamos, sim, jantado com ele, alguns séculos antes. Mas você não sai por aí compartilhando uma informação como essa, especialmente em um país em que havia uma histeria coletiva de caça às bruxas. Desnecessário dizer que, uma vez que eu era companheiro de viagem de um herético, me tornava culpado por associação.

Sair do cárcere em Colônia foi fácil. Quando os guardas não estavam olhando, nós simplesmente nos transportamos da Alemanha para uma praia, em Barbados. Os homens que estavam na mesma cela que nós foram torturados até admitir que usaram feitiçaria para que escapássemos, mas eles iriam ser mesmo torturados e estrangulados e queimados na fogueira, então, de fato, não pioramos as coisas para eles.

"Será que eles têm alguns biscoitos?", pergunta o vendedor de seguros bêbado, cujo nome é Alex Dunbar e que está a caminho de gastar as próximas duas décadas descobrindo os limites de sua inteligência e desenvolvendo diabetes de adulto.

Carma olha de cima a baixo o corredor vazio que há fora de nossa cela. "Acho que todos os barmen estão de folga."

"Isso aqui não é a Starbucks", digo.

Carma se vira e olha para mim como se eu tivesse acabado de dizer que Papai Noel não existe.

"Não é?", pergunta Alex.

"Não. Esta é uma cela de cadeia. Nós fomos detidos por bebedeira e desordem e estamos na prisão, onde eles não servem café com leite, *cappuccinos* ou biscoitos."

Alex Dunbar começa a chorar.

"Veja só o que você fez", diz Carma, que caminha em nossa direção e senta-se perto de Alex e põe um dos braços ao redor dele. "Já não basta ele ter perdido o emprego, hoje, mas você tinha de vir e tirar dele a única coisa que ele esperava."

Às vezes eu não entendo Carma. Realmente, não.

"Está bem", continua Carma, dando a Alex um abraço de um braço só e lhe oferecendo conforto. "A mulher que demitiu você vai ser atropelada por um ônibus, hoje, quando estiver voltando do trabalho para casa."

"É mesmo?", exclama Alex, se animando e parando de soluçar.

"Vai?", eu digo.

Carma me faz um rápido movimento de cabeça, que Alex não percebe.

"Com certeza", confirma Carma. "Ela vai ser pega pelo ônibus quarenta e dois, em Times Square."

"Que bom", comenta Alex.

"Agora eu quero que você se deite no banco e durma um pouco", diz Carma. "E quando você acordar, teremos *cappuccino* e biscoitos."

"Teremos?", ele quer saber.

"Pode apostar."

"Que bom."

Carma se levanta e Alex deita-se no banco, de lado, com a blusa sob sua cabeça. "Ei", ele diz. "Como é que você sabe sobre o ônibus?"

"Porque sou o Carma."

"Ah", diz Alex, que coloca as mãos entre os joelhos e fecha os olhos. Menos de um minuto depois, ele está roncando claramente.

Carma vem ao meu lado. "Então, está pronto para dar o fora daqui?"

"O que você quer dizer com isso?", pergunto.

"Você sabe", ele diz, cruzando seus braços e piscando, como Barbara Eden, no seriado *Jeannie é um gênio*.

"Vamos lá!"

"Este não é o século dezesseis", lembro. "A polícia tem nossas identidades. Sabe onde moramos. Além disso, estamos sendo gravados em vídeo. Não podemos simplesmente evaporar."

"Saco!", ele diz. "Então, o que vamos fazer?"

"Eu já chamei Justiça."

"É mesmo?", Carma pergunta. "Quando você fez isso?"

"Logo depois que eles nos trouxeram aqui", digo. "Você ainda estava insistindo no tema da causa e efeito e tentando tirar a ricota e o espinafre dos seus cabelos."

"Certo", ele diz, correndo os dedos no lado da cabeça e catando alguns pedacinhos de espinafre. "E o que Justiça falou?"

"Disse que estará tratando disso tão logo termine de cuidar de um problema no Senado."

"Isso pode demorar um pouco", conclui Carma, sentando-se no banco.

Eu me sento ao lado dele. "Você ainda está bêbado?"

Ele olha para mim com olhos vermelhos. "Não tenho bem certeza."

"Pode responder uma pergunta para mim?"

Ele balança a cabeça. "Vou tentar."

A poucos centímetros de distância, Alex começa a roncar alto.

"O que acontece se alguém que está na Trilha do Fado termina ficando na Trilha de Destino?"

Carma olha para mim como Ramsés II olhou para Moisés quando ele pediu para o faraó libertar os judeus da escravidão.

"E você me perguntou se eu é que estava bêbado?"

"Bem... o que acontece?", insisto.

"Não pode acontecer", diz Carma. "A Lei da Predestinação define claramente que aqueles que nascem com uma trajetória estão ligados a ela. A menos, claro, que Fado ou Destino intervenham."

"Eu pensei que você tivesse dito que nunca abriu um livro."

"Não abri", confirma Carma. "Mas levei três dias memorizando as respostas para o teste."

"E você ainda se lembra delas?"

"Claro", ele diz. "Quero dizer... ora, vamos... Isso foi há apenas duzentos e cinquenta mil anos."

Às vezes fico imaginando se Carma é bipolar ou apenas um sujeito muito descolado.

"Mas e se pudesse acontecer?", digo. "Se isso já tivesse acontecido?"

Carma retira uma bolinha de queijo de seu cabelo. "Há algo que você não está me dizendo?"

Então eu conto a ele sobre Cliff Brooks. E Sara. E todos os outros humanos que ajudei. E sobre a época em que observei Marie Curie tomando banho de leite. A coisa simplesmente saiu. Fico assim algumas vezes, quando estou me confessando. Um tipo de ou tudo ou nada.

"Você sabe que não podia se envolver", ele fala.

"Quem diz isso é justamente alguém que subiu em uma mesa num *fast-food* indiano e se revelou a um restaurante lotado de humanos", retruco. "Dois dos quais mudaram suas sinas baseados em seus conselhos, de toda forma."

"Desculpe sobre isso", diz Carma. "Mandei mal. Mas isso não será permanente."

"Alôoo", eu digo. "Eu posso ver as trajetórias deles. E me parecem bastante permanentes."

"O universo corrige", diz Carma.

"O que isso significa?"

"Significa que eles podem ter sua trajetória temporariamente alterada mas, no fim, voltarão à original. O mesmo acontece com todos os outros mortais que você ajudou, incluindo esse fracassado que você mandou em direção à Trilha de Destino. Há possibilidades de ele voltar ao Hooters, na tentativa de impressionar sua namorada."

"Tem certeza?", pergunto.

Carma confirma com a cabeça. "Você não pode lutar contra o universo, Fábio. É autocorretivo, autossuficiente e automático. Cedo ou tarde, todo mundo termina onde deveria. Você não se lembra dessa Lei Universal?"

Tipo... cabulei essa aula.

"É a mesma coisa que a teoria da caixa", esclarece Carma.

A teoria da caixa define que os humanos são criaturas com determinados hábitos e que se sentem confortáveis com suas vidas e circunstâncias, com as caixas que constroem ao seu redor. Se algo em suas vidas se altera de maneira a fazer com que saiam de suas caixas, eles tendem a fazer todo o possível para voltar à sua zona de conforto. A retornar para dentro de suas caixas.

Já vi isso acontecer inúmeras vezes com meus humanos, o suficiente para saber que é mais do que apenas uma teoria. É um padrão de comportamento autodestrutivo.

Atletas profissionais e ganhadores de loteria que são subitamente ejetados para um mundo de riqueza e acabam na bancarrota. Homens e mulheres solteiros que afastam o amor porque se sentem mais confortáveis se sentindo deprimidos. Aspirantes a artistas e escritores talentosos que se acostumaram a lutar de tal maneira que deixam passar oportunidades de ouro.

Para os humanos, com frequência, o fracasso é mais fácil de aceitar do que o sucesso.

Embora eu devesse me sentir aliviado ao saber que provavelmente não teria de me preocupar com as consequências da mudança da trajetória cósmica de Cliff Brooks, isso em vez de me ajudar faz com que eu sinta que, de alguma forma, eu o decepcionei. E começo a imaginar se todos aqueles humanos que andei tentando ajudar estão simplesmente voltando para o ponto onde estavam.

Desesperados. Insatisfeitos. Perdidos.

Acho que estou começando a entender por que os humanos têm tanta dificuldade em lidar com a decepção.

"E se o universo não corrigir?", pergunto, mais esperançoso do que preocupado. "O que aconteceria se Cliff Brooks permanecesse na Trilha de Destino?"

"Bem", diz Carma, "a Lei da Predestinação não se refere especificamente a esse assunto, uma vez que essa possibilidade não está contemplada, mas acredito que poderia ser analisado à luz da teoria cósmica."

"Que diz..."

"É muito provável que você causará uma alteração cósmica que vai exigir intervenção divina", diz Carma. "Ou talvez cause o aparecimento de um buraco negro capaz de sugar toda a existência rumo ao esquecimento."

Bem, isso fez com que eu me sentisse melhor.

"Mas", diz Carma, se levantando do banco e andando até a parte da frente de nossa cela, "é apenas uma teoria."

Durante alguns minutos não se ouve nada além do som dos roncos de Alex Dunbar e vozes atrás da porta fechada que fica no fim do corredor. Então Carma suspira, se agarra nas barras, pressiona o rosto contra elas, olha para o corredor vazio e diz: "Onde está meu leite?".

Justiça aparece mais ou menos meia hora depois, vestido com um terno preto risca de giz, usando um par de óculos escuros Gucci e carregando uma bengala negra de titânio.

A questão de Justiça é que ele é sociopata.

Pessoalmente, penso que toda essa imagem de deficiente visual é para impressionar, mas nunca tive condições de provar e não estou disposto a tentar expô-lo agora. Em momentos como este, é bom ter contatos com quem sabe como o sistema funciona.

Minutos depois da chegada de Justiça, Carma e eu somos liberados da área para bêbados e inocentados de todas as acusações. Naturalmente, Justiça exige retribuição por sua assistência e seu silêncio, então eu lhe dou minha cadeira cativa do estádio de beisebol Wrigley Field, enquanto Carma se oferece para marcar uma audiência dele com o Dalai Lama.

"Certifique-se, apenas, de não ficar encarando o terceiro olho dele", avisa Carma. "Ele é muito sensível a isso."

Lá fora, Justiça se vai para cuidar de algum problema com a máquina de votos, na Flórida, deixando-nos, Carma e eu, nos degraus da 13ª Delegacia.

"Bem, isso foi divertido", eu digo. "Vamos repetir daqui a uns quinhentos anos."

"Tenho de ir embora", diz Carma, olhando para o relógio. "Tenho um montão de carma instável que precisa ser equilibrado."

"Isso é um eufemismo", eu digo, andando em direção à calçada para chamar um táxi.

"Ei, Fábio", chama Carma.

"O quê?", eu resmungo me virando. Ser preso e ter de lidar com Justiça sempre me deixam mal-humorado.

"Não fique tão perto dos humanos", ele aconselha. "Eles são contagiosos."

Seres humanos tecnicamente são vírus. Essa foi uma das primeiras coisas que nós aprendemos no Caldo Primordial 101. Mas um conhecimento como este você tende a desprezar quando se apaixona por um deles.

"Obrigado", digo. "Algo mais?"

"Apenas tome cuidado", ele continua. "E pelo amor de Cristo, pare de ajudá-los. Você nunca sabe o que é que vai pegar."

capítulo 32

Alguns dias depois, estou checando as trajetórias de alguns dos mortais cujas sinas eu havia redirecionado, apenas para me manter informado sobre as coisas, quando descubro que Cliff Brooks não é uma anomalia como eu havia imaginado.

O futuro de Nicolas Jansen, o agradável drogado que me feriu em Amsterdã e que entrara para um monastério na França, começava a desaparecer de vista.

George e Carla Baer, o casal que antes havia sido condenado a um futuro de submissão e disciplina, estão à deriva em meu radar.

Até Darren Stafford, o ex-professor de biologia e futuro molestador de pássaros, está destinado a algo que está além do meu alcance.

Enquanto reviso mentalmente meus arquivos de casos, descubro que além de Cliff Brooks, Nicolas Jansen, Darren Stafford e George e Carla Baer, eu conduzi mais de uma dezena de humanos na direção da Trilha de Destino.

Tenho de admitir, estou surpreso com meus poderes de persuasão. Eu estava apenas apontando para trajetórias que não envolvessem dependência a drogas e pedofilia.

Aparentemente, eu sou melhor nisso do que pensava.

Com certeza, se tivesse apenas alterado o futuro de Cliff Brooks, eu estaria em melhores condições de desistir do que havia feito. Mas a última vez que alguém teve um impacto positivo como esse nos humanos foi Jesus, e ele não manteve propriamente seu anonimato.

Mesmo se Carma estiver certo e o universo acabar corrigindo e ajudando meus humanos a encontrar sua trajetória original, ele não mencionou quanto tempo isso poderia levar. Eu não sei se Destino perceberá que sou o responsável por ampliar sua carga de trabalho, mas finalmente alguém pode se dar conta disso. Os humanos simplesmente não alteram suas sortes sem algum tipo de empurrão, digamos, do universo. E se Jerry perceber que sou eu quem está fazendo esse movimento, há uma boa possibilidade de que eu perca meus privilégios de passageiro habitual.

Imagino se eu posso alegar insanidade temporária.

Imagino se Jerry vai me cortar algumas folgas.

Imagino se as viagens aéreas tiveram algum progresso depois do *Hindenburg*.

Acho que preciso ficar quieto por algum tempo, se bem que isso não signifique que eu possa, exatamente, me esconder. Maldita onipresença de Jerry. Então decido ir para Los Angeles. Ao menos lá eu posso contar com a cobertura da poluição. Com todo aquele brilho superficial das roupas de grife, dos veículos de luxo e dos aperfeiçoamentos cosméticos, fica difícil para Jerry dar uma boa olhada desde que fez aquela cirurgia ocular.

"Você vai demorar?", pergunta Sara, na cama, antes que eu vá embora.

"Apenas alguns dias", respondo.

Não posso dizer a Sara que estou caindo fora para me esconder de Deus na superficialidade e poluição de Hollywood, então falo que há alguns clientes que preciso ver na Costa Oeste.

"Eu adoro que você se preocupe tanto com seus clientes, Fábio", ela comenta. "Que trabalhe tão duramente para ajudá-los. É uma das minhas partes favoritas a seu respeito."

"Quais são as outras partes?", pergunto.

Ela sorri e levanta uma sobrancelha e desaparece sob as cobertas.

E subitamente esqueço do que estávamos falando.

Eu não estava mentindo para Sara quando lhe contei que estava indo ver algumas pessoas, embora você possa pensar que Verdade e Sabedoria vivam no topo de alguma montanha do Himalaia, o que requer um xerpa e custa duas semanas de sofrimento apenas para chegar a eles. Em vez disso, eles vivem em Mulholland Drive, nas montanhas de Hollywood, o que requer um *personal trainer* e duas semanas em salões de bronzeamento apenas para ficar parecido com eles.

Por que eles escolheram viver em Los Angeles, eu não sei. Provavelmente devorados por toda essa bobagem de Cidade dos Anjos. Mas, de qualquer forma, eu não posso pensar em outro lugar do planeta onde se necessite mais de verdade e sabedoria do que em Tinseltown.

É a personificação da terapia a varejo. Um microcosmo de cultura consumista, de como a constante procura por mais e mais impede que os humanos descubram suas verdadeiras naturezas internas e que dirijam suas vidas para as melhores sinas. Em nenhum outro lugar, senão em Hollywood, há mais distrações materiais e pressões sociais influenciando os humanos, capazes de evitar que encontrem seus caminhos. Alguns podem usar essa característica para argumentar sobre uma ida para Las Vegas, mas, se você me perguntar, Vegas é mais um parque temático adulto do que um ecossistema cultural.

Eu só espero que Verdade e Sabedoria não tenham sucumbido às pressões do estilo de vida de Hollywood.

"Fábio!", exclama Verdade, me cumprimentando da porta da frente de sua mansão de doze milhões e meio de dólares, com um pátio para automóveis, quadra de tênis, piscina, sauna e uma deslumbrante vista do Vale de San Fernando.

Verdade me recebe com um grande abraço de urso. "Que maravilha ver você", ele diz, ostentando seus dentes branqueados e um bronzeamento artificial.

Tudo exagerado demais para ser real.

Embora faça bastante tempo desde a última vez que o vi, seu rosto está mais liso do que o natural. Ele também deu uma boa melhorada em sua vestimenta humana ou talvez esteja tomando injeções de botox.

"Você está ótimo", ele diz, e então me conduz para dentro e caminha ao meu lado pela entrada. Quando ele não está olhando, verifico para me certificar de que ainda estou com minha carteira e minhas chaves

O problema sobre Verdade é que ele é cleptomaníaco.

"E então, o que há de novo na Big Apple?", ele pergunta.

Conto todas as fofocas possíveis enquanto o sigo até a parte de trás da casa, onde Sabedoria está sentado ao lado da piscina, com um exemplar de *O poder do pensamento positivo* e um *mojito*. Ele não parece muito diferente de Verdade, exceto por ter argolas douradas em ambos os lóbulos das orelhas.

"Bem, se quer saber, você está fantástico", Verdade me diz, para em seguida voltar-se na direção de Sabedoria. "Não é verdade? Ele não está fantástico?"

Sem levantar os olhos, Sabedoria diz: "Expressões elogiosas nada mais são do que reflexos de suas próprias percepções. Não têm nada a ver com a verdade".

O problema de Sabedoria é que ele tem complexo de inferioridade.

"Não podemos ser agradáveis, por hoje?", sugere Verdade. "Em consideração a nosso convidado?"

"Eu sempre sou agradável", diz Sabedoria, deixando o livro de lado e levantando de sua cadeira reclinável para me dar um abraço. "Posso lhe oferecer um *mojito*, Fábio?"

Durante as horas seguintes ficamos nos embebedando com rum branco e folhas de hortelã e revivendo velhos tempos, embora, para ser honesto, houve muito mais de embebedar-se do que de compartilhar memórias, uma vez que a maioria dos humanos em meu caminho não lida muito bem com verdade e sabedoria.

Quando estamos bem calibrados, Verdade sugere que a gente desça até o Formosa Café, um inexpressivo bebedouro com temática chinesa, em vermelho e negro. Localizado em uma área decadente de Hollywood, o Formosa oferece um cardápio completo para o jantar, embora a maioria das pessoas reunidas naquele ambiente de luz muito fraca esteja ali para beber coquetéis, sentada no bar ou nos nichos com bancos de couro vermelho, sob fotografias em branco e preto autografadas por astros que ali jantaram no passado. James Dean, Marilyn Monroe, Clark Gable, Paul Newman, Jack Benny, Elizabeth Taylor, Marlon Brando. Você meio que espera que um deles atravesse a porta de entrada a qualquer momento.

"Uma grande parte das pessoas que vêm aqui são clientes habituais", informa Verdade, bebericando seu martíni entre Sabedoria e eu, no bar, enquanto alcança um cinzeiro. "Mas você ainda tem uma boa mistura de novos casais e gente em seus primeiros encontros, o que torna a noite divertida."

"O que você quer dizer com isso?", pergunto, tentando não notar que a mulher que está sentada à minha esquerda está pensando em aceitar um papel em um filme pornô, no qual vai fazer sexo com um mastiff alemão.

"Ele faz isso o tempo todo", diz Sabedoria. "É pueril, se quer saber."

"Eu não ouço você se queixar sobre os resultados", diz Verdade.

Sabedoria responde apenas com outro gole em seu *mojito*.

"Este casal atrás de nós", indica Verdade.

Dou uma olhada por cima de meu ombro e vejo um homem e uma mulher em seus trinta e poucos anos, ambos vestidos de branco, sentados em uma cabine, compartilhando uma garrafa de cabernet. Eles não são casados, mas isso está em seu futuro, seguido de um divórcio litigioso.

Talvez ter vindo a Los Angeles não tenha sido, afinal, uma boa ideia.

"Eles estão celebrando dois anos de feliz convivência sob o mesmo teto", diz Verdade, escondendo um copo vazio no bolso de seu casaco. "Ela espera que ele a peça em casamento esta noite, o que ele realmente planeja fazer. Há, porém, um pequeno problema."

Verdade levanta sua mão direita como um fantoche de sombra de um coelhinho, apontando suas orelhas para o casal por cima de seu ombro, e então abre e fecha os outros três dedos como se estivesse dizendo palavras em silêncio. Dois segundos depois, o homem sentado atrás de nós diz: "Eu dormi com sua irmã".

Não sei quem fica mais surpreso ao admitir isso – ele ou sua namorada.

"O quê?", ela pergunta.

Ele olha em volta como se tentasse entender o que aconteceu. Obviamente, essa não era uma confissão que pretendia fazer. Mas ele a repete.

"Eu dormi com sua irmã", fala.

Provavelmente, ele também não estava esperando ter uma taça de vinho lançada sobre seu rosto, do contrário não teria se vestido inteiro de branco.

"Mas nós fizemos sexo apenas três vezes", ele argumenta, indo atrás de sua chorosa namorada, saindo do nicho, e passando pelo bar e pela porta da frente.

Tão logo o lugar fica vago, Verdade e Sabedoria pedem o espaço para nós.

"Nunca falha", diz Verdade, deslizando pelo macio vinil vermelho.

Um ajudante aparece com uma toalha para secar o vinho e remover a garrafa e os copos.

"Você fez isso apenas para conseguir uma mesa?", pergunto, enquanto me sento.

"Bem, essa não é a única razão", admite Verdade, empurrando os recipientes de sal e pimenta para fora do tampo da mesa, em direção à sua bolsa masculina. "Quero dizer, oras, o sujeito tinha de esclarecer isso, cedo ou tarde. Melhor que fosse em uma hora em que isso nos beneficiasse. Estou certo?"

Sabedoria finge não se importar, embora pareça muito mais feliz na cabine do que na banqueta do balcão.

"Mas você mudou a sina deles", eu digo.

Agora eles não vão mais se casar, o que significa também que não haverá divórcio. Em vez disso, o namorado tentará uma infrutífera reconciliação, antes de dormir com a irmã dela outra vez, engravidá-la, depois sumir e se mudar para Aspen, onde vai se tornar um instrutor de esqui, enquanto a namorada terminará tendo uma série de relacionamentos que não vão terminar melhor do que esse.

Tudo o que posso fazer é ficar ali sentado, sem ir atrás do maldito casal, mas não posso arriscar. Talvez se estivesse com Preguiça e Gula, porém Verdade e Sabedoria estão no bolso do colete de Jerry.

"Lamento sobre isso", diz Verdade. "Mas, de qualquer forma, não ia acontecer nada de bom naquele relacionamento. Melhor que encarassem a verdade agora do que mantê-la escondida."

"Ah, então agora você está bancando o sábio", diz Sabedoria. "Que estranho."

"Eu estava apenas dando uma opinião", diz Verdade. "Por que isso tem que ser sempre um assunto seu?"

"Estou apenas dizendo que você talvez queira refletir sobre o que sabe", diz Sabedoria. "E para ser bem honesto, tenho minhas dúvidas a respeito disso."

"Você está me questionando?", pergunta Verdade.

A incessante implicância dos dois fica no pano de fundo, enquanto olho ao redor para os outros clientes do Formosa, encostados sobre o bar ou reclinados sobre as cabines de couro vermelho sob os olhares atentos dos astros mortos – suas sinas misturadas em uma desilusão dissonante, em uma cacofonia do fracasso.

Não descobertos.

Não correspondidos.

Desempregados.

Não são pessoas ruins. Exceto no caso do predador sexual que está lá no fim do balcão posando de diretor e deslizando um pouco de GHB no *cosmopolitan* da aspirante a futura estrela que ele está enganando.

Eu deveria meeeeeesmo ter colocado Dennis de volta em minha discagem automática.

Mas o resto desses humanos, esses mortais desamparados, está apenas tentando encontrar um jeito de ser feliz e a maioria deles está lutando para fazer com que isso aconteça. Enquanto muito disso tem a ver com as absurdas expectativas sociais colocadas neles, a maior parte disso tem a ver com a mão que trata deles. Com o caminho em que eles nasceram. Comigo.

Eu me viro para Sabedoria e Verdade, que ainda estão envolvidos em sua eterna discussão sobre quem é o mais importante dos dois.

Como se isso importasse. Não há sabedoria no sofrimento inútil dos meus humanos. E a verdade é que prefiro gastar meu tempo ajudando--os do que vagando por aí com uma dupla de insignificantes manipuladores imortais.

"Então você está dizendo que acredita que Platão era um idiota?", afirma Sabedoria.

"Eu não acredito em nada", diz Verdade. "Eu sei."

Peço licença e finjo que vou ao banheiro, então me esgueiro pela porta de trás para a noite quente de Los Angeles, onde o tráfego do Boulevard Santa Monica passa vagarosamente, a oeste levando para Beverly Hills e, a leste, para Hollywwod. Eu sigo a direção leste, me afastando da pretensão de Beverly Hills. Embora o tráfego seja relativamente barulhento e vagaroso, não pode abafar as lembranças dos fantasmas que assombram esta cidade.

Apenas alguns quarteirões abaixo do Formosa, River Phoenix, de vinte e três anos, desabou e morreu fora do Viper Room por uma *overdose* de heroína e cocaína. A uns oitocentos metros do Sunset Boulevard, John Belushi morreu da mesma combinação letal, quando tinha trinta e três anos. E, virando a esquina, F. Scott Fitzgerald finalmente sucumbiu de complicações provocadas por alcoolismo e fumo com a idade de quarenta e quatro.

Três das minhas celebridades favoritas do século vinte e todas elas terminaram suas trajetórias comigo a menos de dois quilômetros uma da outra.

Houve um tempo em que eu acharia divertida uma coincidência como essa. Agora isso me inunda de uma sensação imensa de fracasso. Eu poderia ter salvo todos os três, aproveitado suas contínuas contribuições ao cinema e à literatura, ajudando-os a viver vidas mais longas e gratificantes. Em vez disso, fiquei parado, observando-os enquanto se autodestruíam.

Do outro lado da rua, tentando pegar um táxi, está a mulher cujo noivo dormiu com a irmã dela múltiplas vezes. A presente e futura decepção de uma companheira se aninha futilmente em seu amante desprezado, que tenta convencê-la a não ir embora, desculpando-se com uma sinceridade que cheira a desespero. Eu poderia simplesmente deixá-los ir embora, permitindo que cometam seus erros e seguir adiante. Exceto pelo fato de que posso ver um futuro em que eles estariam bem, juntos. Em que seriam felizes. Em que desfrutariam de uma parceria de amor e respeito.

Todo ser humano tem uma escolha.

Eles podem escolher felicidade ou podem escolher o sofrimento. Eles podem escolher o perdão ou podem escolher o ressentimento. Eles podem escolher o amor ou podem escolher a raiva.

Não há absolutos. Cada situação requer uma escolha. E cada humano escolhe como ele ou ela quer reagir. Mas, inúmeras vezes, os humanos escolhem sofrer. Inúmeras vezes, escolhem não perdoar. Inúmeras vezes, escolhem a raiva.

Sei que Jerry me pediu para deixar de interferir, mas eu atravessei uma porta que se fechou e foi trancada atrás de mim. Não posso ignorar mais meus humanos desafiados pelas escolhas.

capítulo 33

O Westfield Mall, na rua Market, em San Francisco, é um shopping center urbano e exclusivo, que abriga um conjunto de 170 lojas e butiques de moda dedicadas a consumidores modernos e elegantes.

Calvin Klein, Hugo Boss e Ann Taylor.

Banana Republic, Tommy Bahama e Lucky Brand Jeans.

Doces Beard Papa, chocolates Godiva e Juicy Couture.

Na verdade, embora literalmente signifique costura suculenta, a Juicy Couture vende mais acessórios de moda do que confecções, mas, quando meninas de treze anos andam por aí vestindo a palavra "suculenta" em seus traseiros, enviam uma mensagem dúbia sobre o que há no cardápio.

Com seu quase 1,5 milhão de metros quadrados de satisfação para o cliente, o Westfield Mall também tem uma Bloomingdale's, uma Nordstrom, três lojas da Bebe, nove varejistas de óculos de sol, dezessete pontos avulsos dedicados a saúde e beleza, e vinte e seis joalherias. O shopping ainda tem serviços de portaria, de estacionamento com manobrista e um spa de um dia.

Você poderia pensar que, com todo o dinheiro que eles enterraram neste lugar, poderiam ter dado um jeito de abrir espaço para um Hot Dog on a Stick ou um Orange Julius, mas o menor denominador comum de nutrição que consigo encontrar na praça de alimentação é um Panda Express e um Jamba Juice.

Então, enquanto me sento em um sofá reclinado para degustar meu frango com laranja e beber meu suculento Orange Dream Machine enriquecido de proteína de soja, observo todos os viciados em shopping centers com suas sacolas de grife e suprimentos de ácido para distraí-los e não se concentrar em seu futuro.

A dona de casa de cinquenta e dois anos de idade que não faz sexo com seu marido há seis meses e que está cogitando a possibilidade de ter um caso só para sentir, de novo, o toque amoroso e faminto de um homem.

O gerente do Banana Republic, um jovem de vinte e nove anos que não consegue ter o suficiente de sua esposa, mas espera que tenham o suficiente em comum fora do quarto para conseguir manter seu casamento.

A mãe de dois filhos, uma divorciada de quarenta anos de idade que prefere continuar com um namorado que não ama do que se dar a oportunidade de abrir o coração para outro homem que a ame verdadeiramente.

Os relacionamentos parecem estar no auge da popularidade.

Eu vejo isso todo o tempo: homens e mulheres que permanecem estagnados em relacionamentos ou que optam por não entrar em novos porque é mais fácil do que ficar sozinhos ou começar do nada. Eles ficam em suas zonas de conforto e familiaridade em algo que não funciona em vez de ter a coragem de correr riscos em uma possibilidade que possa lhes trazer felicidade. Algo que possa levá-los ao futuro que sempre almejaram. Algo que possa, de fato, envolver o perigo de ter o coração partido.

Preferem o conforto de suas caixas.

Então, contentam-se com menos do que desejam. Contentam-se com relacionamentos medíocres e romances mornos e distantes parceiros de cama. E, de fato, acabam por aqui mesmo. Ou em algum lugar como este. Talvez em algum lugar com lojas como Hickory Farms ou JCPenney ou Beck's Shoes, em vez de Bristol Farms, Bloomingdale's ou Kenneth Cole. Mas, independentemente do lugar, todos eles servem ao mesmo propósito.

Compras ajudam a ocultar o que vai mal em um relacionamento. Talvez não tanto como um bom sexo, mas se pode comprar algo bonito para si, mimar-se com um par de sapatos ou com aquele relógio no qual você está de olho, ou algumas horas em um spa diário, você pode se sentir melhor intimamente e isso ajuda a se sentir melhor diante de seu relacionamento. Ao menos por um tempinho. Até que perceba que está apenas mascarando a causa de seu próprio sofrimento.

Estou aqui para acabar com isso.

"Senhoras e senhores", digo, subindo em uma jardineira, no centro da recepção. Provavelmente não a maneira mais sutil de apresentar minha opinião, mas estou diante de um monte de desafios quanto a consertar relacionamentos de seres humanos e não quero fazer isso aos poucos. "Posso ter um minuto da sua atenção, por favor?"

Alguns clientes entediados olham em minha direção. O resto me ignora e vai em direção à Aveda ou à Banana Republic ou à Sunglass Hut International. Então, tento novamente, mas agora em minha melhor personificação de Jerry. "Posso ter um minuto da sua atenção, por favor?"

Desta vez eu consigo, e muitos deles não apenas olham para mim como param o que estão fazendo e começam a andar até onde estou. É assombroso o que você consegue quando soa como Deus. O problema é que há uma enorme diferença entre soar como Jerry e ser Jerry, que tem uma aura que eu simplesmente não posso emular, não importa o quanto omni-qualquer-coisa-que-seja eu tente projetar. Então tenho um limitado espaço de oportunidade para apresentar meu ponto de vista. Provavelmente, esses humanos vão perceber que sou uma fraude e tenho de convencê-los de sua inépcia emocional antes que eles cheguem àquela conclusão. Ou antes que a segurança do shopping apareça.

"Vocês não têm de sofrer", digo. "Não têm de enfrentar uma vida de enganos. Vocês são os mestres de sua própria felicidade."

Embora não seja inteiramente verdade, soa bem. Ou, ao menos, soava quando eu ouvi no rádio. Mas pelas expressões em branco que observo nos humanos que ficam me encarando, eles não têm a menor ideia do que estou falando. Então percebo que simplesmente deveria baixar o nível intelectual do discurso.

"Vejam", digo. "Vocês não precisam de toda essa merda para ser felizes. Para se sentirem mais atraentes. Para preencher o vazio emocional de suas vidas. Não precisam da camisa Roberto Cavalli ou dos tênis Dior ou dos óculos de sol Versace para se compensar de seus relacionamentos fracassados. Tudo bem, talvez ele sim...", falo, apontando para um sujeito de trinta e dois anos que é uma reprodução do boneco Ken e que está usando todos os três. "Mas, para o restante de vocês, ainda há esperança."

Um andar acima de mim, eu vejo uns lampejos da segurança do shopping na escada rolante.

"Você", eu digo, apontando para um desastrado de trinta anos que acaba de comprar, para sua namorada, um par de brincos de diamante, para compensar o fato de estar sendo desafiado emocionalmente. "Ela não quer joias. Ela apenas deseja que você seja honesto e compassivo."

Ele olha em volta, sorrindo timidamente.

"Vocês." Aponto para um jovem casal que tem rotineiros bate-bocas sobre assentos de vaso sanitário, compras e ordem alfabética na coleção de CDs. "Não importa que ele seja obsessivo ou que ela espalhe seu lixo por toda a parte. O que importa é que vocês se aceitem, um ao outro, por causa de suas falhas, não apesar delas."

"Ele está certo", diz a moça, olhando para o marido.

"Como queira", ele diz, depois se volta e se afasta, enquanto a esposa o segue, o começo de uma briga aflorando nos lábios dela.

Ao menos eu tentei.

Pelo canto do olho, vejo que os guardas estão descendo pela escada rolante.

"E você", falo desta vez dirigindo meu indicador à mãe de dois filhos divorciada de quarenta anos que escolheu a segurança medíocre em vez do risco de um amor verdadeiro. "Largue seu namorado de potencial tão baixo e abra seu coração para a intimidade emocional."

E foi só o que tive tempo de fazer antes que dois seguranças chegassem e me pedissem para descer da jardineira.

"Bem, foi divertido", digo. "Vocês foram uma plateia maravilhosa. Eu espero que tenham apreciado o show. Lembrem-se apenas: não vão para a cama com raiva, nunca se contentem com menos e sempre comam seus vegetais."

Com isso eu me inclino, tiro um chapéu imaginário e depois sigo a trajetória de meu chapéu imaginário, desaparecendo num piscar de olhos.

capítulo 34

"Tenho uma surpresa para você", diz Sara enquanto me pega pela mão e me conduz pela Quinta Avenida.

Não sou muito chegado a surpresas. Vai entender... Mas no dia em que volto da Califórnia, Sara diz que quer me levar a algum lugar e que vou adorar.

Espero que sim. Eu poderia usar algo para me animar. Não que não tivesse tido uma boa estadia em San Francisco, mas, depois de me transportar para Manhattan, fiz uma breve análise dos humanos que recentemente encaminhei para a Trilha de Destino e descobri que Cliff Brooks está morto.

Não sei o que aconteceu. Estou beeeem seguro de que não vi que isso aconteceria. Talvez se ele estivesse destinado a morrer durante uma luta por uma causa nobre ou para salvar a vida de alguém, eu poderia entender. Mas humanos na Trilha de Destino não são, do nada, atacados por uma matilha de cães de corrida ao comer um Big Mac com batatas fritas.

Eu não me sentia assim tão mal desde o Partido Donner.

Ao menos com eles não é que eu tivesse oferecido conselhos ou um itinerário de viagem ou sugerido algo no cardápio. Eles cometeram seus próprios erros e eu permiti. Mas, com Cliff Brooks, sou o cara que o colocou na Trilha de Destino. Sou o único responsável por encaminhá-lo à morte.

"Aqui estamos", diz Sara, logo depois que atravessamos a rua e percebo que estamos caminhando para o Metropolitan. A princípio, eu não tinha ideia do que ela poderia ter planejado para me surpreender. É quando vejo os avisos colocados nas bilheterias e na porta da frente, informando a nova exposição temporária:

A Natureza do Fado.

“Você está sempre falando sobre fado e destino”, diz Sara, enquanto nos dirigimos para o interior do museu. “Sobre o conceito da multiplicidade da fatalidade e de como as pessoas fazem escolhas sem considerar suas possíveis consequências, sobre a inevitabilidade de suas sinas. Então pensei que você ia gostar disso.”

Não sei se gostar é a palavra que eu usaria para descrever como me sinto a respeito de ver uma mostra de arte representando minha natureza.

“Surpreso?”, Sara pergunta, apertando minha mão.

“A palavra poderia ser essa”, eu digo, ao improvisar rapidamente um sorriso convincente e lhe dar um beijo. “Você é o máximo.”

Como regra geral, tendo a ficar longe de museus. Não que não aprecie a arte. Só que muitas das peças que estão nos museus do mundo são representações de pessoas e eventos que eu conheci e vivenciei, memórias que prefiro não revisitar, especialmente em meu estado de ânimo atual. Aparentemente, eles trouxeram todas ao Metropolitan, para que eu possa apreciar a Natureza de Mim.

Surpresa.

Há *A morte de Sócrates*. *A Última Ceia*. A descoberta do Novo Mundo.

A queda da Bastilha. O naufrágio do *Titanic*. A Grande Depressão.

Há pinturas mitológicas de Sísifo e Édipo e Prometeu. Da caixa de Pandora, de *O julgamento de Paris* e de *A morte de Aquiles*. E há dezenas de outras pinturas e retratos e esculturas representando homens e mulheres enquanto estavam prestes a tomar uma decisão que mudaria suas vidas ou no momento em que percebem o fatal significado de suas ações.

Sim. Isso é tudo que eu precisava para me animar.

Em minha defesa, há alguns trabalhos artísticos ilustrando Morte, Inveja, Luxúria, Crueldade e Guerra. Mesmo assim, é bem humilhante me ver retratado em uma coleção de caos e erros e desespero.

“O que você acha?”, pergunta Sara.

Acho que vou vomitar.

Em vez isso, me ouço dizendo: “É impressionante”.

Acho que nunca me imaginei sob essa luz. As pinturas fazem com que eu pareça um insensível, um negligente bastardo que impinge desagradáveis circunstâncias aos humanos inocentes. Com certeza, as circunstâncias são ditadas pelas escolhas que meus humanos fizeram, mas ninguém gosta de ver sua verdadeira natureza ilustrada sob a suave iluminação do museu.

“O que *você* acha?”, eu pergunto.

"Sobre a coleção?", Sara indaga.

Eu balanço a cabeça. "O que você acha sobre a natureza do Fado?"

"Penso que o Fado é volúvel", ela diz. "Acho que ele gosta da dor e do sofrimento que inflige às pessoas. É como se ele tivesse nascido para fazer isso."

Aparentemente, essa era a pergunta errada a fazer.

"Você disse ele", eu aponto.

"O quê?"

"Você se referiu a Fado como ele. Como se a Fado fosse um homem."

"Com certeza", ela afirma. "Só um homem poderia causar tanto sofrimento e tristeza e aparentar ter tanto prazer com isso."

"Você nunca conheceu Crueldade", eu digo.

"Quem?"

"Nada."

Eu realmente tenho de parar de dizer coisas em voz alta.

Nós continuamos a passar por pinturas de erros e maus julgamentos. De esperanças perdidas e de oportunidades desperdiçadas. De fracassos e desapontamentos. Quando terminamos, sinto como se tivesse lutado dez rounds com Caos e tivesse sido atacado por Agressividade.

capítulo 35

Dois dias depois, estou sentado em meu apartamento, vendo televisão com Sara, me mantendo calmo enquanto tento chegar a uma conclusão sobre a morte de Cliff Brooks, quando Sara diz: "Querido, é você?".

Dou uma olhada para a tela da televisão, onde o novo âncora da CNN está falando sobre um milagre que aconteceu na Califórnia. No canto da tela está uma foto granulada de uma pessoa que está em pé sobre uma jardineira, sua boca aberta e seus braços esticados, como se estivessem pregados. Dessa distância, é difícil dar uma boa olhada no rosto dela. Mas quando outra imagem aparece na superfície de cinquenta polegadas e em alta definição, aumentada e aperfeiçoada digitalmente, é óbvio que a pessoa se parece muito comigo.

Bem, isso é embaraçoso.

Acontece que minha imitação de Jerry e subsequente desaparecimento chegou ao noticiário nacional. Dezenas de homens e mulheres aparecem para dizer que foram tocados pelo divino, por uma presença que falou a seus corações e os encheu de amor.

É sobre mim que eles estão falando, certo?

Desaparecer de repente diante de uma grande quantidade de pessoas – em plena luz do dia e num shopping – provavelmente não tenha sido a coisa mais inteligente que já fiz. Mas ao menos sei que fiz diferença, convenci um monte de clientes que estavam diante de relacionamentos desafiadores a reexaminar a forma como se comportavam uns com os outros.

Felizmente, o Milagre na rua Market, como aquilo foi chamado, aconteceu em San Francisco, lugar que, todo mundo sabe, está repleto de gays, ateus e liberais, então você não pode acreditar em tudo o que acontece lá. Além disso, Jerry não presta muita atenção em reportagens sobre eventos sobrenaturais a menos que envolvam gafanhotos, ressurreições ou o time do Chicago Cubs.

Mas, no momento, meu problema não é Jerry.

Sara pega o controle remoto e congela a imagem, usando um recurso de retornar ao ponto desejado, e deixa minha nebulosa mas claramente reconhecível face exposta em cinquenta polegadas e em tecnologia de alta definição.

"Me diga que não é você", ela pede.

"Não sou eu", falo.

Tecnicamente, trata-se de uma mentira quando você diz a alguém o que essa pessoa lhe pediu para falar?

Sara vai até o aparelho de tevê e aponta para minha imagem de proporções épicas. "Não é você?"

"Hummmm...", eu murmuro, e então começo a rir. Faço isso, às vezes, quando estou nervoso. Ou quando minha identidade imortal é descoberta por minha namorada mortal.

"Você acha isso engraçado?", ela questiona.

"Não", respondo, balançando a cabeça. E imagino se essa seria uma boa hora para entrar em combustão espontânea ou se isso ia apenas piorar as coisas.

Relacionamentos com humanos são muito complicados.

"Fábio?"

Quem sabe se eu a ignorar ela simplesmente vá embora.

"Fábio?"

Quem sabe eu possa chamar Memória para que faça uma limpeza seletiva.

"Fábio!"

"Sim", eu desembucho. "Sim, sou eu."

Combustão espontânea seria demais.

Sara olha para mim, deslocando a atenção de meu rosto para a tela plana da televisão, depois voltando. Sinto como se tivesse sido pego fazendo algo inadequado. Como aquela vez em que Decepção apareceu quando eu me masturbava olhando uma foto oito por dez brilhante de Virtude.

"É verdade o que dizem sobre o que você fez?", Sara quis saber.

"É verdade o quê?", pergunto, ainda mantendo a esperança de que ela simplesmente deixe aquilo tudo pra lá.

Ela hesita, como se não estivesse realmente certa de que quer mesmo saber a resposta para a próxima questão.

"Você simplesmente desapareceu em pleno ar?"

Depois de lidar com humanos por incontáveis séculos, descobri que, quando partem de uma mulher mortal, certas perguntas você nunca deve responder com a verdade:

Isso me faz parecer gorda?

Você fantasia sobre fazer sexo com outra mulher?

Você simplesmente desapareceu em pleno ar?

Embora eu suponha que haja situações em que a honestidade possa ser apropriada para as duas primeiras perguntas, como em um bufê com inúmeras opções para consumir à sua escolha ou na Mansão da *Playboy*, a última seria impensável. Mas parece que eu não consigo encontrar palavras para mentir a Sara. E sei que, se não disser a verdade a ela, qualquer futuro que possamos ter juntos envolverá muita psicoterapia e muito menos sexo.

Então, eu apenas balanço a cabeça, afirmativamente.

"Como é que é possível?", ela quer saber.

Eu poderia entrar nos detalhes da física de transporte molecular e em como minha estrutura genética me permite saltar ao redor do mundo e do sistema solar à velocidade da luz, mas isso provavelmente geraria mais perguntas e eu realmente nunca tive paciência para explicações científicas. Então, em vez disso, decido fazer uma demonstração.

"Assim", digo.

Quando reapareço, um instante depois, atrás da Sara e toco em seu ombro, ela grita e se vira e desaba no chão, desmaiada.

Tudo bem, talvez não tenha sido uma ideia tão boa assim.

Quando Sara recobra a consciência, poucos minutos depois, no sofá, eu preparo meu sorriso mais charmoso e espero que ela não grite ou chame a polícia ou me dê um tapa no rosto. Com certeza, minha vestimenta de homem ainda está na garantia por outros nove meses, mas a cobertura não se estende a danos dentários.

"Aquilo realmente aconteceu?", ela pergunta.

Eu balanço a cabeça, ainda sorrindo.

"E você pode fazer qualquer coisa que deseje?", quer saber. "Ir a qualquer lugar que queira? Apenas desaparecendo de um plano e aparecendo em outro?"

Confirmo com a cabeça, de novo.

Durante alguns longos minutos, Sara não diz nada, fica apenas me encarando, sua expressão tão ilegível como seu futuro. Nem um tremor nos músculos. Ela quase nem pisca. E quando acho que está em estado de choque, ela diz: "Bem, acho que isso explica por que você nunca me pediu para ir buscá-lo no aeroporto".

Eu solto uma gargalhada, pensando que as coisas vão ficar bem, que eu não terei de compartilhar todos os segredos de minha existência, até perceber que Sara não está rindo, mas sim me encarando com a mesma expressão vazia.

"Você é de outro planeta", pergunta.

"Não", eu lhe asseguro. "Não sou de outro planeta."

Como explicar que você é originário do éter do universo, sem parecer um lunático?

Só espero que ela não me pergunte se sou humano.

"Você é humano?", ela pergunta.

Não respondo imediatamente, esperando que durante essa pausa ela esqueça da questão.

"Fábio?"

Eu poderia simplesmente me transportar daqui, me esconder em algum lugar e esperar que isso acabe sendo esquecido.

"Fábio?"

Eu poderia implorar por uma catástrofe natural para providenciar alguma distração temporária, mas Jerry ia querer uma explicação e eu odeio burocracia.

"Fábio!"

"Não", admito. "Não sou humano."

Pela expressão do rosto dela, posso dizer que a resposta é a que ela jamais esperava ouvir.

"Então, o que você é?"

Então eu conto a ela sobre mim. Sobre minha existência e habilidades. Sobre minha história e meu futuro. Sobre minha vestimenta de homem e minha lista de parceiras sexuais. Com certeza, saber que seu namorado já fez sexo com mais de cem mil mulheres pode ser um pouco avassalador, mas é melhor que ela ouça isso de mim.

"Cem *mil*?", ela pergunta.

Sacudo os ombros. "Mais ou menos."

É isso mesmo. O *homo sapiens* apareceu há pouco mais de duzentos mil anos atrás. Na verdade, tenho andado por aí com mulheres humanas somente nos últimos cinco mil anos, mas, divididas ao longo da existência do homem moderno, essas centenas de milhares de mulheres resultam em uma média de uma a cada dois anos. Claro, essa conta não inclui Destino ou Luxúria ou Segredo ou qualquer outros de meus numerosos casinhos. Mas não vejo razão nenhuma para aborrecer Sara.

"Como posso saber que você não está inventando tudo isso?", pergunta Sara. "Como posso saber que você está falando a verdade?"

Obviamente, não posso provar nada falando coisas sobre ela mesma. Então falo de seu irmão mais velho, que morreu afogado em uma piscina quando tinha três anos de idade. E que seus pais se divorciaram quando ela estava com sete anos. E que sua melhor amiga ficou grávida quando Sara tinha treze anos. E que seu namorado de faculdade a traía com uma stripper.

Depois de ficar me encarando por mais alguns minutos em silêncio, ela finalmente diz: "Então você é realmente o Fado?".

Eu balanço a cabeça, assentindo.

"Isso significa que você pode ver o que vai acontecer em minha vida?"

"Não exatamente."

"O que quer dizer com isso?", Sara indaga.

É aqui que as coisas ficam complicadas.

Confessar a Sara que eu controlo a sina de mais de cinco bilhões e meio de humanos é uma coisa. E nem sequer considerei a possibilidade de contar a ela sobre Jerry. Ela iria querer conhecê-lo, o que com certeza é impossível e levaria a discussões a respeito de ela sentir que eu não acho que ela seja suficientemente boa para conhecer Deus, portanto é uma conversa que pretendo evitar de qualquer maneira.

Mas dizer a alguém que está destinado a ter um futuro mais grandioso do que a maioria da população humana pode ter um impacto adverso em seu destino. A pessoa começa a procurar por sinais. Alteram seus hábitos. Pensa no que vai acontecer. Basta que haja um momento de virada, uma roda cósmica sair do alinhamento e seu destino pode ser realinhado em outra direção. Quando olho para Sara, esperando que lhe dê uma resposta, sei que não tenho outra possibilidade senão dizer a verdade.

"Não posso ler o seu futuro", admito.

Tudo bem. Quase toda a verdade.

"Por que não?", ela pergunta, com um ar de preocupação, no rosto. "Há algo errado comigo?"

"Não é nada disso", digo. "Você não está em meu caminho."

"Caminho? Que caminho? O que isso quer dizer?"

Respiro fundo, depois despejo tudo. "Significa que você está na Trilha de Destino."

Eu continuo minha última confissão com uma explicação da teoria do caminho, detalhando a diferença entre Fado e Destino, embora omita o fato de que tirei nota baixa na matéria. Jerry ficou muito decepcionado comigo.

"Então, para que estou destinada?", ela pergunta.

"Você tem de perguntar a Destino", digo. "Mas não aconselho a falar desse assunto com ela. Você não deveria saber nada a respeito dela. Ou de mim. Eu poderia ter grandes problemas. Além disso, ela já não está nada feliz com o fato de eu ser seu namorado."

"Bem, não é como se eu fosse almoçar com ela amanhã", diz Sara.

"Você ficaria surpresa."

Depois de um instante, Sara senta-se no sofá e coloca seus braços ao meu redor, me abraçando mais forte do que jamais abraçara antes.

"Obrigada por compartilhar isso comigo", ela sussurra em meu ouvido. "Não vou contar a ninguém."

Sinto-me como um super-herói que acaba de revelar sua identidade secreta. Clark Kent confessando que é o Super-Homem. Peter Parker revelando seu interior de Homem-Aranha.

Sara Griffen. Minha Lois Lane. Minha Mary Jane Watson.

Ainda me abraçando forte, Sara diz: "Como é que Destino pode não querer que você seja meu namorado?".

"Por que ela é uma puta egoísta", digo. É apenas uma resposta automática. "E ela acha que eu estou impedindo você de cumprir seu destino."

Sara se afasta e me olha. "Talvez seja como eu disse antes", ela fala, com um sorriso radiante. "Talvez você seja o meu destino."

No espelho atrás de Sara, eu vejo minha imagem granulada refletida na tela plana, capturada em uma câmera de telefone celular, a evidência de minha identidade enviada por uma fonte anônima, e me vejo imaginando o que será que Destino estaria fazendo na manhã de segunda-feira.

Sara se vira para ver para onde estou olhando. "Quantos problemas você terá por causa disso?"

"Não sei", respondo. "Mas Jerry vê a CNN religiosamente, então estou quase certo de que ele vai ficar sabendo."

"Quem é Jerry?"

"Quem?", digo, me fingindo de bobo.

"Jerry", ela diz.

"Não sei do que você está falando", continuo.
"Você o mencionou há pouco."
"Não, não mencionei."
"Ele é seu patrão?"
"Não."
"Você mencionou uma vez que ele lhe lembra Deus."
"Não, não."
Os olhos dela subitamente se arregalaram. "Ele é Deus?"
"Não."
"Ele é Deus, não é?"
"Não."
"Posso conhecê-lo?"

capítulo 36

Além de constantemente reivindicar um face a face com Jerry, ao que eu finalmente cedi e disse a ela que veria o que poderia fazer, Sara quer saber tudo a meu respeito.

Onde eu vivi.

O que eu vi.

Com quem dormi.

"Você realmente não quer saber", eu lhe digo.

"Sim, eu quero", ela afirma. "Quero saber tudo sobre você. E isso inclui sua história sexual."

Então, contei a ela.

Sobre as mulheres da Grécia antiga que me apresentaram à massagem minoica. E às escravas egípcias com quem transei durante a construção da Grande Pirâmide de Gizé. E de como Helena de Troia não era tão boa de cama como você pode pensar.

Mal cheguei à metade da Idade Clássica e nem mesmo alcancei Cleópatra, quando Sara me disse que bastava.

"Eu avisei", falei.

Portanto, chegamos a um claro acordo sobre a lembrança de minhas restantes cem mil parceiras sexuais, o que é bom. Mesmo a mulher humana mais equilibrada haveria de lutar com sua autoestima quando soubesse que você dormiu com Cleópatra, Maria Antonieta e a rainha Elizabeth.

Sara, em vez disso, me perguntou como eu fiz para permanecer tão bem e livre de imperfeições. Mesmo sendo imortal, ela acha que o uso e abuso e a exposição aos elementos durante um par de cem mil anos poderia me deixar parecendo ligeiramente desgastado pelo tempo.

Então expliquei a ela sobre minha vestimenta de homem.

"Você quer dizer que não é carne?", ela diz, cutucando meu peito liso, esculpido, enquanto eu fico ali, completamente nu, para que ela inspecione.

"Não", eu digo. "É um tipo de silicone avançado, mas com propriedades muito além do que os humanos já foram capazes de desenvolver."

Ela continua me beliscando, depois passa as mãos ao longo de meu torso até chegar abaixo da cintura. Será que está ficando quente aqui ou sou só eu?

"Então, isso não é real?", ela pergunta, pegando meu membro aumentado em suas mãos com a curiosidade de uma virgem descarada.

Eu me sinto como um brinquedão exposto. Mas não estou me queixando.

"Não é... realmente... uma questão... de real", digo, mordendo meu lábio, enquanto ela corre os dedos por minha ereção. "É mais... uma questão de... uma questão de..."

E perco minha linha de pensamento.

"Com certeza, parece mesmo real", diz Sara, agachando-se para inspecionar de tão perto que seus cílios ficam roçando em mim. "Não consigo encontrar nem uma costura."

E estou pensando que deveria ter contado a verdade a ela há muito tempo.

Sara continua com sua inspeção em minha vestimenta humana, movendo-se dos genitais até meus pés, depois subindo até a bunda, suas mãos me acariciando como se ela fosse uma mulher cega que nunca havia tocado um corpo de homem antes. Depois, ela volta à minha frente, ficando na ponta dos pés para olhar dentro de meus olhos, indo e voltando, de um para o outro.

"Como é que você é interiormente?", quer saber.

E eu que achava que explicar minha vestimenta humana ia ser difícil.

Enquanto alguns de nós são simplesmente fulgurantes, a ponto de cegar quem olha, bolas de energia branca no interior de suas vestimentas de homem e de mulher, outros são ardentes seres voadores, ou o que alguns humanos poderiam chamar de serafins. Embora não haja realmente nenhum anjo, alguns de nós têm asas – embora a maioria não tenha a aparência humana ou angelical relatada em várias religiões. Uns são até mesmo criaturas asquerosas, com as faces e os corpos de javalis em constante excitação ou anfíbios cobertos de escamas ou cabras caolhas com as caras cheias de dentes.

Tome, por exemplo, Raiva e Histeria e Crueldade. Você não ia querer andar na direção delas, em um beco escuro, sem que tivessem uma vestimenta humana.

O restante de nós vem em diversas formas, meio animais, meio humanas, como era comum nas mitologias gregas e romanas. Por alguma razão, os humanos eram mais tolerantes com nossas aparências originais naquele tempo. Pareciam bastante adequadas com aquelas festas selvagens e nas orgias no monte Olimpo. Então, ocasionalmente, podíamos ser vistos vagando por ali ao natural.

Centauros e sátiros e grifos.

Minotauros e hidras e quimeras.

Leões e bois e águias com quatro ou mais asas, alguns cobertos de olhos.

Suponho que isso vale para todos os seres, caso fossem visíveis, como Bondade, Honestidade e Verdade. Mas seria um pesadelo se você tivesse de fazer contatos.

Eu? Sou uma daquelas bolas brancas de energia capazes de cegar. A mesma coisa vale para Destino, exceto se ela colorir artificialmente sua aura, quando então pode aparecer como uma bola *vermelha* de energia capaz de cegar.

Quando explico isso para Sara, ela diz: "Posso ver você sem sua vestimenta humana?".

"Qual parte de 'capaz de cegar' você não entendeu?", pergunto.

"Que tal só uma olhadinha, então?"

"Não."

"Mas como é que eu vou saber como é que você realmente é?", insiste Sara.

"Imagine uma lâmpada de cem watts", digo. "Só que muito mais brilhante e mais ou menos do tamanho do ego de Napoleão Bonaparte."

"Mesmo?", ela comenta, cutucando-me outra vez e olhando para o meu nariz e minhas orelhas. "É difícil imaginar que algo tão grande possa caber dentro disso."

"Você terá de, simplesmente, acreditar na minha palavra", digo.

Enquanto me inspeciona em busca de costuras e zíperes e uma data de validade, Sara continua com uma interminável avalanche de perguntas sobre minhas origens e minha infância e meus períodos de tempo favoritos.

Minhas origens são bastante comuns. Jerry criou a mim e os outros a partir da massa cósmica, há cerca de um quarto de milhão de anos. Felizmente, naquela época, ele já sabia o que estava fazendo.

O Big Bang, como dizem os humanos, realmente foi mais como um Grande Acidente. Há cerca de catorze bilhões de anos, Jerry estava empoleirado em seu laboratório, entregue a misturar ciência, teologia, filosofia, álcool isopropílico, desentupidor de canos e um pouco de bicarbonato de sódio quando, bummmmmmmmmmm, o universo nasceu. A Terra não surgiu senão depois de nove bilhões de anos mais ou menos e o homem moderno levou outros quatro bilhões de anos a aparecer depois disso, então nós apenas flutuávamos pela massa cósmica até que a pequena experiência de Jerry finalmente começou a mostrar sinais de vida inteligente.

Minha infância? Eu nunca realmente pensei em mim como se tivesse sido uma criança, mas acho que tecnicamente os primeiros vinte anos, aproximadamente, de minha existência poderiam ser assim considerados. Não havia muito que fazer senão ficar vagando por aí sem fazer nada e esperar pela evolução do homem. Eu ficava entediado facilmente e me entregava a um monte de brincadeiras. Às vezes, Jerry nos levava em viagens a Saturno ou Mercúrio. Uma vez ele nos levou até Urano. Acho que foi porque, toda vez que ele dizia Urano, Carma e eu começávamos a dar risadinhas.

Jerry, de fato, não tem muito senso de humor.

Períodos de tempo favoritos? Bem, eu realmente cravaria na Idade Clássica, quando ficava observando os maias realizarem sacrifícios rituais e fazendo apostas sobre o desfecho da Guerra de Troia. O quinto século foi muito divertido, com todas aquelas invasões de Átila, o Huno, e a queda de Roma. E nenhuma lista ficaria completa sem o final da Idade Média, quando a lepra assumiu proporções epidêmicas e a Peste Negra varreu a Europa. Mas se eu tivesse de escolher um só período dentre todos, a era pré-histórica estaria no topo da relação.

Você pode me chamar de antiquado, mas nada supera a Idade da Pedra em termos de bobagens e divertimentos. Na verdade, as mulheres não eram lá muito agradáveis de se olhar e as conversas eram bastante limitadas, mas observar o homem paleolítico evoluir de seus ancestrais símios para o caçador/gregário de aparência moderna foi algo inestimável. Imagine os vídeos caseiros mais engraçados. Esqueça. Você não viu nada até observar um sub-humano coberto de pelos atear fogo em si mesmo.

Bons tempos.

De qualquer forma, eu não acho que era essa a resposta esperada por Sara.

"E a Renascença?", ela pergunta. "Ou a Era Dourada da Grécia? Ou a revolução científica? Ou quando Jesus vivia?"

"Ah, sim, acho que também", digo.

Embora aqueles devam ter sido períodos monumentais do ponto de vista da evolução artística, filosófica, científica e espiritual do homem, realmente não significaram muito para mim, em termos de animação. Obviamente, eu testemunhei todo aquele extraordinário desenvolvimento, toda aquela história em curso, mas nisso tive uma participação com papel bastante limitado. Era mais ou menos como ser reserva em um time de beisebol com jogadores titulares como Joe Montana e Steve Young e tentar se entusiasmar apenas com o fato de que a sua equipe venceu o campeonato.

"Além disso, não era lá muito divertido estar perto de Jesus."

É verdade. Ele achava que tinha direito a tratamento especial porque seu pai dirigia a empresa; nunca lembrava o aniversário de ninguém, mas ficava furioso se alguém esquecesse o dele; e sempre fazia o papel de mártir.

Mas quando foi a hora de manter-se digno e ser crucificado, Jesus definitivamente se sacrificou pelo time, portanto eu tenho de lhe dar os louros por isso.

Quando Sara terminou de inspecionar minha vestimenta humana e de me sabatinar sobre os últimos cinquenta mil anos de minha existência, achei que tinha lhe dado muito sobre o que refletir, de maneira que ela esqueceria o fato de que tenho Deus em minha discagem automática. É quando ela diz: "Então, quando é que eu vou conhecer Jerry?".

Como se ter uma entidade imortal como namorado não fosse o suficiente.

capítulo 37

Estou sentado em meu computador pouco depois da meia-noite, designando sinas para os duzentos e cinquenta mil bebês agendados para nascer hoje e lendo um artigo no Wikipedia sobre fado e destino, quando recebo outro e-mail de Jerry, destinado a todos:

Memorando Urgente! Por favor, leiam!

É possível que seja apenas outro *spam* nos alertando sobre um vírus de computador ou nos avisando como podemos receber uma recompensa em dinheiro mandando mensagens de teste para o sistema de rastreamento de e-mails da Microsoft/AOL. Mas, considerando o grande projeto dele, não posso deixar passar e depois descobrir que perdi o memorando sobre o apocalipse. Então começo a ler.

A princípio, penso que seja um daqueles do tipo espiritual que Jerry manda para nos lembrar de sua glória, porque começa com alguma retórica que soa religiosa sobre o Messias.

Mas percebo que isso é sério, então releio:

> **Memorando**
> No dia de hoje, faço saber que o retorno do Messias é iminente. Embora a data exata e a localização desse retorno ainda devam ser determinados, está chegando o tempo para o nascimento de um novo salvador entre os mortais. Enfrentem isso com sabedoria e paciência e, espero, senso de humor.
> Por ora, todos os membros da equipe estão instruídos por ordem executiva a se

preparar para a chegada do Messias,
em algum momento dentro dos próximos
dezoito meses, conforme indicações
em seus planos de trabalho individuais.
Dos que não estiverem diretamente
envolvidos, espera-se que organizem
o chá de bebê.
Grato por sua cooperação.
J.

Uau! Um novo Messias. Não vi que isso estava para acontecer. Mesmo entre nós, os imortais, um novo Messias é uma grande notícia. Maior ainda do que uma pandemia ou um holocausto nuclear. Já faz um par de milênios desde que Jesus teve a sua chance, e agora parece que alguém mais vai tentar. Esperemos que este tenha um final feliz.

Não que Jesus não tenha feito direito o seu trabalho. Ele teve um impacto substancial na espiritualidade nos últimos dois milênios. Mas mesmo que você seja o salvador da humanidade, a crucificação é uma forma muito dura de manter seu ponto de vista. Com certeza, no mundo de hoje, ser pregado numa cruz e deixado para morrer vagarosamente por sufocamento é uma violação dos direitos humanos, então a possibilidade é de que o novo Messias seja crucificado apenas em tese, politicamente, via exposição na mídia.

Chame isso de Gólgota dos dias atuais.

Naturalmente, eu não teria muito a fazer com o Messias. Alguns de seus adversários e opositores, com certeza. Talvez mesmo um discípulo ou dois, se eu tivesse sorte. Mas Destino seria responsável por todos os principais atores. Mesmo Dennis e Dona Sorte e Carma provavelmente teriam papéis significativos. Não eu. Não Fábio. Eu terei de ficar sentado no banco, simplesmente assistindo, com uma prancheta na mão, enquanto o restante da equipe cuida do negócio. Minha única esperança de contribuir seria se alguns dos atores principais caíssem feridos ou se eu tivesse de atuar durante o finalzinho de um jogo decisivo.

Preciso realmente parar de ver tanto futebol.

Imprimo o e-mail de Jerry e o guardo em meu arquivo de “pendências salvas”, para depois retornar às sinas para meus humanos recém-nascidos, mas minha mente se mantém à deriva, concentrada no Messias não nascido.

Fico imaginando se ele nascerá em um país do terceiro mundo ou numa nação industrializada.

Fico imaginando se ele nascerá em 25 de dezembro, apenas para manter as coisas mais fáceis.

Fico imaginando se ele dará um jeito de impedir que os estúdios de cinema tenham sinal verde para realizar filmes baseados em séries de tevê.

E fico imaginando se ele será ela.

Não está inteiramente fora de questão. Há dois mil anos, ninguém ouviria falar de uma Messias fêmea. E mesmo que não tenha havido grande mudanças, não me surpreenderia nem um pouco se o próximo Messias fosse alguém como Jodie Foster ou Linda Hamilton ou Sigourney Weaver. Alguém que possa chutar bundas por aí e ainda assim projetar toda a compaixão da Madonna.

Isso me faz pensar sobre quem será a mãe do Messias. Afinal de contas, se haverá um Messias, será preciso ter um recipiente para dar a luz a ele. Ou a ela. E isso, por sua vez, me leva a refletir sobre Maria. Não Madalena, que era um pouco provocadora, verdade seja dita, mas sim a Senhora José de Nazaré.

Sinceramente, os sobrenomes daquela época eram ligeiramente pesados.

Com certeza, eu não sou consultado sobre a escolha da mãe. Mas, uma vez que alguém terá de dar à luz ao Messias, Destino tem de saber com antecedência a identidade da mãe. Nem mesmo Jerry sabe quem será sua parceira de uma só noite. Ele não sabia quem era Maria senão na noite da concepção. Isso reduz o fator ansiedade em relação ao desempenho. Além do mais, Jerry não é muito cavalheiro. Portanto, dessa forma, não há um namoro meio desajeitado.

Entretanto, mesmo antes de ficar grávida, lembro como Maria podia estar em um mercado ou em uma sinagoga ou em uma circuncisão e todo mundo se iluminava. Homens, mulheres, crianças. Mesmo os fariseus paravam de parecer tão sérios e tentavam puxar conversa. Ela possuía essa aura que levava qualquer pessoa a querer se aproximar dela, vê-la ou sorrir para ela e, assim, esquecer-se de seus próprios problemas.

Acho que isso me soa vagamente familiar.

Durante alguns minutos eu permaneço apenas sentado, tentando me convencer de que isso não é possível. De que estou fazendo conexões que não existem. Que estou deixando minha imaginação viajar. Exceto pelo fato de que, quanto mais penso nisso, menos acredito que seja apenas minha imaginação.

Levanto-me de minha mesa e ando até o quarto, onde Sara está em minha cama de sutiã e calcinhas, recostada sobre os travesseiros, assistindo ao desenho *South Park* e comendo pizza de pepperoni fria.

Ela dá uma mordida na pizza e a engole com um trago de Pepsi, e então nota que estou ali em pé na porta, olhando para ela.

"O que foi?", pergunta.

De alguma forma, não posso imaginar pinturas dela em repouso olhando com essa mesma expressão.

"O que você pensa sobre crianças?", pergunto.

Sara inclina a cabeça como se não tivesse entendido bem a questão, depois faz uma careta e diz: "Elas fedem".

Engraçado. Foi justamente o que Maria disse.

Na televisão, um dos personagens de *South Park* está sofrendo de um caso de diarreia explosiva e Sara cai na gargalhada.

Eu a observo um pouco mais, depois volto ao escritório e sento-me ao computador, onde procuro alguns arquivos passados, apenas para voltar ao primeiro século, na Galileia, fazendo mais comparações. Quanto mais comparações eu procuro, mais aquilo parece fazer perfeito sentido.

O efeito de Sara nos outros humanos.

O e-mail de Jerry.

As sugestões de Destino para que eu não me envolvesse com Sara.

O que também explicaria por que Destino não havia dito nada para Jerry. Ela teria de ter contado a ele sobre Sara, sobre como ela é, sobre como é tão importante, e Jerry não pode saber nada sobre ela até que seja chegada a hora.

Essa é justamente a minha sorte. Entre mais de seis bilhões e meio de humanos no planeta, eu me apaixonei pela mulher que está destinada a gerar o salvador da raça humana.

Minha namorada.

A Virgem Sara.

capítulo 38

Chegar à conclusão de que a mulher mortal de quem você se enamorou está destinada a ser fecundada por Deus tende a ter um efeito adverso em sua habilidade de se concentrar quando está fazendo sexo.

"Fábio?", diz Sara, deitada nua na cama embaixo de mim. "Há algo de errado?"

"Não", digo, olhando para ela. "Por quê?"

"Porque você ainda está de roupa."

Pode me chamar de antiquado, mas estou me sentindo um pouco desconfortável para tirar minhas roupas. Sei que não deveria me sentir culpado com a ideia de começar a fazer sexo com Sara, mas não consigo me ajudar. É como se fosse trapacear, ficando com a namorada do seu melhor amigo, sendo esse melhor amigo o todo-poderoso criador do universo.

Sara, por outro lado, não sofre de nenhum dilema sexual e me vira na cama, depois abre o zíper e tira minhas calças e cuecas, antes de subir em cima de mim. Fecho meus olhos e tento aproveitar o momento, mas minha mente continua vagando, com pensamentos sobre Maria e José e o pequeno bebê Jesus olhando para mim e balançando a cabeça, em desaprovação.

É verdade que não tenho nenhuma prova definitiva de que Sara é realmente a mãe do próximo Messias, mesmo assim, não é fácil para mim pensar sobre o significado disso se eu estiver certo. É suficientemente ruim imaginar que estou fazendo sexo com a futura geradora do Messias. Mas não sou capaz de me livrar da imagem de Jerry usando uma jaqueta de *smoking* combinada com calcinhas de biquíni de seda, desfrutando a gravação de Barry White, cantando "Não posso ter o bastante de seu amor, querida".

Enquanto Sara continua a montar minha vestimenta humana, eu tento evitar pensamentos sobre Maria e o Messias e Barry White, concentrando-me em Sara e seu corpo nu. Mas é difícil manter-me focado porque eu continuo a imaginar Sara repleta da glória de Jerry.

Aparentemente, Sara percebe que estou distraído e olha para mim. "Tem certeza de que está tudo bem?"

Balanço a cabeça e respondo: "Estou perfeito".

Sara continua a movimentar seus quadris para cima e para baixo, me observando. É o que basta para me fazer contar a verdade a ela, mas isso seria má ideia. Quero dizer... vamos lá. Se você imagina que alguém está destinada a carregar o próximo Messias, você gostaria de ser a pessoa que vai contar isso?

"Como era Cleópatra?", Sara pergunta.

"O quê?", digo.

"Na cama", Sara continua. "Era boa?"

Esse é outro daqueles momentos em que dizer a verdade é má ideia.

"Não tão boa como você", afirmo.

Sara sorri, fecha os olhos, aumentando seu ritmo. "Finja que eu sou Cleópatra."

Esta não é a primeira vez que Sara me pede para imaginar que ela é uma das mulheres mortais com quem eu já dormi – Nefertiti, Catarina, a Grande, Marilyn Monroe. Eu a satisfaço porque isso a deixa feliz. Mas é suficientemente ruim que eu tenha quebrado as regras ao revelar minha identidade a ela. E agora estou fazendo sexo bizarro com a futura mãe do Messias.

Fico imaginando como é que isso vai constar no meu currículo.

capítulo 39

Em Rockford, no Illinois, há um velho shopping que foi convertido em igreja. Na verdade, em um centro religioso cristão. Todas as denominações, são bem-vindas.

Metodistas. Mórmons. Luteranos.

Batistas. Protestantes. Católicos.

Na fachada do centro religioso, um letreiro eletrônico proclama:

Igreja quando você precisa – sete dias por semana!

O shopping tinha sediado mais de uma dezena de lojas – incluindo uma agência de viagens, uma chocolataria, um restaurante mexicano e uma JCPenney. Agora, é um lar para mais de seis mil metros quadrados de religião.

Um shopping da fé.

Consumismo como espiritualidade.

Quando você ultrapassa as portas da frente, é recebido não pelo aroma de pão doce de canela ou *pretzels*, mas por algumas mesas de rosquinhas e garrafas térmicas de aço com café. Passa à frente do que antes era a Swiss Colony e a Baskin-Robbins e a Stride Rite e encontra a livraria Ichthus Christian, a loja de presentes Garden of Eden e a loja de departamentos Jesus Christ. Aqui você pode comprar livros e bíblias, crucifixos e cruzes, imagens e placas.

Rosários, estátuas e presépios.

CDs de música, pôsteres e adesivos.

Pode encontrar bonecos que balançam a cabeça com a figura de João Batista, fontes com Moisés, chaveiros de Jesus e Maria.

Prendedores de recados com a figura do anjo da guarda, um conjunto de espetos para milho com imagens dos doze apóstolos e uma linha completa de personagens bíblicas em ação.

Moisés. Abraão. Noé.

Judas. Paulo. João Batista.

Caim e Abel. Sansão e Dalila. Davi e Golias.

A maioria deles é do Velho Testamento, o que faz sentido quando você reflete a respeito. Todas as melhores passagens e derramamento de sangue aconteceram antes que Jerry se tornasse uma deidade bondosa e gentil. Quero dizer, que adolescente frequentador de igreja realmente gostaria de jogar A Última Ceia ou Quarenta Dias no Deserto, quando pode escolher A Exterminação dos Cananeus ou As Dez Pragas do Egito?

Meus favoritos são O Ícone de Deus Todo-Poderoso em Ação com o Manto Sagrado da Invulnerabilidade e O Reino da Metralhadora Kalashnikov AK-47. Ou O Ícone Lutador de Luxo de Jesus, que vem com um boneco de Messias ninja atirando pregos e um rifle de Mortal Matador-Cruzado.

Depois que você passa pela fileira de lojas oferecendo essa parafernália religiosa, chega ao centro da igreja-shopping, que costumava estar cheio de fontes e bancos e plantas em vasos, mas agora tem um quarteto de monitores de tevê de cinquenta polegadas mostrando o sermão que acontece no auditório principal. E ao longo de todas as paredes que seguem a entrada, onde antes havia a loja de departamentos Bergners cheia de clientes carregando sacolas cheias de sapatos e roupas e acessórios para casa, agora perambulam fregueses com sacolas repletas de sandálias de Jesus e vestidos de verão Sudário de Turim e toalhas de banho Adão e Eva.

O engraçado é que, ao contrário dos símbolos religiosos produzidos em massa que são oferecidos nas lojas, não há cruzes nem pinturas de ícones ou imagens em nenhum outro lugar da igreja-shopping.

Finalmente, quando você chega ao auditório principal em que foi convertida a loja de departamentos Bergners, encontra um espaço cavernoso, cheio de cadeiras dobráveis de metal e de assentos de vinil, menos de duas dúzias ocupadas, enquanto um pastor vestido com roupas comuns está no palco, próximo de um projetor e de uma tela de mais de dois metros e meio de altura, explicando um fluxograma de Deus para Jesus.

A maioria das não completas duas dúzias de fiéis está espalhada nas cinco primeiras filas. Ninguém sentado ao lado de ninguém. Essa congregação é integrada por cinco adúlteros, quatro alcoólatras, três donas de casa insatisfeitas, dois colegiais que escaparam das aulas, dois ejaculadores precoces, um pedófilo, um ladrão, um traficante de drogas e um megalomaníaco.

Sento-me ao lado do megalomaníaco, que escolheu uma cadeira na fila de trás e está comendo um saco de figos frescos, enquanto assiste à apresentação. Ele está usando um sobretudo de lã branca. No chão, ao lado dele, há duas sacolas cheias de lembranças e presentes.

"Fazendo pequenas compras de Natal?", pergunto como quem não quer nada.

"Apenas algumas coisinhas para as meninas do escritório", diz Jerry, colocando outro figo na boca, antes de me oferecer um.

"Não, obrigado", declino.

Não estou com muito apetite. Não é de surpreender, considerando que Jerry me mandou uma mensagem no telefone celular, esta manhã, informando que queria me ver. Agora.

Fico imaginando por que ele me pediu para encontrá-lo aqui, em vez de em seu escritório.

Se ele deseja me disciplinar, seu gabinete é muito mais reservado do que este lugar. E muito mais intimidador. Jerry não é inclinado a fazer cenas em público ou chamar atenção para si. No palco, o pastor está dizendo que o caminho para Deus passa por Jesus.

"Esse sujeito é horrível", diz Jerry. "Estou a ponto de bater nele, por uma questão de princípios."

Aparentemente, Jerry não está com um estado de espírito benevolente.

"Então", digo, forçando um sorriso que parece tão artificial como uma sequência de Hollywood, "por que você queria me ver?"

"Agora, por que eu haveria de querer ver você?", fala Jerry, engolindo outro figo. Eu odeio quando ele fica assim evasivo. "Bem, para começar, que tal isso?"

Na tela de mais de dois metros e meio aparece a minha imagem. Granulada. Obtida com uma câmera de telefone celular em um shopping da Califórnia. Fica ali por uns bons dez a quinze segundos, mas nenhum dos humanos percebe. Esse é um dos talentos de Jerry. Ainda não sei como ele consegue.

No palco, o pastor está dizendo que Deus trabalha de formas misteriosas.

"Depois, também tem isso", Jerry continua.

A imagem seguinte na tela é de Cliff Brooks. Essa deve ser a fotografia do "antes", pois ele está sorrindo e a metade inferior de seu corpo ainda não foi devorada por cães.

"E isto", diz.

O rosto sorridente de Cliff Brooks desaparece, substituído pela imagem de George e Carla Baer.

Só que eles não estão sorrindo.

Ambos estão mortos. Asfixiados. Estrangulados. Pendendo do teto, por tiras de couro, com mordaças de borracha vermelha.

"E isso."

A imagem seguinte na tela é de Nicolas Jansen, usando seu hábito de monge, empalado de bruços sobre uma cruz de quase dois metros.

No palco, o pastor está dizendo que Jesus morreu por nossos pecados.

"Você confundiu demais as coisas, Fábio", diz Jerry, enquanto mais algumas imagens de humanos mortos que eu tentei ajudar aparecem em uma sequência automática, como um show de erros. "Interferir com humanos. Alteração de trajetórias. Múltiplas fatalidades prematuras com humanos. Isso sem mencionar desmaterialização pública não autorizada e me personificando."

A última foto é de Cliff Brooks, a do "depois", seu rosto não mais sorrindo, o estômago aberto enquanto alguns cães famintos o evisceram.

Fico ali, olhando fixamente para a tela, zonzo, quase inconsciente de minha vestimenta humana. Todos aqueles seres que pensei ter ajudado, todas aquelas vidas que pensei ter melhorado, todos eles mortos e acabados.

Violentamente.

Espetacularmente.

Ironicamente.

Antes que eu percebesse o que estava acontecendo, lágrimas começaram a descer pelo meu rosto.

"Não era isso que eu queria que acontecesse", digo apontando para a tela, onde a imagem do eviscerado Cliff Brooks havia sido substituída pela da Virgem Maria, segurando seu recém-nascido.

Atribuo a um equívoco momentâneo.

"Não me importa qual era a sua intenção", diz Jerry. "Tudo o que me importa são os resultados. Mais de meia dúzia de seres humanos estão mortos por causa de suas ações. Mais de três dúzias de pessoas viram você desaparecer bem diante dos olhos delas. E mais de duzentos milhões de humanos viram sua imagem na CNN, antes que pudéssemos alterá-la. Você se dá conta de que teremos de realizar outra limpeza de memória por sua causa?"

O procedimento padrão para uma limpeza de memória é, primeiro, ajustar a verdade, apresentando uma versão modificada dos eventos para que as pessoas acreditem em algo distinto do que realmente aconteceu. Nada muito diferente do que todos os governantes fazem todos os dias. E é extraordinário o que pode acontecer quando os canais de informação no ar vinte e quatro horas impingem desinformação ao público em geral.

Os humanos tendem a acreditar em qualquer coisa, se virem e ouvirem à exaustão.

Então, Jerry pede a ajuda de Engano e Criatividade, que alteram a verdade. Neste caso, minha imagem, que vai terminar parecendo com alguém famoso. Geralmente morto. Quase mítico. A imagem mais comum para uma limpeza preventiva de memória é a de Elvis, mas vamos acabar tendo de usar uma nova. O homem está morto há mais de trinta anos. Mas até aí... humanos são criaturas muito crédulas.

"Eu avisei que haveria consequências se você continuasse a interferir, Fábio", diz Jerry. "Então, a partir de agora, você está suspenso e sem poderes, na dependência de uma investigação completa."

"Todos os meus poderes?", pergunto.

"Todos eles."

Nada de transporte molecular. Nada de manto de invisibilidade. Nada de ler sinas. Quase como um ser humano, exceto que não posso morrer e que tenho uma vestimenta humana maravilhosa. Isso explica por que Jerry quis me encontrar aqui, em vez de em seu gabinete. É muito difícil voltar à Terra quando você tem de usar transporte público.

"Quem está fazendo a investigação?", pergunto.

"Integridade e Confiança", diz Jerry. "Enquanto isso, durante o transcorrer da investigação, Casualidade vai assumir suas tarefas."

"Casualidade?", pergunto. "Está brincando? Você não pode entregar isso a ele."

"Suas ações colocaram o equilíbrio cósmico em risco no planeta, Fábio", afirma Jerry me passando o saco de figos enquanto remexe no interior de seu casaco "Você não me deixou outra alternativa." Sua mão emerge do casaco segurando um envelope branco bem simples, que ele me entrega.

"O que há aqui?", quero saber.

"Cinquenta pratas e uma passagem de avião", ele fala, recolhendo suas sacolas de lembranças.

Abro o envelope e conto o dinheiro, apenas para me certificar. Jerry realmente não é bom com câmbio monetário. Nunca consegue fazer o cálculo correto. E é conhecido por reduzir os montantes. "E o meu cartão de crédito Visa Universal?", pergunto. "Eu ainda posso usar minha conta corporativa?"

Jerry me dá uma olhada de desaprovação que lembra sua expressão pouco antes de arrasar com Sodoma e Gomorra.

"Tudo bem", diz. "Agradeça por isso. Mas não para despesas desautorizadas. E é melhor que guarde os recibos de todos os gastos se não quiser que voltem pra você."

Eu balanço a cabeça, afirmativamente. Embora nunca tenha sido bom nessa coisa de guardar recibos.

"O que devo fazer durante a investigação?", pergunto.

"Nada", responde Jerry. "Apenas espere até que eu me manifeste. E, pelo amor de Cristo, fique longe de confusões."

Em seguida ele desaparece, deixando-me com um boleto para o táxi, uma passagem só de ida para o aeroporto de LaGuardia e metade de um saco de figos.

capítulo 40

A última vez que voei em alguma forma de transporte público foi na primavera de 1937, quando era passageiro não registrado a bordo do último voo do *Hindenburg*. Não que eu realmente tivesse de estar presente no momento em que trinta e seis pessoas estavam fadadas a morrer. Quando você constrói uma aeronave com uma estrutura coberta de algodão, envernizada com óxido de ferro e depois enche a sua criação com gás altamente inflamável, não dá para enquadrar na circunstância "fatalidade imponderável".

A nave inteira foi destruída em quarenta segundos.

Espero que meu voo para Duluth, em Minnesota, termine com melhores resultados.

Quando cheguei ao aeroporto de Rockford, eu realmente pretendia voar de volta a Nova York para poder estar com Sara, talvez até ver se Risada ou Humor estavam na cidade, para me animar um pouco. Mas, enquanto estava esperando na fila de controle de segurança, percebi que duas adolescentes estavam sendo observadas por um homem que facilmente deveria ter o dobro da idade delas, e comecei a pensar em Darren Stafford. Sua morte não estava entre as que Jerry me mostrou, o que significava que talvez ele estivesse vivo. Quem sabe ainda havia esperança. Quem sabe eu pudesse salvá-lo.

Então substituí meu voo, debitando-o em minha própria conta de despesas, telefonei para Sara para lhe avisar que não chegaria em casa para o jantar, consegui o número de telefone de Darren Stafford e o chamei para ter certeza de que ainda estava vivo. Então, embarquei em meu avião para Duluth.

Ou foi o que pensei.

Acontece que essa viagem não é assim tão simples como eu esperava. Pensei que ia me sentar, tirar uma soneca de uma hora e acordar em Duluth. Em vez disso, tenho de pegar um voo de noventa minutos para Denver, onde espero mais de uma hora por minha conexão, a qual demora mais de duas horas de turbulência contínua até Minnesota, onde tenho de aguardar outra hora por um voo de cinquenta e cinco minutos para Duluth.

Rockford para Denver. Denver para Minneapolis. Minneapolis para Duluth.

Gasto mais tempo esperando por meus voos do que no ar.

Como é que os humanos viajam desse jeito?

Nas sete horas que levo para chegar ao meu destino, eu poderia ter entrado de bar em bar ao redor do globo e arruinado os futuros de outros trezentos humanos. Em vez disso, estou preso dentro desse casulo pressurizado feito de metal e plástico, arrastando-se a uma velocidade de oitocentos quilômetros por hora na segunda parte de minha jornada, no assento ao lado de um vendedor de seguros de Iowa que não parou de falar desde antes da decolagem.

"Daí ela me disse – veja bem", ele conta, engolindo o restinho de seu segundo gim-tônica. "Daí disse que nunca mais queria me ver de novo. E sabe o que eu fiz? Mandei-a ao inferno. Disse que Duncan Mayfield foi feito para coisas melhores do que uma vida com uma vagabunda como ela. Foi o que eu lhe disse."

Duvido. Com um nome desses, Duncan Mayfield, a única coisa para a qual você foi feito é para o ridículo ou o abuso, talvez uma gravidez indesejada ou acabar ficando com uma vigarista. As melhores coisas da vida não estão no cardápio.

A questão é que, pela primeira vez em minha existência, eu não estou realmente seguro. Desde que Jerry desabilitou meu radar de sinas, todas as vozes que eu costumava ouvir silenciaram. É como se alguém tivesse puxado a tomada de uma sinfonia dissonante que tenho ouvido desde sempre. Uma sinfonia de equívocos e maus julgamentos, de fracassos e desastres, de amores não desejados e de expectativas não satisfeitas. Agora, tudo o que ouço é o ruído abafado dos motores a jato, o ritmo difuso das conversas sussurradas na cabine, e o incessante fluxo de bobagens de Duncan Mayfield.

"Depois, teve um tempo em que transei com aquela dona de casa bonitinha em Boston", ele conta. "Fiquei metendo com ela a tarde toda e quando seu marido chegou em casa do trabalho, vendi a ele uma apólice de seguro de vida com um prêmio exagerado."

Eu podia ter chamado Dennis, pedindo que aceitasse a ligação a cobrar, mas não posso usar meu celular durante o voo. Acho que eu mesmo poderia matar Duncan, mas isso provavelmente só retardaria meu voo de conexão. E não quero sujar minha vestimenta humana de sangue.

Quando se acaba de descobrir que suas boas intenções causaram mortes inadvertidas de mais de meia dúzia de humanos, você realmente não está pensando com clareza. Acrescente o fato de ter sido privado de sua capacidade de se transportar instantaneamente para qualquer lugar do planeta e que agora está sentado na poltrona da janela da saída de emergência próximo de um humano cuja sina não posso ler, mas que faz com que eu queira perder a audição em uma explosão de granada, e você talvez entenda por que eu estou pensando em cair fora antes da próxima parada prevista.

Suponho que eu possa entrar em meus arquivos e procurar Duncan Mayfield, descobrir sua história e quanto do que ele está me contando agora é invenção, então talvez eu tenha condições de confrontá-lo e fazer com que se cale, mas não tenho paciência para acessar mais de cinco bilhões e meio de arquivos agora mesmo, especialmente porque ainda não estão em ordem alfabética. Então, tenho de assumir que ele está mesmo desencavando a maior parte de sua história de vida.

Os humanos são assim. Na média, menos de quarenta por cento do que alguém lhe conta realmente aconteceu. O restante é apenas recheio. Fabricado. Feito para esconder suas falhas e fazer com que pareçam melhores do que são.

Um trabalho de ficção.

Um filme de Hollywood.

Sua vida inteira baseada em uma história verdadeira.

É desconcertante não ser capaz de saber quais partes são inventadas. Não ser capaz de ler as sinas dos outros duzentos e quarenta e dois passageiros que estão a bordo deste Boeing 757. Eu me sinto inadequado, incompleto, como se um dos meus sentidos tivesse parado de funcionar. O que, acho, aconteceu mesmo.

A mulher sentada no corredor dá uma olhada para Duncan e tudo o que vejo é sua irritação.

A comissária de bordo passa e tudo o que absorvo é um traço do aroma de White Linen.

Estou limitado. Perdido. Lutando com minha identidade. Questionando meu propósito. Se não posso ler ninguém, como terei condições de saber o que os preocupa? E se eu não sei o que os preocupa, como posso ajudá-los?

Com certeza, a maioria das pessoas que ajudei ultimamente se confrontou com mortes horríveis e prematuras, então talvez seja uma coisa boa eu não poder auxiliar ninguém. A última coisa que quero fazer é matar mais algum humano.

"E ainda havia a comissária de voo, que eu fodi tantas vezes quantas viajei com minhas milhas de bônus."

Exceto Duncan Mayfield.

Quando finalmente pouso em Duluth, saio do avião o mais rápido que posso, então pego o primeiro táxi disponível que aceita cartão de crédito e dou ao motorista o endereço de Darren Stafford. No trajeto, fico pensando em como faria a minha entrega, tentando pensar em uma forma sutil de alertar Darren sobre sua morte iminente, sem alarmá-lo ou motivá-lo a chamar a polícia. Mas quando o táxi para em frente do prédio de apartamentos de Darren, parece que ele se adiantou.

Duas viaturas de polícia e uma ambulância estão estacionadas com as luzes piscando no crepúsculo. Uma multidão está reunida no gramado e ao longo da calçada, murmurando e fazendo especulações. Fitas amarelas de Não Atravesse foram esticadas na entrada do apartamento de Darren Stafford, que fica no primeiro andar.

Nem um pouco sutil.

Saio do táxi e caminho até uma dupla de homens que parecem estar na casa dos trinta anos, um dos quais parece que vai passar o resto de sua vida bebendo cerveja Pabst Blue Ribbon e gastando seus proventos da aposentadoria no jogo de pôquer, enquanto o outro tem um jeito de que fará futuro na necrofilia.

É só a expressão que alguns humanos possuem.

"O que aconteceu?", pergunto.

"O sujeito se enforcou", diz o provável futuro necrófilo. "Amarrou uma gravata no pescoço e morreu por asfixia."

"Um vizinho o encontrou pendurado no ventilador de teto", informou o viciado em pôquer.

"Qual vizinho?", eu quis saber.

"Olhe lá", disse o viciado em pôquer, apontando para um homem que estava em pé fora da área impenetrável delimitada pela fita amarela no apartamento de Darren Stafford, falando com a polícia.

O potencial violador de cadáveres fala algo mais, porém eu mal consigo ouvi-lo enquanto fico olhando para o vizinho que fala com a polícia. Bem atrás deles está outra figura, obviamente não notada por ninguém mais. Embora as luzes do crepúsculo e o pisca-pisca das luzes dos veículos de emergência envolvam seu rosto em sombras intermitentes, não há como confundir o ardente cabelo vermelho e os adereços sexuais de Destino.

Ela não me vê parado na multidão, tentando me misturar com os seres de baixo rendimento e os pervertidos sexuais. Estou prestes a me agachar atrás de uma mulher obesa que parece ter um futuro de pressão alta e ataques cardíacos, quando Destino dá uma olhada em minha direção. Seus olhos se estreitam, como se ela estivesse tentando concluir se sou eu realmente, e em seguida desaparece.

Sensacional. Isso é tudo o que eu preciso. Não apenas estou suspenso de minhas funções e sem minhas habilidades, mas agora outro de meus humanos está morto e Destino sabe disso. O que significa que ela provavelmente sabe que Darren Stafford não deveria estar em seu caminho, a princípio. O que significa também que provavelmente tenha sido ela que me entregou a Jerry. O que significa ainda que ele provavelmente saiba sobre Sara e eu.

Fico imaginando como vou explicar isso.

Fico imaginando como me permiti ficar em uma situação dessas.

Fico imaginando como as coisas podem piorar ainda mais.

capítulo 41

Acaba de amanhecer no Queens, quando sigo para casa em um táxi que cheira a preservativos usados e suor rançoso. Eu poderia ter ligado para Sara, mas já é embaraçoso demais ter de usar o banheiro público e ser forçado a viajar em transporte idem, com um montão de humanos diante de desafios futuros. Pedir à minha namorada mortal que vá me buscar no aeroporto seria o fim da picada.

Embora meu voo de Duluth para o LaGuardia tivesse levado cerca de metade do tempo da escala anterior, ainda estou de mau humor. Depois de tudo, se você leva quatro horas, em vez de sete, para vivenciar uma morte lenta e angustiante, não há muito a comemorar.

Enquanto meu táxi atravessa a ponte Triborough, o silêncio que enche a minha mente é irritante. Não posso ler o motorista nem nenhum dos outros humanos que estão nos carros da interestadual conosco. Estou cercado por mais de oito milhões de pessoas, a maioria delas em meu caminho, e não posso ouvir nada. É como se todos eles estivessem mortos.

Desde o momento em que cheguei a Manhattan, estou me sentindo claustrofóbico. Depois de ficar horas encerrado no interior de pequenas caixas metálicas, preciso sair. Então, peço ao taxista que me deixe na esquina da rua 125 com a Segunda Avenida e começo a caminhar. A princípio, sem uma direção definida. Fico só vagando pela cidade, este lugar que tenho chamado de lar desde a primeira metade do século passado, visível para qualquer pessoa. Incapaz de me esconder ou buscar refúgio em minhas habilidades sobrenaturais. Compartilho esta cidade mais como os humanos do que como o imortal que sou.

Ando pela Quinta Avenida e pelo Central Park, depois sigo em direção ao centro da cidade e ao Distrito Teatral, antes de pegar a Broadway rumo à Lower Manhattan, finalmente parando quando chego ao Battery Park. Sento-me ali e fico observando o sol se levantar sobre o Brooklyn, enquanto surgem nuvens cinzentas, ameaçando chuva.

Nunca me senti dessa forma antes. Exposto. Vulnerável. Com a bunda congelando. Nunca percebi, antes, como Nova York esfriava em dezembro, porque fico invisível a maior parte do tempo. Quando você é invisível, sua vestimenta humana cria calor suficiente para aquecê-lo durante toda uma nevasca quando você corre nu pelo Central Park. E não pense que não gostamos de fazer isso quando temos oportunidade.

Mas agora estou apenas com frio. Com frio e ansioso. Não sei o que vai acontecer comigo, com minha relação com Sara ou com todos os humanos que tentei ajudar. Tudo o que sei é que preciso de uma cama quente e de alguma roupa íntima térmica.

No meu caminho para casa, paro para checar alguns de meus humanos, aqueles cujas sinas influenciei ao longo dos últimos meses, e descubro que a sequência de imagens que Jerry me mostrou foi apenas uma amostra das consequências de minha presunção.

A sem-teto bipolar que brigava consigo mesma perto do edifício Flatiron.

Morta.

O músico de rua esquizofrênico, que tocava banjo no exterior do Madison Square Garden.

Morto.

A moradora de rua que colecionava embalagens de goma de mascar e vivia no Central Park.

Morta.

Profissionais fracassados e sociopatas de meio período. Pervertidos sexuais e prostitutas corporativas. Viciados em drogas e consumidores compulsivos.

Todos mortos.

Mais de uma dúzia de meus humanos, alguns encaminhados à trilha de Destino, outros ainda lutando em minha trilha, e nenhum deles conseguindo completar seu próximo aniversário.

O universo corrige, o caralho!

Não sei o que me levou a pensar que Carma sabia do que estava falando. Eu deveria imaginar, em vez de levar em consideração alguém que trapaceou nos exames finais e que, habitualmente, desafia a Teoria Cósmica.

Não foi assim que eu previ que seria minha própria sina. Destituído de meus poderes. Responsável pela morte de aproximadamente duas dúzias de humanos. Vagando pelas ruas de Manhattan e congelando em minha vestimenta humana. Para tornar as coisas ainda piores, o céu cinza de Manhattan finalmente decide cumprir a ameaça e começa a chover.

É em momentos como este que fico pensando que deveria ter selecionado mais acessórios funcionais quando pedi minha nova vestimenta humana. Como pele à prova d'água ou cabelos que secam instantânea e automaticamente. Barriga de tanquinho e genitália autodepilada não ajudam muito quando você está sem guarda-chuva.

Preciso de um trago.

Ainda estou a vinte quarteirões de distância de casa e o bar mais próximo é o Iggy's – um ambiente descontraído no Upper East Side e que sempre cheira a cerveja velha. Quando atravesso o canal vaginal da entrada, uma das paredes está recoberta de tijolos, a outra fica alinhada ao balcão. Além disso, o Iggy's se abre em um espaço com mesas e cadeiras e um aparelho de karaokê.

Embora o interior não seja lá uma maravilha, o Iggy's é um dos pontos mais quentes de karaokê em toda a Manhattan, quase todas as noites da semana. Mas, logo depois do meio-dia, a única música no ar vem de Johnny Cash cantando "God's Gonna Cut You Down", na jukebox.

Fico pensando que talvez devesse ir a outro lugar.

Além disso, os únicos clientes que vejo sentados no bar são Ego, Tédio e Culpa.

"Fábio", diz Ego. "Parece que você ganhou um pouco de peso."

Tédio faz um aceno indiferente e boceja, antes de voltar à sua Budweiser, enquanto Culpa apenas sorri e me dá um sorrisinho contido, para depois entornar o resto de seu uísque.

Por que eu não podia ter encontrado Humor, Riso e Alegria?

Tomo uma Coca-Cola com uísque e Ego tagarela sobre suas mais recentes façanhas.

Termino outra enquanto Tédio fica zunindo como não há nada para fazer no século vinte e um. E então tomo um duplo enquanto Culpa divaga, confessando seu caso com Decepção. Na jukebox, The Clash está cantando "Should I Stay or Should I Go?".

Quanto mais tempo fico sentado aqui ouvindo Tédio e Ego e Culpa e mais drinques duplos tomo, mais me pergunto se minha escapada ao Iggy's foi só uma casualidade. E mais imagino se não há um tipo de correlação cósmica acontecendo aqui.

Durante anos eu perdi o interesse em meu trabalho. Fiquei apático. O tédio aumentou. E então comecei a ajudar meus humanos, meu ego asssumiu o controle e eu me convenci de minha própria grandeza.

Encantei-me com a maravilha de Mim. Agora, sinto muita culpa pela forma como as coisas foram acontecendo. Com todas as mortes que causei.

Isso não pode ser uma coincidência.

"Que diabos é isso?", digo, virando-me para os três, as palavras saindo, arrastadas, com uma mistura de baba, saliva e uísque.

Os três olham para mim, como se esperassem por uma conclusão.

"Que é o quê?", pergunta Ego.

"O que vocês estão fazendo aqui?", grito.

Percebo que provavelmente tomei doses demais de coca com uísque.

"Estamos apenas bebendo", diz Tédio.

"Sim", confirma Culpa. "Estamos apenas bebendo. Só isso."

"Não", eu falo, sacudindo a cabeça, balançando meu drinque no ar. "Vocês não estão apenas bebendo. Estão aqui por uma razão."

"Você está falando sobre mim?", quer saber Ego.

Tédio se limita a encolher os ombros e, preguiçosamente, bebe sua cerveja, enquanto Culpa faz uma expressão de quem definitivamente tem algo a esconder.

"Você", digo, apontando meu copo para Culpa e derramando minha bebida. "Sei o que você está tentando fazer. Sei do que se trata tudo isso."

Culpa olha ao redor, com uma expressão cheia de pânico.

"Jerry mandou você aqui, não é?", falo. "Mandou você aqui para me espionar. Para me ensinar uma lição."

Percebo que estou gritando. E enrolando a língua. E que o garçom e os outros mortais que estavam por ali estão começando a me olhar.

"Não está falando sobre mim?", pergunta Ego.

Eu não respondo. Tudo que vejo são os humanos me observando. E não posso fazer nada, senão imaginar se, apenas pelo fato de estar ali, não estou afetando o futuro deles. Se é que ainda não alterei suas sinas. Se eles todos não vão morrer por minha causa.

Culpa jura de pés juntos que não quis fazer isso, seja lá o que for, mas eu o ignoro enquanto tropeço para fora do bar e sigo pela Segunda Avenida, pegando um dezembro de chuva contínua, e esbarro em uma mulher que está lutando com seu guarda-chuva. Ela me xinga e eu grito e corro para longe, imaginando se acabo de matá-la.

Avanço aos tropeções na direção oposta à do meu apartamento, com medo de ver Sara, com medo de que de alguma maneira eu possa matá-la, também. Sei que ela está na Trilha de Destino e que teoricamente não posso afetá-la, mas se posso mandar meus próprios humanos para o caminho de Destino, será que não dá para imaginar que a coisa pode funcionar nas duas direções?

Sei que não é provável e que posso mesmo estar exagerando, mas quando você bebeu várias doses duplas de cocas com uísque durante a tarde inteira, com Tédio, Ego e Culpa, porque todo mundo que tentou ajudar acabou morrendo prematuramente, tende a acreditar em sua própria inevitabilidade.

Enquanto vago sem rumo pelo East Side, em direção à Lower Manhattan, encontro homens e mulheres na chuva e tenho medo de me aproximar deles. De roçar neles. De manter contato visual com eles. Tenho medo de que, se fizer isso, possa condená-los à morte.

Na esquina da Primeira Avenida com a East 67th, atravesso a rua, quase sou atropelado por um táxi e imagino se o motorista acaba de cobrar a corrida final de sua vida.

Cambaleio ao passar por um sem-teto que está urinando embaixo da rampa da ponte Queensboro e me pergunto se ele desenvolverá uma infecção fatal na bexiga.

Um diplomata da Síria faz contato visual comigo em frente da sede das Nações Unidas e eu imagino se acabo de iniciar um incidente internacional.

Não sei como Dennis lida com isso todos os dias.

E, então, a ficha cai. Todas essas mortes. Dennis deve saber algo a respeito delas. Ele pode até ter sido responsável por elas. Afinal de contas, ele é a Morte.

Imagino se ele está na cidade.

Imagino se ele esteve falando com Destino.

Imagino se ele está me dando o troco pelos últimos quinhentos anos.

O meu lado lógico, aquela voz tranquila da razão que tem sido amarrada e amordaçada, está tentando me dizer que eu deveria voltar para meu apartamento ou encontrar algum lugar para me manter seco e dormir, para passar minha bebedeira, e reconsiderar todas essas ideias com a mente limpa. Em vez disso, eu me vejo cambaleando para East Village e Lower East Side – onde eu caio da escada e chego às portas de Morte.

Sento-me e encosto-me na porta. Embora a queda não provoque dor, eu consigo danificar minha vestimenta humana na descida. Há um corte em meu braço esquerdo que parece precisar de conserto. Naturalmente isso não tem grande importância, considerando que não posso mais me transportar. Mas minha garantia não cobre Danos sob Efeito de Álcool.

Sentado ali na chuva, sentindo pena de mim mesmo, com as costas contra o porão sem janelas onde Dennis mora e com as pernas abertas em minha frente, eu me viro e bato na porta com minha mão direita.

"Abra", eu digo. "Abra ou eu vou assoprar até derrubar..."

Então vomito no meu colo.

Pouco antes que eu desmaie, a porta se abre e eu caio de costas, lá para dentro.

capítulo 42

Acordo deitado de costas em uma cama enorme, coberta com um edredom e um trio de travesseiros, todos de pluma. O edredom é de seda negra e as fronhas, de algodão egípcio de trezentos fios. Cor de ameixa. Para combinar com o conjunto de cama.

"Bem-vindo de volta da morte", diz Dennis. "Começamos cedo hoje, não é mesmo?"

Dennis está na cozinha, coando o café com o melhor cheiro que já senti. Tinha esquecido de como ele é esnobe em relação aos cafés que escolhe.

Dou uma olhada para baixo e percebo que estou usando um dos pijamas de seda negra de Dennis.

"Onde estão minhas roupas?", pergunto.

"No lixo", ele diz, caminhando até onde estou e me oferecendo uma caneca bem quente, fumegando, daquela delícia amarga. "Tome isto. Você vai se sentir melhor."

Tomo um gole e o uísque em meu cérebro grita em protesto.

"Há quanto tempo estou aqui?"

"Há cerca de uma hora", diz Dennis, que se serve de uma xícara de café e se senta em uma poltrona vermelha de espaldar alto e braços, sob uma luminária de chão de tom vermelho.

Olho o apartamento-estúdio, que não é decorado com uma coleção de caveiras nas estantes e as paredes não são pintadas de preto. Não há tapetes temáticos nem música assustadora de órgão tocada nas caixas acústicas do aparelho de som.

Em vez disso, as estantes estão cheias dos ensinamentos de Sócrates, Platão e Aristóteles, junto a livros de física quântica, coleções de poesia e a obra completa de Mark Twain.

As paredes são pintadas de um verde-malva suave e o chão coberto de carpete em tons de vermelho e violeta. A interpretação de Billie Holiday para "I've Got My Love to Keep Me Warm" flui dos alto-falantes.

"Então", diz Dennis. "Como passou o dia?"

"Cheio de surpresas", digo. "Um dia memorável. Noto que você esteve muito ocupado."

"Não mais do que o de sempre."

"É mesmo?", falo, com o significado implícito no tom de minha voz. Ou talvez isso esteja claro na maneira como olho para ele.

"O que está passando na sua cabeça?"

"Ora... como se você não soubesse. Como se não tivesse nada a ver com isso."

"Do que é que você está falando?"

Então eu conto a ele.

Sobre Darren Stafford e Cliff Brooks e todos os outros humanos do meu caminho e que eu matei. Sobre meu encontro com Jerry. Sobre a hora em que fiquei bêbado e sobre a aposta no fato de que Samuel Adams não teria culhões para enfrentar os ingleses.

Bem, não teve mesmo.

"Como se você não soubesse de tudo o que está acontecendo", ironizo.

"O que isso quer dizer?", ele pergunta.

"Puxa, Dennis, vamos lá", comento. "Não brinque comigo. Sei que você é responsável por todas aquelas mortes."

"Eu?", ele pergunta. "O que o leva a pensar que eu sou responsável?"

"Ah... eu não sei, Senhor Ceifador. Talvez porque seja o seu trabalho."

"Olhe... não fui eu quem decidiu começar a alterar as sinas dos seus humanos."

"Tá certo. Mas você não tinha nada que matar todos eles."

"Não matei ninguém", afirma Dennis.

"Ah... tá. Como se eu fosse acreditar nisso."

"Ouça", diz Dennis, se inclinando para a frente. "Todos eles estavam mortos antes que eu chegasse."

"Então você admite que sabe sobre eles."

"Claro que eu sei", diz Dennis. "Sou eu que tive de informar a Jerry sobre isso."

"Você as relatou? Por que teve de fazer isso?"

"Porque nenhuma daquelas pessoas deveria morrer."

"Sério?", eu digo, destilando sarcasmo. "Então foi por isso que tive de voltar para casa em um voo fretado?"

"Não. Quando alguém está prestes a morrer, a menos que eu esteja fazendo uma massagem ou uma manicure, chego um segundo antes de sua morte. Mas no caso de todos esses humanos que você mencionou, eu não sabia de nada, a não ser no instante de suas mortes. Quando apareci, todos já estavam frios e começando a endurecer. E você sabe muito bem como eu detesto a rigidez cadavérica."

Às vezes, durante o processo de rigidez cadavérica, os músculos dos mortos se contraem de uma maneira que faz com que os membros se movam, mesmo que o corpo esteja morto. Isso deixa Dennis apavorado.

"Não entendo", digo, com minha cabeça nadando em uísque e cafeína. "Como é que você poderia não saber sobre eles?"

"Não sei", Dennis responde. "Por que você não me contou? Foi você que decidiu brincar de Jerry."

Nada daquilo fazia sentido. Mas, até então, eu estava fodendo com o universo.

"Não era isso que eu queria que acontecesse", comento. "Eu apenas estava tentando ajudar."

"Tá... muito bem... você os ajudou a morrer prematuramente. Nenhum daqueles humanos estava em meu planejamento diário. Não tinha Cliff Brooks agendado para os próximos trinta e sete anos."

"Então você não teve nada a ver com as mortes de meus humanos?", pergunto.

"Não", afirma Dennis. "E é isso que estou tentando lhe dizer."

"Ah...", digo, tomando um grande gole de café.

Durante alguns momentos, nada se ouve senão o som das conclusões a que vou chegando e a suave, frágil voz de Billie Holiday.

"Então", digo. "Quais você acha que são as chances dos Jets sobre os Patriots, neste fim de semana?"

capítulo 43

"Onde você esteve?", pergunta Sara. "E por que está usando pijama de seda negra?"

Não sei qual das perguntas é mais difícil de responder, mas desde que já abri minha identidade e a existência de Jerry, acho que devo ser claro.

Como Honestidade sempre diz, ela é a melhor política.

"Fui ver o Jerry", conto.

"Sério? E como ele estava?"

"Bem puto."

"Nossa. Puto como?"

Então conto a ela.

Sobre meus humanos mortos. E minha suspensão. E minha perda de poderes. E a vez em que eu vi Charles Darwin nu.

Seleção natural o cacete.

"Então, nada mais de teletransporte?", ela pergunta.

Balanço minha cabeça.

"Nada mais de sumiço num piscar de olhos?"

Balanço a cabeça, de novo.

"Nada mais de fazer sexo quando você está invisível?"

Tenho de admitir que aquilo era muito divertido. Eu recomendo bem. Mas, infelizmente, também nada mais de sexo invisível.

Sara parece mais decepcionada do que eu quanto a isso.

"Quanto tempo isso vai demorar?", ela pergunta.

"Não sei", respondo. "Depende de quando a investigação vai terminar."

"Quem está fazendo a investigação?"

"Integridade e Confiança", informo.

"Isso não me parece bom", ela conclui.

"Você não sabe nem a metade de tudo."

Integridade e Confiança são duas das maiores bajuladoras do universo. A única que as supera, em termos de ficar atrás de Jerry, é Subserviência.

"Ah, Fábio", Sara lamenta, colocando os braços em volta de mim e me apertando forte. "Sinto muito."

Ela fica me abraçando daquele jeito, próximo e íntimo, nossos corpos se encaixando direito um no outro, meu rosto mergulhado em seus cabelos. Apesar das circunstâncias, minha vestimenta humana subitamente está a ponto de bala.

Sara inclina a cabeça para trás e me olha, um sorriso se abrindo no rosto. "Então, o que é que há com o pijama?"

"Eu vomitei em minhas roupas e tive de pegar essas emprestado de Dennis."

Ela me olha para mim, franzindo as sobrancelhas. "Quem é Dennis?"

"A Morte."

"Morte?", ela fala, me largando e dando um passo atrás. "Você está usando o pijama daquela caveira de foice?"

"É muito estranho?", pergunto.

Ela fica me encarando, olhando-me de cima a baixo algumas vezes, antes que seu sorriso retorne. "Bem, considerando que o sexo invisível não vai acontecer, suponho que o pijama da Morte terá de servir pra algo."

Ela dá um passo para trás e passa a mão ao longo da seda negra, depois encosta seu rosto em meu peito e cheira. "O pijama tem o seu cheiro", ela comenta. "Posso usá-lo?"

Estou achando que Dennis não vai mais ver esse pijama.

Uma hora depois estamos deitados na cama, eu, nu, de costas, e Sara curvada ao meu lado, usando a parte de cima do pijama de Dennis desabotoado e amassado.

"Quanto tempo vai durar a investigação?", Sara pergunta, seus dedos acariciando meu peito. "Não sei", digo. "Talvez alguns dias. Uma semana, no máximo. Integridade e Confiança são muito fidedignas. E intransigentes. É por isso que todo mundo as odeia."

Integridade e Confiança vivem juntas em um loft de cobertura de mais de nove milhões de dólares no Upper West Side, com pisos de madeira nobre, pé-direito altíssimo e uma vista de tirar o fôlego do rio Hudson. Têm também uma adega com temperatura controlada para mil e quinhentas garrafas de vinho, uma escada de vidro suspensa, duas lareiras de lenha, um enorme banheiro do tipo spa, com uma banheira bem funda, e ducha dupla e ainda um jardim de mil e duzentos metros quadrados, com chuveiro a céu aberto e uma cozinha viking.

"O que acontece quando a investigação terminar?", pergunta Sara. "O que acontece se eles acharem que você é culpado?"

Culpa. É uma palavra dura. Ninguém é verdadeiramente culpado aos olhos de Jerry. Condenado, sim. Expulso, com certeza. Transformado em pilares de sal, pode apostar. Mas culpado? Esse não é o estilo dele. Mesmo assim, a pergunta de Sara é válida.

"Bem", eu digo. "Além de ser despojado de meus poderes, é possível que seja excomungado."

"Excomungado? Isso não tem a ver com igreja?"

"Bem, estamos falando sobre Deus. Mas, seja qual for a qualificação – excomungado, banido, expulso –, tudo remete a uma mesma coisa."

"Qual é?", Sara pergunta.

Isso não é algo que eu realmente queira discutir. É vergonhoso. E deprimente. Você jamais espera ter sua imortalidade revogada. Já é ruim o suficiente ser forçado a usar o metrô em vez de utilizá-lo apenas por diversão. Mas quando você tem de começar a pensar em ficar desempregado e ter de procurar um trabalho, a perspectiva de se tornar mortal fica esmagadora.

Além disso, há todo o processo de transformação. Ouvi dizer que é muito desagradável. Algo como ter suas artérias cheias de chumbo líquido.

Então, tenho de olhar para a frente.

"O que você acha da ideia de vivermos juntos?", pergunto.

Sara levanta sua cabeça com uma das mãos e se apóia em um cotovelo. "Do que você está falando?"

De certa forma eu duvido que serei capaz de gastar quase quatro mil dólares por mês de aluguel estando desempregado. E, até onde sei, não há muitas oportunidades de trabalho para entidades imortais em desgraça.

"Bem, digamos apenas que talvez eu precise de um lugar para viver."

"Você vai perder seu apartamento?", ela pergunta.

"Entre outras coisas", eu digo.

"Como...?"

"Meu cartão Visa Universal, minha carteira de sócio da academia Jardim do Éden, minha imortalidade..."

"Sua imortalidade?"

A maneira como ela falou fez parecer tão permanente.

Eu afirmo com a cabeça.

"Você vai ficar doente?"

Assinto outra vez.

"Vai ficar grisalho e desenvolver pneuzinhos e precisar de óculos de leitura?"

Por algum motivo, essa conversa não estava fazendo com que eu me sinta melhor. Mas afirmo com a cabeça de novo.

Sara desliza até a dobra do meu braço, a sua cabeça se esfregando em mim. "Isso não soa tão mau."

"Não soa tão mau?", pergunto. "Eu estive por aí durante duzentos e cinquenta mil anos e agora vou ficar sabendo como é ficar doente e lutando contra meu peso e morrendo de velhice e você me diz que isso não é tão mau assim?"

"Nós vamos envelhecer juntos", diz Sara, sua voz vibrando contra meu peito. "Quando você ficar doente, eu vou tomar conta de você. Quando você começar a ficar grisalho, eu vou lhe dizer que você ficou bem charmoso. Quando você criar pneuzinhos, vou brincar a respeito disso. E, quando precisar de óculos de leitura, vou adorar o jeito como você os usa."

"Sério?", pergunto.

Ela se levanta de novo e me fita nos olhos. "Sério."

"Mas, quando eu perder minha imortalidade, eu me tornarei humano. Serei de carne e osso. O que significa o fim da minha vestimenta humana."

Da qual eu particularmente gostava muito, em todo o caso. Você não aprecia a conveniência da tecnologia a seco até se ver na iminência de ter de comprar um desodorante.

"Fábio, por mais que eu aprecie seu corpo perfeitamente esculpido e bem-dotado e o alto prazer que isso me proporciona, eu o amo pela bola de luz fulgurante que há dentro de sua vestimenta humana."

Ela está me encarando com aqueles grandes, maravilhosos olhos dela, que ao mesmo tempo me cativavam e me enchiam de coragem.

"Você me ama?", pergunto.

Ela sorri e balança a cabeça. "Sem dúvida nenhuma. Você é a melhor coisa que já me aconteceu, Fábio. E não penso em ninguém mais com quem eu queira passar o resto de minha vida."

Sorrio de volta e digo que a amo também, e que, se tiver de perder minha imortalidade com alguém, eu ia querer que fosse com ela.

Sara sorri e diz: "Acho que essa é a coisa mais romântica que já ouvi".

capítulo 44

Com certeza, além dos confrontos comuns à maioria dos encontros de casais, estar em uma relação mortal com Sara pode apresentar alguns outros problemas.

Minha falta de experiência como humano.

A inevitável depressão que vou enfrentar com a perda de minha imortalidade.

O fato de que Jerry possa estar fazendo uma ligação para casa.

Embora seja verdade que eu não possa engravidar Sara em minha forma atual, se me tornar humano, todas as apostas podem ser encerradas. E se ela está destinada a ser engravidada com o futuro salvador, imagino que Jerry e o restante da equipe de diretores talvez torçam o nariz para o fato de que vivamos juntos.

Não sei em que trilha serei colocado se me tornar humano, mas espero que, se Sara fizer a parte da Virgem Maria, eu tenha a de José. Exceto pelo fato de que não sou lá muito dado a trabalhos manuais. Ou a ser um bom modelo de conduta. E meus amigos não têm as melhores maneiras à mesa.

Gula arrota e limpa o rosto com sua manga. "Você pode me passar o molho?"

Estou em Chinatown, degustando comida chinesa feita no vapor com Preguiça e Gula. Gula acaba de sabotar uma conferência dos Vigilantes do Peso com sua terceira porção de bolinhos de camarão, enquanto Preguiça recém-emerge de um pico de apatia e de uma soneca de três horas.

Compartilhar pratos no vapor com um comedor compulsivo e com um moleirão desmotivado enquanto você espera para saber se sua imortalidade foi revogada pode não parecer a melhor maneira de passar a sua manhã, mas Preguiça e Gula sempre dão um jeito de fazer com que eu me sinta bem comigo mesmo.

"Cara", diz Gula, com a boca meio cheia de bolinho de porco. "É péssimo que você tenha sido destituído temporariamente de seus poderes."

"Pode crer", diz Preguiça, bocejando.

Nem tive de dizer a Preguiça e Gula que fui suspenso. Fofoca e Boato já haviam feito isso. A comunidade inteira já estava sabendo.

Devo admitir que fiquei um pouco surpreso com a reação. Fé, Esperança e Amor ligaram para dizer que eu podia contar com eles para o que precisasse. Carma me enviou um telegrama animado. Dona Sorte mandou um e-mail avisando que mandava um pouco dela mesma em minha direção. E recebi um torpedo de Fracasso me convidando para ir com ele ao Paradise Club, em Midtown, assistir ao show de artistas nus cuspindo fogo.

Desnecessário dizer que estou um pouco desapontado pela falta de manifestações de Verdade ou Sabedoria ou Casualidade e por minhas ligações para Honestidade não terem tido retorno. Mas acho que você acaba descobrindo quem são seus verdadeiros amigos quando está sendo censurado por Deus.

"Como é que é não ser capaz de ler os humanos?", pergunta Gula.

"Meio assustador. Um pouco silencioso demais, se é que você entende o que quero dizer. Mas durmo um pouco melhor à noite."

"Dormir é muito importante", acrescenta Preguiça. "É algo como o mais importante alimento do dia."

"Dormir não é um alimento, cara", diz Gula.

"Tô sabendo, mas bem que poderia ser", diz Preguiça.

"Se dormir fosse uma refeição", acrescenta Gula, enfiando um pedaço de inhame na boca, "eu comeria você".

"Cara, isso não tem graça nenhuma", diz Preguiça. "Agora, eu vou ficar com essa imagem na minha cabeça durante o próximo século."

Além de dormir melhor à noite, eu descobri que ter sido suspenso e despojado de meus poderes me ajudou a melhorar minha meditação, me permitiu fazer ioga e a me relacionar melhor com meus humanos. Durante os últimos dias, eu me vi andando de metrô ou a pé, no Central Park, ou, ainda, vagando pelo shopping Manhattan, e descobrindo como eu consigo entender muito mais as pessoas.

Antes, quando eu estava grampeando as sinas de meus humanos, não podia me focar em nada senão em aspectos superficiais de cada indivíduo, o que tornava difícil chegar à raiz do problema. Era como ter seis segundos para incutir duzentos e cinquenta mil anos de sabedoria em alguém que está preocupado por estar tendo um dia de mau humor.

Agora, sem a distração de outros cinco bilhões e meio de alunos, mesmo que não possa lê-los, sou capaz de me concentrar em cada pessoa e ter uma noção do que as faz vibrar. Sou capaz de me relacionar com uma por uma. Sou capaz de apreciar o quanto temos em comum.

Na verdade, ele são formas de vida bípedes inferiores e frágeis, conchas biodegradáveis, e eu sou uma fulgurante bola de luz em uma vestimenta de tecnologia avançada com uma meia-vida de dois mil anos, mas no fundo todos viemos da mesma massa cósmica.

E fico imaginando se eu teria futuro como consultor no segmento profissional.

"Então, quem é que Jerry disse que vai assumir seu trabalho enquanto você estiver suspenso?", pergunta Gula, entre rolinhos primavera.

"Casualidade", eu digo.

"Casualidade é um misógino", diz Preguiça.

Não discuto isso. E se você quer saber, eu acho que ele vai fazer um péssimo trabalho ao administrar meus humanos. Ele é apenas uma possibilidade. Um acidente. A ausência de qualquer propósito claro. Como é que isso poderia ajudar a dirigir uma pessoa para um futuro melhor?

Com certeza, antes de mais nada, foi esse tipo de pensamento que me meteu em uma situação como a que estou.

"Quantos humanos você matou, de qualquer forma?", pergunta Preguiça.

"Cara", interrompe Gula, com mingau de arroz escorrendo pelo queixo.

"O quê?", pergunta Preguiça.

"Você não pode questioná-lo desse jeito", afirma Gula.

"Por que não?"

Gula solta um arroto. "Porque é falta de educação."

Muitos dos clientes do restaurante estão olhando para nós. Alguns, em especial os que estão próximos de nossa mesa, foram embora ou perderam o apetite.

"Tudo bem", eu digo. "Não tenho nada para esconder."

Preguiça se endireita na cadeira. "Então é verdade que você disse a Jerry que ele era uma deidade barata com mania de grandeza?"

Boato. Aquela putinha.

"Não", respondo. "Isso não é verdade."

Não que a ideia de repreender Jerry não tivesse passado pela minha cabeça.

Quase todas as crianças humanas, em algum instante de seu desenvolvimento emocional, acham que sabem dirigir suas vidas melhor do que seus pais. Geralmente, esse comportamento se manifesta durante a adolescência e continua na fase adulta. Não somos diferentes. Muitos de nós sentimos durante um período incalculável de tempo que podíamos fazer um trabalho bem melhor do que o Jerry na condução do universo, pois ele está longe da realidade desde a época de Moisés e, quando é confrontado com um desafio bastante razoável à sua autoridade, reage de maneira infantil e com despotismo.

Não sei calcular quantas vezes nossas discussões terminaram com a frase: *Porque eu sou Deus e digo que é assim.*

"Então, quantas?", volta a perguntar Preguiça.

Eu penso um pouco, contando-as nos dedos. "Matei no mínimo duas dúzias", digo. "Talvez uns quarenta e poucos."

"Quarenta humanos?", diz Preguiça. "Cara, isso não é nada comparado a todos os humanos de que o Jerry deu cabo."

Embora seja verdade que Jerry se tornou uma deidade amável e gentil, ele costumava dizimar humanos a torto e a direito. Jezebel. Saul. A esposa de Ló. Blasfemos e prostitutas e queixosos. Ele até matou um homem que apanhava lenha no Sabá. Falemos sobre mesquinharias.

"Então, o que vai acontecer em seguida?", pergunta Gula.

"Não faço ideia", digo. "Depende do que Jerry vai fazer quando ele receber o relatório de Integridade e Confiança."

"Agentes", diz Preguiça, tossindo a palavra com a mão fechada diante da boca.

"Mas há uma boa chance de que eu tenha minha imortalidade revogada", falo.

"Cara, isso seria duro demais", comenta Gula, alcançando um cardápio de sobremesas e pedindo duas de cada uma.

"Completamente", continua Preguiça. "Se eu não fosse imortal, não sei o que faria."

"Provavelmente, a mesma coisa que fazemos agora", afirma Gula. "Nada."

"Bom argumento."

Na mesa próxima, uma menininha está olhando fixamente para Gula quando ele coloca um par de tortas de creme de ovos na boca. "Não é educado ficar encarando as pessoas", digo a ela.

A garotinha me fita, mostra a língua e depois se vira em sua cadeira. Olho para Gula e dou de ombros. Ele sorri, arrota e sopra na direção da menina. Pouco depois, ela está agarrando toda a comida que há na mesa, enquanto seus pais a repreendem.

"Então, o que você vai fazer se for chutado?", pergunta Gula, a torta de creme escorrendo de sua boca e caindo em sua camisa.

"Sei lá", admito. "Ainda não entendo por que o universo não fez a correção devida. Carma disse que, apesar do impacto que houve nas sinas deles, meus humanos acabariam encontrando seu caminho de volta às trilhas originais."

"É assim que a coisa normalmente funciona", lembra Preguiça.

"Como é que você sabe?", quer saber Gula.

"Cara, eu não dormi em todas as aulas."

Preguiça começa a explicar a teoria do caminho e o Princípio Universal da Correção, mais ou menos como fez Carma, só que parecia um pouco diferente dito por um maconheiro sonolento. Principalmente pelo fato de haver menos ênfase espiritual e muito mais dúvidas.

"Isso ainda não explica por que meus humanos começaram a morrer", eu digo.

"Talvez algo mais tenha acontecido", cogita Preguiça. "Quem sabe a culpa não tenha sido sua."

"Algo como o quê?", pergunto.

"Não sei, cara", continua Preguiça. "Só estou dizendo que é possível que haja algo que você não tenha levado em conta. Se fosse eu, iria querer tirar a limpo."

"Se fosse você", acrescenta Gula, "ninguém teria morrido. Todos teriam apenas caído no sono."

"É mesmo", fala Preguiça, bocejando. "A propósito, garotos, vocês se importam se eu tirar uma soneca?"

Antes que a gente possa responder, ele está inerte, sua boca aberta, roncando.

"A conta, por favor", digo.

capítulo 45

O fim do ano geralmente é meu período favorito para observar os humanos em toda a sua indulgência.

Cestas de Natal cheias de caviar Beluga, patê de fígado e meias de caxemira rosa.

Lojas de departamentos cheias de atrativos, tentações e mercadorias irresistíveis.

Shoppings cheios de homens e mulheres gastando muito além de suas posses.

No passado, eu me sentaria para observar esse desfile de humanos gulosos gastando e consumindo como se seus futuros dependessem do significado de seus presentes de Natal. Mas, este ano, pareço não conseguir entrar no espírito das festas. Ao menos não do jeito que costumava antes.

Em vez disso, me sento em um banco do centro de compras South Street Seaport, em frente à Abercrombie & Fitch, e fico olhando a multidão festiva em seu estado de consumo frenético e acho que começo a entender por que os humanos continuam a fazer dívidas e recorrer a cartões de crédito, embora haja dívidas a saldar desde junho.

Não é só porque suas existências estão vazias e eles tentam preencher as lacunas com Godiva e Cartier e Victoria's Secrets. É porque eles têm pessoas em suas vidas, amigos e familiares e amores que são importantes para eles. Alguém a quem querem agradar. Alguém para quem desejam fazer algo especial. Alguém a quem querem demonstrar a grandeza de seu amor.

Na verdade, a maioria deles está equivocada quando quer expressar esse amor em forma de chocolate, joias ou roupas íntimas em vez de demonstrar isso diariamente, sem o uso de algo como um Código Universal de Produto, mas, no final das contas, suas intenções são boas.

Percebo isso porque, pela primeira vez em meus duzentos e cinquenta mil anos de existência neste planeta, tenho alguém especial para mimar. Alguém cuja vida enriqueceu a minha. Alguém que mal posso esperar para ver usando a camisolinha esvoaçante de seda púrpura com calcinhas combinando que eu comprei para ela na Victoria's Secret.

Estou imaginando como é que posso declarar isso como despesa corporativa.

Meu rosto se abre num sorriso quando imagino a expressão de Sara ao abrir a caixa. Quando imagino sua reação e seu sorriso. Quando eu imagino como aquela cor ficará bem contra sua pele clara. E então uma voz diz: "Olha só se não é o Senhor Felizinho".

E subitamente eu penso em um cenário diferente.

Pense em decapitações.

Pense em arrastados e esquartejados.

Pense nos julgamentos das bruxas de Salém.

"Estamos de bom humor", diz Destino. E então nota que meu sorriso se desmontou. "Ou talvez não..."

Antes que eu possa protestar, ela senta ao meu lado no banco.

"E então... como é que é ser destituído de seus poderes?", pergunta Destino.

O problema sobre Destino é que ela é visível.

Ao nosso redor, humanos homens olham em nossa direção. Os que estão com suas esposas e namoradas fingem que não estão encarando, mas é muito difícil não notar Destino, que parece uma prostituta duende.

Ela está usando um chapéu vermelho de Papai Noel, uma falsa gola alta de veludo também vermelho e uma minissaia de padrão escolar e botas de plataforma, meio cano, igualmente vermelhas.

"Você não vai me desejar feliz Natal?", ela diz.

Minha primeira reação é mandá-la para o inferno, mas isso não ia combinar com o espírito do feriado e não quero permitir que Destino arruíne meu bom humor. Além disso, ela já esteve no inferno. Nós todos estivemos. É um desses lugares que você tem de visitar ao menos uma vez.

"Você está bem festiva", eu digo, tentando ser agradável, ao apontar sua pulseira de sininhos.

"Achei que isso daria um toque divertido", diz Destino, balançando seu pulso. "Posso tocar quase qualquer canção de festas. Minha favorita é 'A Holly Jolly Christmas', mas só quando estou transando na posição papai e mamãe."

"Isso é muito Burl Ives", comento.

"Não quer entrar no ritmo de festa comigo?", ela pergunta, alisando suas coxas. "Não estou usando nenhuma roupa de baixo."

Grande surpresa, essa.

"Talvez eu possa usar algumas dessas suas", diz Destino, espiando dentro de minha sacola da Victoria's Secret. "Presente para alguém? Ou isso faz parte do novo Fábio?"

"É um presente", digo, deslocando a sacola para meu outro lado.

"Para quem?", ela pergunta, arqueando sua sobrancelha esquerda.

Como se ela não soubesse.

Destino fica só me olhando, sorrindo daquele jeito dela, de gato da Alice, esperando minha resposta.

"Você realmente se importa com ela, não é mesmo?", pergunta.

"Eu me importo com quem?", digo, me fingindo de bobo. Ambos sabemos do que estamos falando. Só não quero admitir nada, para o caso de Destino estar usando um gravador. Não quero ter mais problemas do que os que já tenho.

"Você sabe que não pode ficar com ela", Destino diz.

Um menininho, de não mais de seis anos, está apontando para Destino e quer saber, de sua mãe, se pode sentar no colo daquela duende. O pai dele parece querer perguntar a mesma coisa.

"Realmente é triste", comenta Destino, balançando um de seus pulsos e fazendo soar os sininhos. "Nós nos divertíamos tanto juntos, você e eu. Controlando os futuros dos humanos. Mantendo o Cosmos em equilíbrio. Todos esses milênios temos feito sexo sem contato. Na Grande Muralha. Durante a Guerra de Troia. No Vaticano..."

Uma mulher idosa, sentada no banco diante de nós, olha para Destino com desaprovação.

"Apesar de tudo, vou sentir sua falta, Fábio."

"Bem, eu ainda não fui permanentemente destituído de minha posição", comento. "Portanto, não fique tão tristinha por minha causa."

"Ah... vamos, Fáááááááááááááábio. Você acha mesmo que Jerry vai devolver seu emprego depois daqueles trinta e oito humanos que você matou?"

"Não era minha intenção matá-los", digo um pouco alto demais.

A mulher idosa sentada diante de nós se levanta e se afasta, olhando para trás de um jeito que me faz pensar que tenho de ir embora antes que ela chame a segurança do shopping.

"Bem... foi divertido, Fábio", diz Destino se levantando e fazendo soar os sininhos. "Mas, desculpe, eu tenho um encontro com Casualidade."

Eu me sento no banco e observo enquanto ela se vai, as cabeças se virando, homens e mulheres cativados pelo encanto de Destino, até que ela desapareça – seu longilíneo, vermelho, sedutor corpo deslizando no meio da multidão.

Permaneço ali durante alguns minutos, tentando recuperar o espírito festivo com que estava antes de Destino aparecer. Mas, fosse qual fosse o ânimo agradável que me tomara, já desapareceu, então pego minha sacola da Victoria's Secret, rapidamente saio de lá e caminho em direção à estação da rua Fulton para pegar o metrô rumo à parte alta da cidade.

O trem está cheio de Ebenezer Scrooges e Tiny Tims. De George Baileys e Henry Potters. De Kris Kringles e Susan Walkers. Descendo e subindo nas estações da rua Bleecker e Astor Place e Union Square. Na verdade, é Natal, então todo mundo apenas entra no espírito da data, mas todos os humanos que estão no metrô parecem estar usando a cor favorita de Destino.

Mulheres com boinas vermelhas e luvas de couro vermelhas. Adolescentes com tênis vermelhos e gorros vermelhos de tricô. Homens com cachecóis de lã vermelha e gravatas de seda vermelha. Até mesmo o sem-teto que fica no metrô o dia inteiro e cheira a urina está usando uma bandana vermelha.

Talvez eles estejam apenas sendo festivos. Ou talvez os humanos usem vermelho todo o tempo e eu apenas nunca notei. Mas, por alguma razão, isso dispara algo que Preguiça me disse no café da manhã, outro dia. Sobre como talvez possa haver outra coisa que eu não levei em consideração. Algo que não percebi. Algo sobre a possibilidade de que talvez a morte de todos esses humanos não seja culpa minha.

Quando o trem passa pelas estações da rua 23 e, depois, da rua 28, eu me vejo pensando sobre uma coisa que Destino me disse no shopping, uma coisa sobre o número de humanos que matei, e começo a contar os humanos em meu caminho que morreram depois que eu interferi em suas sinas. Voltando a Nicolas Jansen, meu primeiro convertido, eu chego à contagem de trinta e oito. Então, conto de novo, apenas para ter certeza, de Nicolas até o mais recente e reconto, chegando ao mesmo número.

Trinta e oito.

E fico imaginando como Destino ficou sabendo do número exato de humanos que eu matei.

Com certeza, ela poderia ter ouvido por Rumor ou Fofoca, mas isso seria um tremendo golpe de sorte. E duvido que Jerry teria tornado público qualquer detalhe sobre minhas transgressões. Embora ele possa ser dogmático e vingativo às vezes, não posso pôr em dúvida sua integridade. Além disso, até onde eu saiba, ele não estava ciente dos humanos em meu caminho que morreram, exceto daqueles que ele me mostrou na projeção que preparou na igreja de Rockford.

Na outra extremidade do vagão está um homem de meia-idade que, se eu pudesse ler o que o espera, provavelmente estaria fadado a um futuro caindo em tentação. Ele simplesmente tinha aquele olhar. Por sinal, eu vejo como ele está olhando para duas colegiais menores de idade, que estão sentadas diante dele.

E isso me leva a pensar em Darren Stafford.

Fico imaginando sobre o que Destino estava fazendo ao perambular na área externa do apartamento de Darren, naquela noite em que apareci lá. Com certeza, tinha todas as razões para estar ali. Afinal, Darren Stafford estava tecnicamente na trilha dela, mesmo que isso fosse ilegítimo. Mas Destino não é do tipo sentimental. Especialmente se tivesse percebido que Darren Stafford originalmente estava na minha. Então eu me lembro de como ela se transportou dali tão logo me viu.

Fico pensando no que aconteceu com Darren Stafford no período intermediário entre minha ligação a ele e o momento em que decidiu se enforcar.

Fico pensando se a presença de Destino no apartamento dele foi um procedimento de rotina.

Fico pensando se Destino sabia sobre todos os humanos que eu tinha encaminhado para sua trilha.

Quando chegamos à minha parada, saio da estação e telefono para Dennis de meu celular. Eu sei que ele não gosta de ser perturbado quando está trabalhando, mas isso não pode esperar.

"Sim", ele diz.

Dennis nunca foi de muita conversa fiada.

"Você se lembra de algo fora do comum sobre a morte de Darren Stafford?"

"Quem é Darren Stafford?", ele pergunta, parecendo irritado.

Ouço sirenes ao fundo.

"Você sabe, o sujeito de Duluth que se matou."

"Você tem noção de quantas pessoas em Duluth cometem suicídio?", ele diz. "Vai precisar ser mais preciso."

Eu lhe ofereço mais detalhes.

"Tá certo", ele comenta. "Aquele cara. Apartamento de péssima qualidade. Carpete marrom. Enforcou-se com uma gravata."

"É esse mesmo."

"E o que você quer saber sobre ele?", pergunta.

Ouço um disparo de arma de fogo, ao fundo.

"Você notou alguma coisa estranha?", questiono. "Qualquer coisa?"

"Você quer dizer além do fato de que ele não estava destinado a morrer, ainda?"

Obviamente Dennis ainda está um pouco amargo.

"Quero dizer algo que poderia indicar que ele realmente não se suicidou", digo.

"Quer dizer, como se tivesse sido um acidente?"

"Quero dizer como se alguém o tivesse ajudado", continuo.

"Até onde posso dizer, o sujeito pegou uma gravata vermelha clássica e se estrangulou", diz Dennis. "Não sei dizer se alguém o ajudou."

Ouço algo explodir, ao fundo.

"Falou uma gravata vermelha clássica?", pergunto.

"Isso mesmo", ele confirma. "JCPenney. Microfibra de poliéster. Feita na China. Artesanal, produto de qualidade."

Ouço uma mulher gritando, ao fundo.

"Olhe", diz Dennis, "tenho de correr. Falo com você mais tarde."

E então a linha cai. E a ficha também.

Desligo meu celular com a imagem de Darren Stafford em minha mente, balançando do ventilador de teto, preso por sua gravata.

Sua gravata vermelha.

E fico pensando nas fotografias que Jerry me mostrou na igreja de Rockford, em Illinois. Todos os humanos em minha trilha que morreram. Aqueles que supostamente eu matei graças à minha arrogância.

George e Carla Baer com as mordaças de borracha vermelha.

Cliff Brooks devorado por um cachorro que usava uma coleira vermelha.

Nicolas Jansen empalado em uma cruz, seu hábito de monge fechado com uma faixa vermelha.

Em cada fotografia, em cada morto humano, algo vermelho.

Sapatos vermelhos. Batom vermelho. Uma bola de boliche vermelha.

É tão sutil e tão óbvio. Algo que eu não pensaria em procurar. Algo que nunca imaginei, mas que faz muito sentido. Algo que explica por que o universo não corrigiu.

Foi Destino quem andou matando meus humanos.

capítulo 46

Você poderia pensar que, sendo uma deidade sabe-tudo, vê-tudo e todo-poderosa, Jerry seria capaz de se manter em dia sobre tudo o que seus encarregados imortais estavam fazendo, rotineiramente.

Começando guerras.

Espalhando doenças.

Matando inocentes e pondo a culpa em mim.

Com certeza, ele não teve a menor ideia durante meses, então não posso culpá-lo por não perceber o que Destino estava fazendo com seus dias livres. E ele tem uma agenda muito carregada, seja respondendo a orações ou planejando o novo Messias e apresentando os Globos de Ouro. Mesmo assim, eu gostaria de achar que ele notou algo.

De fato, não tenho nenhuma prova tangível de que Destino seja responsável pelas mortes de meus humanos, mas sei que é verdade, da mesma forma que sei que Sara está destinada a gerar um descendente de Jerry. Eu sinto isso em minha vestimenta humana. E embora lamente o que aconteceu com Cliff Brooks, Nicolas Jansen e todos os outros, ao menos sei que a morte deles não foi por culpa minha.

Só que isso não é toda a verdade. Se eu não tivesse começado a interferir nas sinas de meus humanos, nada disso teria acontecido. Nenhum deles teria sido mandado para a Trilha de Destino. Nenhum deles teria morrido. Mas, embora esteja disposto a assumir a responsabilidade por meu papel em tudo isso, não posso aceitar ser o único a levar a culpa.

Antes que eu perceba o que estou fazendo, pego o telefone celular e disco para Destino.

"Fáááááááááááááábio!", ela diz, atendendo depois do primeiro toque.

"Precisamos conversar", digo.

"Espere", ela diz.

Ao fundo, escuto murmúrio de vozes e o som de risadas e de uma orquestra tocando "Winter Wonderland".

"Onde você está?", pergunto.

"Onde estão todos", responde. "Com Jerry."

Ah, certo. A festa de Natal da empresa. Aquela à qual não pude comparecer porque não tenho mais a capacidade de me transportar. Aquela mesma.

"Lamento que você não possa estar aqui", ela diz, os ruídos de fundo desaparecendo. "A festa não é a mesma sem você."

"Sim, bem... graças a você", digo.

"O que você quer dizer?"

"Não venha com joguinhos comigo. Sei o que você fez. E não vou deixar você se safar dessa."

"Safar do quê?", ela pergunta, tão inocente que eu quase acredito que ela não sabe mesmo do que estou falando.

"Cliff Brooks. Nicolas Jansen. Darren Stafford. Alguns desses nomes significam algo pra você?"

"Deveriam?"

"Sim", continuo. "Considerando que você os matou."

"Tá, por que eu faria isso?"

"Porque você é uma puta sem coração."

"Você tem alguma prova?", quer saber.

"De que você é uma puta sem coração?", pergunto.

"Sobre esses humanos que você acha que eu conheço."

"Não preciso de nenhuma prova. Você é que vai precisar."

"Espere aí", ela diz. "Há alguém que deseja dizer oi para você."

Eu penso que ela está apenas me ignorando, se afastando enquanto procura alguém mais para passar o telefone. Mas, pouco depois, uma voz diz: "Ei, Fábio! Qual é a sua desculpa para não estar aqui?".

Embora não a veja há algum tempo, sem dúvida é a voz de Álibi.

O problema de Álibi é que ela é hermética.

Ela é a desculpa perfeita. Sempre digna de crédito. Nunca indefensável.

Ela é a principal testemunha. A garota da porta ao lado. Aquela em quem todos os jurados e todo comitê de investigação vão acreditar.

E como se isso não bastasse, acontece que ela é simplesmente a irmãzinha de Confiança.

Perfeito. Álibi não apenas pode oferecer uma explicação convincente a respeito do paradeiro de Destino por ocasião de cada uma das mortes de meus humanos, como é parente de um dos agentes que está me investigando.

"Você estava dizendo...?", fala Destino, voltando à linha.

Sei que é infantilidade e que provavelmente me arrependerei disso, mas não posso mais suportar o som da voz de Destino. Então desligo na cara dela, depois me sento e fico observando a paisagem do East River de minha janela, tentando imaginar o que vou fazer.

Talvez eu pudesse conduzir minha própria investigação, ver se posso conseguir alguma evidência capaz de implicar Destino, apesar de tudo. Bisbilhotar. Falar com algumas pessoas. Só que, com minha recente revogação de privilégios, não tenho tempo para fazer esse trabalho.

Talvez eu possa conseguir que Dennis ou Dona Sorte ou Carma investiguem. Sigam Destino por aí e ver se ela comete algum erro ou oferece algo que possa me ajudar. Só que eu sei que seria pedir demais, até porque eles mal têm tempo para si mesmos. Além disso, no ponto a que chegamos, duvido que Destino vá cometer alguma idiotice.

Talvez eu possa sentar-me com Jerry, esclarecer tudo e esperar que ele acredite em mim. Mas isso significaria ter de admitir meu relacionamento com Sara. Mesmo que ela não estivesse sendo destinada a ser a mãe do próximo Messias, há possibilidade de que ele termine conosco. E, da mesma forma que eu aprecio minha vestimenta de homem e a capacidade de ficar invisível e de viajar pelo globo sem ter de passar pela imigração, prefiro ser mortal com Sara do que imortal sem ela.

Portanto, realmente não tenho nenhuma chance. Tenho de aceitar minha situação e esperar pelo melhor. O problema é que Jerry provavelmente vai descobrir meu relacionamento com Sara mais cedo ou mais tarde. E, quando isso acontecer, sou eu que vou me ferrar.

capítulo 47

Minha audiência acontece nos aposentos privativos de Jerry.

Eu estava meio que esperando por algum lugar na Terra. Um espaço neutro, como a Suíça. Até cogitei alternativas como o leste de Los Angeles ou o Afeganistão. Mas Jerry só desce à Terra em ocasiões especiais, como para me destituir temporariamente de meus poderes ou engravidar minha namorada.

Naturalmente, eu não pude fazer a viagem por iniciativa própria, então Jerry mandou Hermes descer para me escoltar.

Hermes é o único dos deuses da Grécia Antiga a permanecer por aí, desde que os gregos abandonaram suas deidades olímpicas e tomaram o bonde do cristianismo. Ele não teve problema nenhum ao ser relegado ao estado de deus menor e de assumir a posição de mensageiro glorificado e motorista por meio período.

A maioria dos outros deuses gregos não segurou a onda da perda de celebridade e de privilégios e de seus endereços no monte Olimpo, então foi fadada à ignomínia. As últimas notícias que tive deles diziam que Zeus e Hera estavam vivendo de trambiques com Apolo na Turquia, enquanto Afrodite e Atena faziam mutretas na Polônia. O restante acabou como sem-teto, viciado em *crack* ou dependentes de programas sociais para desempregados.

E acho que, depois de hoje, talvez eu tenha mais em comum com eles do que gostaria de admitir.

Jerry está sentado atrás de uma sólida mesa de carvalho, em uma cadeira branca extremamente macia, de encosto alto do tamanho de Nova Jersey. A mesa está completamente vazia, exceto pela presença de um martelo de cristal feito à mão e de uma única pilha de papéis de uns trinta centímetros de altura. No lado direito, estão sentadas Integridade e Confiança, com cara de presunçosas e hipócritas, enquanto no esquerdo há uma cadeira vazia estofada de vinil vermelho.

Estou sentado diante de Jerry, no lado oposto de sua mesa, um patamar abaixo, em uma cadeira de madeira de espaldar reto.

Ao contrário de seu gabinete, os aposentos privados de Jerry não são feitos de vidro nem têm aquela visão panorâmica do universo, de trezentos e sessenta graus. Mesmo assim, é meio intimidante quando você está sentado ao nível do tampo da mesa dele, que está usando suas roupas brancas de domingo e encarando você do alto de seus óculos de leitura.

Jerry já tomou conhecimento do relatório de Confiança e Integridade, justamente a pilha de papéis que está sobre a mesa. Ele não disse uma só palavra, apenas leu fazendo um monte de hummmmmmmns e alguns mmmmmmmmmmhuns e uma ocasional olhada de desaprovação para mim.

Fico imaginando se poderia suborná-lo com fotos que tirei dele e de Indiscrição em uma banheira de ofurô, na última festa da empresa.

"Bem, parece que está tudo em ordem", diz Jerry, balançando a cabeça para Integridade e Confiança. "Acho que podemos ouvir a primeira testemunha."

Jerry abre seu celular e pressiona um dos números de sua discagem automática. Um instante depois, Segredo está sentada na cadeira de vinil vermelho.

Ela acena para Jerry e depois se volta para mim.

"Oi, Fábio", diz, com um olhar resignado.

Eu apenas balanço a cabeça. Não há muito que dizer, considerando que ela está aqui para confirmar minha acusação. E eu não a culpo. É apenas uma situação embaraçosa.

Jerry fica ali sem uma expressão definida enquanto Segredo conta o incidente de Amsterdã, durante o qual ela me ajudou a consertar minha vestimenta humana. Embora ela não tenha visto o ataque nem tenha explicitamente mencionado o nome dele, efetivamente me ligou com a morte de Nicolas Jansen.

"Me desculpe, Fábio", ela diz e depois vai embora.

Jerry pressiona uma tecla em seu celular e logo em seguida aparece Dona Sorte.

"Oi, docinho", ela me diz. "Como você está?"

"Muito bem", respondo, forçando um sorriso. "Nunca estive melhor."

Ela reage com um sorriso radiante que somente Dona Sorte é capaz de oferecer e eu quase acredito que tudo vai ficar bem.

Então ela começa a falar.

Sobre o dia em que ela e eu nos encontramos na Corrida de Cães de Daytona Beach, o que aconteceu mais ou menos uma semana depois que Jerry me disse para não interferir mais na trajetória de meus humanos. Não demorou muito para que o testemunho dela me conectasse a Cliff Brooks.

Depois de Dona Sorte veio Carma, com uma garrafa de cerveja Dos Equis em uma das mãos, enquanto confessa sobre como eu admiti que estava interferindo nas sinas de meus humanos e os encaminhando à Trilha de Destino. Posso afirmar que ele não quis me entregar. Aquilo apenas surgiu. Como um arroto inesperado. Você fica desse jeito quando tem de testemunhar diante de Deus. Não ajuda em nada o fato de Carma ter andado bebendo.

Quando acaba, Carma vem até onde estou e me dá um abraço. "Sinto muito, Fábio."

"Tudo bem", digo.

Ele me dá um sorriso tímido, engole o resto de sua Dos Equis e desaparece.

Mais de uma dúzia de outros sentam ali, incluindo Preguiça, Gula, Honestidade, Verdade e Sabedoria. Alguns testemunham sobre meu caráter. Outros corroboram meu paradeiro em relação aos humanos cujas trajetórias eu alterei. E Honestidade deixa o proverbial gato sair da sacola, ao mencionar minha relação com Sara, fazendo com que Jerry olhe para mim e balance a cabeça como se me pegasse dançando ao redor de um bezerro de ouro.

Eu poderia objetar seu testemunho considerando a confidencialidade da relação médico/paciente, mas, muito bem, ela é Honestidade.

O próximo a tomar assento é Dennis.

Ele aparece usando um terno preto Armani, com uma camisa de cetim preta e uma gravata preta. Seus sapatos são tão brilhantes que você pode ver meu desespero refletido neles.

Ele me acena, sem expressão definida, e volta-se para Jerry.

"À sua disposição, quando quiser, Garotão", diz Dennis.

Jerry sorri. Ele adora ser chamado de Garotão. Isso e também de O Grande e Poderoso Oz.

Os dois conversam durante alguns minutos sobre morte e peste e os bons velhos tempos quando as pragas estavam em voga. Dennis até consegue fazer Jerry dar risada. Pelo jeito como está vestido e a maneira como parece estar amaciando Jerry, imagino se Dennis está aqui para me apoiar.

"Você jura dizer a verdade, toda a verdade, nada além da verdade?", pergunta Jerry.

"Com a sua ajuda", diz Dennis.

A princípio, Dennis fala sobre meu caráter e minha compaixão e como eu pareço ter desenvolvido um amor real pelos humanos, e começo a pensar que estava certo ao achar que ele estaria do meu lado. Então ele começa a contar a Jerry sobre quando eu tentei salvar um humano de sua morte programada.

Salvou mesmo minha pele.

Destino é a próxima, testemunhando até mesmo sobre meu envolvimento com Sara. Ela não revela a natureza do destino de Sara, mas o fato de que eu desenvolvi um romântico relacionamento com uma mortal na Trilha de Destino já é suficientemente condenável.

Destino e eu não trocamos nenhuma gentileza e eu não a acuso de ter morto meus humanos. Qual seria a vantagem? Ela simplesmente negaria e Jerry haveria de chamar Álibi e ia terminar parecendo que eu estava tentando me esquivar da culpa. E, de qualquer forma, mesmo que meus humanos não tivessem morrido, eu estaria nesta cadeira, sendo investigado por tudo o mais que de fato fiz. Além disso, se há algum equilíbrio cósmico, Destino acabará recebendo o que lhe cabe.

Eu só tenho de confiar no sistema.

Depois que Destino vai embora, Jerry convoca Sub-reptícia para falar. Não fico muito certo da razão pela qual ela está aqui, considerando que não a vejo desde a Guerra de Troia, até que ela afirma como me ouviu revelar a Sara minha verdadeira identidade, junto com alguns segredos universais e algumas sujeiras anteriormente desconhecidas sobre Jerry.

Estou ferrado pra caralho.

Quando Sub-reptícia termina de relembrar tudo o mais que me incriminava, Jerry conversa com Integridade e Confiança, e ambos balançam a cabeça e olham em minha direção com expressões de autossatisfação. E então eles se retiram, transportados para algum estado de perfeição moral que provavelmente me provocaria uma urticária, e deixaram Jerry e eu sozinhos nos aposentos dele.

"Bem, isso foi divertido", digo. "Talvez possamos fazer de novo, na próxima semana."

"Isso não é motivo de piada, Fábio."

Nada é motivo de piada para Jerry.

"Eu sei", comento. ""Eu estava apenas..."

"Tentando melhorar o clima", completa Jerry.

Eu dou de ombros.

Jerry suspira fundo e balança a cabeça. "Você tem alguma ideia da seriedade do que fez, Fábio? Não apenas quebrou o pacto dos grandes segredos do universo ao se revelar para uma mulher mortal, e propositalmente alterou as sinas de mais de três dezenas de humanos que por causa disso morreram, como criou um efeito dominó que terá repercussões por décadas. Talvez até mesmo séculos."

A maneira como ele diz isso faz parecer algo catastrófico.

"Você nem sequer considerou as consequências de suas ações?", pergunta.

"Claro que sim", admito. "Mas não pensei que alguém pudesse se machucar. Não achei que alguém pudesse morrer."

"O problema é que, sim, eles morreram", fala Jerry. "Mas mesmo que não tivessem morrido, você deliberadamente quebrou regras sobre envolver-se com centenas de mortais. Isso é motivo suficiente para ser destituído de seus poderes."

"Eu sei", digo. Como se ele tivesse mesmo de esfregar isso na minha cara.

"E, mesmo assim, isso não fez com que você parasse."

Dou de ombros. Não sei o que ele espera que eu diga.

"O que eu não entendo", fala Jerry, "é por que você continuou a tentar ajudá-los, se sabia que isso poderia lhe custar a sua imortalidade."

"Não sei", digo. "Acho que eu apenas quis ajudar meus humanos a descobrir algo melhor."

Jerry fica me observando por alguns momentos, seus dedos tamborilando contra sua sólida mesa de carvalho.

"Embora suas intenções fossem admiráveis, isso ainda não desculpa suas ações", diz.

Percebo que o melhor para mim é simplesmente ficar quieto. A única coisa que posso conseguir ao falar é piorar ainda mais as coisas.

"Eu gostaria de deixá-lo ir embora com um aviso", Jerry afirma. "Dar uma suspensão de seis meses para lhe ensinar uma lição."

Eu balanço a cabeça, em agradecimento, pensando que talvez isso não vá ser tão ruim como eu pensava.

"Mas isso seria mandar uma mensagem errada", ele continua. "Se eu deixo que se vá com uma palmada na mão, que tipo de precedente eu estaria abrindo?"

"O da compaixão", sugiro, esperando apelar para o seu lado do Novo Testamento. "O do perdão?"

"E se eu fizesse isso, quantos outros poderiam tentar a mesma coisa?", questiona Jerry. "Preguiça? Arrogância? Vaidade? Onde isso ia acabar?"

"Eu nunca realmente pensei..."

"Não", continua Jerry. "Você realmente não pensou. Foi por isso que se meteu nessa enrascada. E é por isso que terei de fazer o que não quero fazer."

Oh... oh... Estou captando uma definitiva vibração do Velho Testamento, aqui.

Jerry dá a volta na mesa e se aproxima, ficando diante de mim, com os braços cruzados. "Você é um dos meus imortais favoritos, Fábio", ele diz. "Sempre foi. Mas eu não criei regras para serem quebradas. Apesar de seus motivos, você ainda tem de responder pelo que fez. E, por mais que me doa fazer isso, tenho de tornar você um exemplo."

Eu apenas continuo ali sentado, incapaz de acreditar no que está prestes a acontecer. Que eu realmente vou me tornar um mortal.

"Vai arder, não vai?"

"Um pouco", diz Jerry.

Eu balanço a cabeça. "Quando?"

Não poderia acontecer agora. Mortais não são permitidos aqui em cima. Além disso, não podem sobreviver ao teletransporte. Nós descobrimos isso da pior maneira.

"Um dia. Talvez dois", Jerry informa. "Isso vai lhe dar tempo suficiente para deixar seus negócios em ordem e assegurar que você estará em um lugar seguro para a transformação."

"Posso ficar com o apartamento?", pergunto.

"Não, a menos que consiga um emprego", afirma Jerry.

"E quanto a Sara?"

"Infelizmente, dada a natureza sensível da informação que você transmitiu a ela, teremos de agendar uma completa limpeza de memória, com efeito imediato."

"Não", eu peço. "Por favor."

"Sinto muito, Fábio", lamenta Jerry. "Mas, sem uma limpeza de memória, seria impossível para Sara Griffen cumprir seu destino. Ela ficaria muito influenciada pelo que sabe para ser capaz de continuar efetivamente em seu caminho."

"Pelo menos me dê algum tempo", digo. "Me deixe dizer adeus. Apenas um dia. Vinte e quatro horas. É tudo o que peço."

Jerry entrelaça os dedos na frente de seu rosto e me encara. Não consigo saber o que ele está pensando, mas se você nunca esteve assim diante de Deus, posso dizer que é algo desconcertante. Ele sempre parece tão crítico.

Depois de um momento que parece ter sido toda uma Idade do Gelo, ele balança a cabeça uma vez, solta os dedos, olha seu relógio e diz: "Vinte e quatro horas. A limpeza de memória vai acontecer às oito horas da manhã. Depois disso, ela não vai nem lembrar da sua cara".

capítulo 48

A viagem de volta à Terra levou mais tempo do que o esperado devido a alguma matéria escura que desabou na autoestrada Terrestre, restringindo o movimento a apenas uma pista em cada direção, o que me deu tempo para pensar em como vou dar a notícia a Sara.

Querida, lembra de quando você disse como jamais esqueceria a primeira vez que nos encontramos?

De qualquer forma, não acho que ela vai aceitar bem a coisa.

Eu apenas desejo que haja alguma forma de ela relembrar ao menos um detalhe a meu respeito. A nosso respeito. Mas com uma limpeza total de memória, tudo é varrido. Todas as memórias. Todas as associações. Todos os sentimentos.

Nada restará senão a realidade que havia anteriormente.

Uma espécie de *Brilho eterno de uma mente sem lembranças*, só que sem Jim Carrey ou Kate Winslet ou Kirsten Dunst dançando em uma cama sem sutiã e com uma camiseta branca.

A pior parte de tudo isso é que eu não serei atingido pela limpeza de memória. Terei de relembrar tudo o que tive. Tudo o que perdi. Terei de experimentar a dor de um amor não correspondido. Terei de abraçar o sofrimento.

Jerry me disse que tudo isso faz parte de tornar-se mortal, de aceitar a condição humana. Um curso intensivo de empatia.

Ele me disse que isso construiria o caráter.

Certo. Como se Jerry soubesse alguma coisa sobre construção de caráter. Castigou catorze mil e setecentos israelitas apenas porque eles se queixaram sobre a forma como ele interferia em seus negócios, pelo amor de Cristo! Isso sem mencionar os setenta mil homens que ele matou só porque David fez um recenseamento.

Obviamente, tenho algumas questões de ressentimento que terei de trabalhar.

No momento em que finalmente ultrapassamos a zona de construção cósmica, chego à conclusão de que não vou dizer nada a Sara a respeito do que aconteceu. Sobre a minha demissão. Sobre a limpeza de memória de que ela será vítima.

De que adiantaria? Ela apenas ficaria chateada e começaria a chorar e então nós gastaríamos nosso último dia juntos olhando para o relógio, contando as horas, esperando pelo fim.

Decido dizer que fui liberado com um aviso. E que depois de cumprir minha suspensão serei reintegrado em minha total imortalidade e terei todas as minhas capacidades de volta. Assim, em vez de ficarmos lamentando nossa sina, teremos uma razão para celebrar.

Eu só espero que consiga fazer isso.

Falando em sina, antes de Jerry me expulsar de suas dependências, ele me informou que, depois que eu completar a transformação para me tornar um humano, mesmo que tecnicamente não tenha de nascer, seria colocado na Trilha do Fado. A qual, agora, é realmente a Trilha da Casualidade, mas não achei que Jerry estivesse muito a fim de semânticas.

Portanto, para preparar minha transição, Jerry está providenciando a documentação necessária – certidão de nascimento, histórico de trabalho e um cartão Visa Plus de milhagem com cinquenta mil milhas de bônus.

Embora eu aprecie todo o esforço que Jerry está fazendo na preparação de uma sólida base para o começo de minha existência humana, não posso deixar de lamentar a perda permanente de minha capacidade de me transportar e de ficar invisível, sem falar no cartão Visa Universal e minha carteira de sócio da academia Jardim do Éden.

Lá, os banhos de vapor eram paradisíacos.

Quando Hermes me deixa em meu apartamento, pouco depois das oito da manhã, e vai embora rapidamente sem eu lhe dar gorjeta, Sara não está em casa. Tudo o que tenho é uma mensagem em meu telefone celular informando que ela foi à academia antes de seguir para o trabalho e provavelmente não voltará para casa antes das seis.

Maravilha! Nosso último dia juntos e Sara ficará fora a maior parte dele.

Você poderia pensar que ela deveria ter ficado por ali para saber o que acontecera. Afinal de contas, não é todo dia que seu namorado tem uma audiência diante de Deus para determinar o *status* de sua imortalidade.

Ou talvez eu estivesse esperando demais.

Tenho de levar em conta também o fato de que embora a sessão tenha levado menos de uma hora, nos domínios de Jerry, na contagem de tempo da Terra haviam se passado quase três dias .

Acho que talvez a Sara tenha se cansado de esperar.

Então eu ligo e deixo uma mensagem em seu correio de voz, dizendo que estou em casa, me desculpando por ter desaparecido por tanto tempo e que eu tinha algumas notícias boas e pedindo para ela voltar para casa assim que possível.

Fico tentado a dizer a ela a verdade, para que venha logo e possamos passar o máximo de nosso último dia juntos. Mas não quero aborrecê-la. E também não quero me mostrar egoísta. Em resumo, mesmo que Sara quisesse mesmo saber a verdade para poder aproveitar nossas derradeiras vinte e quatro horas juntos, ela não se lembraria de nada disso depois. Não é como se ela estivesse perdendo algo de que fosse se arrepender mais tarde.

Sou eu que vou lembrar.

Sou eu que vou perder algo.

Sou eu que vou me arrepender.

Fico imaginando se isso é se sentir humano. Tomar decisões considerando o melhor para outra pessoa, à revelia de si mesmo.

Acho que isso, no final das contas, vai me ensinar alguns aspectos do fado, talvez fazendo com que eu inicie uma trajetória respeitável. Uma sina que não envolva prostituição ou trabalhar oito horas por dia em um cubículo. Embora com a prostituição ao menos eu possa fazer meu próprio horário e ter a chance de trabalhar ao ar livre.

Embora saiba que as probabilidades são contrárias, não posso deixar de pensar em uma tentativa de pedir a Jerry para me colocar na Trilha de Destino.

De qualquer forma, não acho que Destino ia gostar da ironia.

Fico andando a esmo pelo apartamento, durante alguns minutos, esperando que Sara ligue de volta; depois pego o elevador para seu apartamento e uso a chave extra que ela me deu. Lá dentro, coloco seu CD favorito da Sheryl Crow e percorro a casa dela, relembrando todo o tempo que permanecemos juntos, sorrindo para tudo o que há em sua geladeira, inalando o aroma de seus vestidos pendurados no *closet*.

Eu me deito na cama dela.

Passo um pouco de seu perfume.

Deslizo em um par de seus pijamas de seda.

Trinta minutos depois, estou em pé diante de seu armário com a gaveta de cima aberta e um par de suas cuecas femininas em minhas mãos, quando uma voz que vem da porta do quarto diz: "Não me admira que você não tenha atendido seu celular".

Eu me viro para encontrar Sara ali, ainda com suas roupas esportivas, o cabelo suado preso atrás e seu rosto sem nenhuma maquiagem, e penso que ela nunca me pareceu tão linda.

Largo a roupa íntima e caminho até onde Sara está, tomando-a em meus braços e beijando-a tão demoradamente que perco a noção de tudo, a não ser de nós. O apartamento ao nosso redor deixa de existir e tudo o que percebo é Sara – seu cheiro e seu toque e a maneira como fica pressionada contra mim. Quando finalmente nos afastamos, ela me olha, seus lábios a milímetros dos meus.

"Nossa!", ela exclama. "O que deu em você?" E então ela me olha de cima a baixo. "Ou será que eu deveria dizer em que foi que você se meteu?"

Eu corro os dedos ao longo de seus cabelos, depois tomo seu rosto em minhas mãos em taça e sorrio. "Você não tem ideia do quanto eu a amo."

Ela sorri e nós nos beijamos de novo e, antes que eu me dê conta, nossas roupas estão arrancadas e estamos nos pegando, caindo na cama e eu estou explorando Sara como se nunca a tivesse conhecido. Tocando-a como se tivesse acabado de descobri-la. Deliciando-me com ela como se essa fosse a nossa primeira vez.

Quando acabamos e ela está aninhada perto de mim sob as cobertas, Sara diz: "Então, o que aconteceu para deixá-lo nesse estado?".

Daí eu minto. Digo a ela que fui suspenso. Que estou muito encrencado. Que tenho de fazer serviço comunitário. Mas que dentro de uns poucos meses serei imortal outra vez.

"E você tinha tanta certeza de que teria de se tornar um simples mortal", ela fala.

Dou risada e espero que não pareça que estou mortalmente sufocado.

"Embora eu tenha de admitir", diz Sara, "que estava como que imaginando um futuro em que fôssemos envelhecer juntos."

"Bem", eu continuo, forçando um sorriso, "acho que você terá de se acostumar com o fato de estar casada com um homem mais novo."

Ela sorri e me beija, e então olha por cima de meu ombro.

"Que merda!", ela exclama, olhando para o relógio. "Tenho de tomar um banho e ir para o trabalho."

Ela começa a se levantar e estendo a mão e seguro seu pulso. Quando ela se vira, eu fico quase extasiado com tanta beleza, meio de lado, com um seio exposto, seus cabelos escuros caindo em suas costas nuas.

"Não vá", eu peço.

Ela olha para mim e começa a dizer algo, mas para. Deve haver algo em meu rosto que faz com que ela mude de ideia, porque balança a cabeça e sorri e diz: "Tudo bem".

Depois de um telefonema para seu escritório para reagendar seus compromissos, Sara se junta a mim na cama, onde passamos o resto da manhã e da tarde e quase a maior parte da noite conversando e fazendo amor e comendo macarrão tailandês de um *delivery*.

Finalmente, depois da meia-noite, Sara adormece e eu passo as poucas horas seguintes somente olhando para seu rosto – seus olhos e seus lábios e o jeito que seus cabelos caem sobre a testa. Quando ela se vira, eu fico admirando seu pescoço e suas costas e a delicada curva de seus ombros. Estendo a mão para tocá-la e ela deixa escapar um leve murmúrio de contentamento. Então eu me curvo perto dela e sinto seu cheiro e ouço a sua respiração.

Em algum momento, caio no sono.

capítulo 49

Acordo sozinho na cama de Sara.

Pelas frestas de luz da janela do quarto posso ver o começo de um dia cinzento e nublado em Manhattan, na difusa claridade da manhã. Quando me viro para olhar o relógio da mesa de cabeceira, os números verdes digitais indicam 7h37, em meio ao lusco-fusco do ambiente.

A princípio, imagino que Sara já tenha ido embora, depois de levantar cedo e seguir até a academia e em vinte e três minutos eu estarei apagado de sua memória para sempre. Então, ouço os inconfundíveis acordes do *Concerto de piano nº 27* de Mozart vindo da sala de estar, e o som de alguém fazendo barulho na cozinha e antes que você possa dizer "*Los Angeles – cidade proibida* deveria ter ganho o Oscar de melhor filme em 1997", eu atravesso a porta do quarto.

Sei muito bem o que eu disse a respeito de não ser egoísta, mas preciso que Sara saiba que não vai lembrar nada sobre mim ou nós. Apesar de todas as probabilidades em contrário, preciso que ela tente se lembrar. Que tente guardar algo, apenas uma lembrança e talvez, apenas talvez, se ela puder fazer isso haja uma chance de que possamos continuar juntos.

Percebo, enquanto caminho até a cozinha, que teria sido mais apropriado fazer esse apelo usando alguma roupa. Ou ao menos um roupão de banho. Além disso, tenho uma ereção matinal.

Bem, ao menos vou parecer convincente.

Sara está sentada à mesa da cozinha usando um jeans Lucky Brand e uma malha de caxemira vermelha que eu nunca tinha visto antes. Está de costas para mim, enquanto come os restos daquele macarrão tailandês com um garfo.

"Sara", digo. "Tenho algo importante para lhe contar."

Ela dá meia-volta em sua cadeira para olhar em minha direção, engole uma porção de comida, então olha para mim de cima a baixo com um sorriso e diz: "Está bem visível".

"Não", falo. "Isto é sério."

Ela me encara, obviamente com uma expressão divertida, depois completa a volta na cadeira e se inclina para a frente, com os cotovelos nos joelhos e o queixo nas mãos.

"Muito bem", diz. "Estou ouvindo."

Não sei bem como dizer a ela, de maneira que simplesmente deixo escapar.

"Em cerca de trinta minutos, você não vai mais se lembrar de mim."

Ela continua sentada ali, me olhando com o mesmo sorriso divertido.

"Não sei, não", comenta, analisando minha vestimenta humana. "Você é um sujeito difícil de se esquecer."

"Você não está entendendo", digo enquanto me agacho diante de Sara e seguro suas mãos nas minhas.

"Você vai se esquecer de tudo. De mim. De nós. De Jerry..."

"Jerry?", ela diz, com os olhos esbugalhados. "Oh, meu Deus! Será que fizemos um ménage?" 243

"Sara, eu não estou mesmo brincando."

"Nem eu." Ela levanta e caminha até a porta de seu quarto, olhando para dentro. "Nós transamos a três? Porque honestamente eu não consigo lembrar."

Ah, não! Olho para o relógio da cozinha. Eu devia ter mais dezenove minutos antes da limpeza.

A menos que Memória tenha chegado adiantada.

"Sara", falo, ficando em pé. "Sara, você sabe o meu nome?"

Ela olha para mim, da porta do quarto, depois para cima, como se estivesse tentando lembrar algo anterior e volta a me fitar com um sorriso tímido. "Eu entendo que você não é o Jerry."

"Não", digo. "Não sou o Jerry. Você realmente não sabe meu nome?"

Sara sorri novamente e encolhe os ombros. "Eu sei. É ruim. Mas, para ser honesta, eu não me lembro de nada sobre a última noite. Acho que bebi demais. Embora eu não esteja me sentindo de ressaca."

Memória chegou antes. Maldita. Por que ela não pode ser mais confiável?

"Então, qual é o seu nome?", Sara pergunta.

"Fábio", digo com um suspiro, minha ereção matinal desfeita. "Meu nome é Fábio."

"Sério?", ela diz, rindo. "Você não tem cara de Fábio."

Isso foi exatamente o que ela me disse na primeira vez que nos conhecemos, só que sem a risada. Mesmo assim, isso me faz pensar se há uma chance.

Nu e flácido, ando até Sara e tomo suas mãos nas minhas, de novo. "Quem sabe ainda não seja muito tarde. Quem sabe você ainda possa lembrar."

"Veja, Fábio", ela diz, rindo novamente. "Seu nome é mesmo esse?"

Eu apenas balanço a cabeça. Se já não tivesse perdido a ereção, isso ia acontecer agora mesmo.

"Olha. Você é um homem muito atraente, com um corpo inacreditável", ela diz, soltando as mãos. "E eu tenho certeza de que nos divertimos muito na noite passada. Mas a verdade é que não estou procurando um relacionamento nesta fase. Então acho que talvez seja melhor que a gente encare isso como isso foi."

"E o que foi isso?"

"Uma transa de uma noite só."

Beleza! Eles fizeram uma limpeza de memória nela com um filtro de fobia por compromisso.

Começo a responder, a dizer algo que fará com que ela se lembre de mim. Algo que fará com que mude de ideia.

Não sei bem o que vou dizer, mas, quando abro a boca, o que sai é "ai!".

"Sinto muito", Sara continua. "Mas não estou pronta para nada sério agora."

Aceno para que ela não diga nada e me curvo, colocando ambas as mãos em meus joelhos.

De repente não me sinto muito bem.

"O que você tem?", pergunta Sara, mais desconfiada do que preocupada, enquanto dá um passo atrás.

Eu balanço a cabeça. Parece que alguém ligou um liquidificador em meu estômago.

Ou é assim que a gente se sente quando tem o coração partido ou talvez minha transformação tenha começado prematuramente.

Será que ninguém mais cumpre agenda?

Sinto uma câimbra e deixo escapar um gemido. Depois, outra câimbra faz com que eu me encolha. Sara está dizendo algo sobre médicos e pronto-socorro e colocar minhas roupas, mas mal posso ouvi-la. O liquidificador em meu estômago está batendo mais rápido, estendendo-se até minha virilha e meu peito.

A transformação de imortal para mortal é tão dolorosa quanto você imagina. Com certeza eu nunca senti nada assim antes, mas todos nós já havíamos lido os casos para estudo de Lúcifer e Azazel, durante a Introdução para a Imortalidade.

Primeiro, vem a sensação de que seu interior está todo revolvido. A síndrome do liquidificador. Isso continua por alguns minutos, espalhando-se por toda a sua vestimenta humana até que você vira uma gigantesca tigela de massa cósmica.

Pouco depois, seu interior implode.

Imagine todos os seus órgãos e vasos sanguíneos e cartilagens e ossos subitamente transformados em uma supernova, explodindo dentro dos limites de sua pele. Agora, imagine o inverso.

Quando eu implodo, a fulgurante bola de luz contida dentro de minha vestimenta humana se expande, de maneira que eu pareço um balão superinflado. Em seguida, ela entra em colapso e começa a esfriar, formando ossos e órgãos e vasos sanguíneos enquanto minha vestimenta humana vira carne. Acontece que, como minha fulgurante bola de luz, que era meu eu imortal, era três vezes maior do que a massa de componentes internos contidos em um mortal comum, será necessário expelir uma enorme quantidade de resíduos.

Pense em intoxicação alimentar.

Pense em congestão estomacal;

Pense na Grande Inundação de 1889.

O liquidificador ainda está funcionando em direção a minhas pernas e minha cabeça e percebo que não terei tempo de voltar para o meu apartamento.

Antes que perca minha capacidade de andar, passo por Sara cambaleando, quase batendo nela, invado seu quarto e alcanço o seu banheiro.

"Ei!", Sara grita atrás de mim, sua voz abafada pelo intenso ruído em minhas orelhas.

Eu a ignoro e entro no banheiro, esperando que possa me trancar lá antes da implosão. Mal entro e fecho a porta, o liquidificador subitamente para. Por um momento não há mais nada. Nem câimbras. Nem desconforto. Nem mistura. Apenas um silêncio sobrenatural dentro de mim.

"Fábio", diz Sara, do outro lado da porta. "O que está acontecendo?"

Antes que eu possa responder ou me dirigir à privada, meu interior implode.

Eu caio no chão, entre contorções e gritos, meu interior oscilando entre fogo e frio congelante, minha imortalidade excedente purgando de cada orifício até que penso que vou morrer. Até que eu comece a querer estar morto. Não sei quanto tempo isso demorou. Talvez trinta segundos, talvez trinta minutos, mas, quando aquilo finalmente para, me deixa ofegante e mortal no chão do banheiro, em uma piscina de detritos não humanos, de um mau cheiro insuportável, coagulados e fumegantes.

De qualquer forma, não acho que isso vá me ajudar a conseguir um segundo encontro.

capítulo 50

Durante as duas semanas seguintes eu telefono para Sara todos os dias, me desculpando pela bagunça que aprontei em seu banheiro e me oferecendo para levá-la a jantar, na esperança de compensar o que fiz, mas ela não retorna minhas chamadas. Então eu lhe mando flores e doces. E garrafas de champanhe. E roupas íntimas da Victoria's Secret, porque sei o quanto ela adora calcinhas de seda.

Por alguma razão, não recebo um cartão de agradecimento.

Já é bastante difícil lidar com a rejeição diária de sua ex-namorada, mas, quando ainda tem de se acostumar a andar por aí com um pesado, peludo corpo humano de uns oitenta quilos que não vem equipado com autolimpeza para a carne ou ar-condicionado opcional, você tende a ficar um pouco irritado.

Isso sem falar que ainda não fui capaz de arranjar um trabalho. Em parte provavelmente porque tendo a me apresentar como um sabe-tudo nas minhas entrevistas. Mas quando você está vagando por aí por tanto tempo como eu, é um pouco complicado não dizer às pessoas que você sabe mais do que elas.

Essa coisa de ser humano é um pouco mais dura do que parecia. Não sei como esses humanos conseguem. É uma limitação e um obstáculo e uma decepção seguida de outro. Era bem mais fácil quando eu podia fazer tudo o que me desse na telha.

Obviamente, antes de tudo, foi isso mesmo que me meteu nessa confusão toda.

Então, o Ano-Novo vem e vai embora e eu continuo tentando. Vou a entrevistas. Aprendo a tomar banho regularmente. Consigo uma peruca e um bigode falsos, para poder seguir Sara sem que ela me reconheça.

No dia seguinte ao que surpreendi Sara em seu trabalho com uma dúzia de rosas, dois oficiais da polícia de Nova York aparecem e me prendem sob acusação de assédio. Quando me algemam, eu me queixo sobre o fato de que não é justo e de como seguir mulheres costumava ser uma parte normal de minha existência. Ao chegar à cela, descubro que não posso contar com Justiça para me liberar. Como meu telefone celular corporativo foi confiscado, não consigo lembrar o número de Carma ou de Dona Sorte ou mesmo de Dennis, porque todos eles estão em minha discagem automática. O único número que sei de cor é o de Sara, e não acho que ela esteja disposta a me ouvir. Mas eu ligo para ela, para tirar a dúvida. Ela desliga antes que eu consiga completar a frase "Oi, Sara, é o Fábio...".

Demais para minha única chamada.

Durante a audiência, todos os presentes que eu mandei a Sara são apresentados como evidências contra mim, junto com as fotos do que fiz no banheiro dela e as cartas que lhe escrevi descrevendo detalhes íntimos que sei a respeito dela. Não levou muito tempo para que o juiz expedisse uma ordem de proteção, definindo que eu não posso tentar qualquer tipo de contato com Sara durante um ano.

E fico imaginando como as coisas podem piorar ainda mais.

Quando volto a meu apartamento, descubro que, como resultado da ordem de proteção, fui expulso. Há um aviso em minha porta. Tenho até o fim de janeiro para desocupar o local. Se não fizer isso, serão iniciados procedimentos de expulsão formal.

Então tenho de arranjar outro lugar para morar. Não vejo por que isso possa ser um grande problema. Além disso, eu não poderia mesmo arcar com uma despesa de quase quatro mil dólares mensais, considerando que não tenho renda nenhuma. E com o limite de meu Visa Plus Milhagem estourado, provavelmente é mesmo uma boa ideia encontrar acomodações mais baratas. O problema é que fica meio difícil convencer um proprietário a alugar algo para alguém que está desempregado, tem débitos pendentes de dez mil dólares no cartão de crédito e tem uma ordem de proteção em seus registros criminais.

Ser humano é bem complicado.

Durante o resto de janeiro gasto a maior parte de meu tempo procurando um lugar para viver e algum tipo de emprego, ambos sem nenhum sucesso. Até me candidato a um emprego como orientador acadêmico, mas aparentemente você precisa ter o grau de mestrado para fazer isso, e em meu currículo Jerry incluiu apenas um bacharelado em humanidades.

Que diabos eu posso fazer com isso?

Por causa da ordem de proteção e das consequências que terei de enfrentar caso quebre as regras que tenho de obedecer, fico de olho se Sara não está aonde quer que eu vá. Não quero que ela pense que eu a estou seguindo, mas Manhattan é uma ilha. É difícil não esbarrar em alguém em Nova York, mesmo que legalmente você tenha de estar a cerca de duzentos metros dela. Acontece que não tenho de me preocupar com a possibilidade de dar de cara com Sara no prédio, porque ela se muda antes de mim.

Mesmo assim, penso nela todos os dias. A cada minuto. A cada segundo. O que dificulta ainda mais que eu me concentre em mim. Como é que poderia gostar de ser humano se a única coisa boa sobre minha mortalidade vai chamar a polícia se eu lhe mandar um cartão no Dia dos Namorados?

Então, eu sofro e suspiro e sou despejado de meu apartamento de uns quatro mil dólares mensais com piso de madeira e vistas para o East River e um serviço de portaria durante vinte e quatro horas por dia e um atendimento de camareiros e uma academia e um jardim na cobertura. Vendo todos os pertences que consigo, então consigo ganhar o suficiente para comer. O resto de minhas coisas deixo no apartamento. Não poderia levar comigo. Além disso, a maioria delas me lembra de Sara.

Sem lugar para ir, sigo até East Village para ver se Preguiça e Gula me levantam o ânimo. Ligo para Dona Sorte, em seu flat de Chelsea. Bato à porta do apartamento de porão de Dennis, no Lower East Side. Até procuro Fracasso em seu péssimo estúdio em Battery Park City.

Ninguém em casa. Ninguém responde. Ninguém me oferece uma mão amiga.

Então, aqui estou, no último dia de janeiro, diante do pôr do sol e sem lugar para onde ir.

Não sei o que esperava.

Acho que esperava que meus amigos continuassem a ser meus amigos. Acho que esperava ser capaz de contar com os relacionamentos que fiz durante esses milênios. Acho que esperava que alguém me ajudasse a perceber o que eu tenho de fazer.

E vejo que sou mais parecido com meus humanos do que imaginava.

Estou no controle de minha própria sina agora. De meu próprio futuro. E talvez mais do que outra criatura do universo. E, mesmo assim, estou fazendo um trabalho de merda para tornar minha vida melhor.

Estou sem emprego, sem teto e sem amigos. Ainda por cima, em menos de seis semanas de mortalidade, consegui obter um registro criminal.

Não tenho certeza de qual deveria ser minha sina máxima, pois obviamente não posso mais ver isso, mas começo a entender por que os humanos têm tanta dificuldade de se manter em seus caminhos. Tendo de lidar com tantos obstáculos e distrações, talvez eles precisem mesmo de seus iPods e de seus BMWs e de seus DKNY para manter a sanidade.

Pela primeira vez em um mês inteiro eu rio. Não uma risadinha ou uma gargalhada ou uma sequência de risos contidos e ritmados, mas uma sonora e retumbante risada que soa forçada, mas não é. Daquele tipo que faz as pessoas virarem a cabeça e imaginar se o homem com o sobretudo negro na altura dos joelhos, com os cabelos desgrenhados e barba por fazer há dois dias está em completo domínio de suas faculdades mentais.

Eu mesmo fico me perguntando isso.

Enquanto caminho de volta para Lower Manhattan até Midtown carregando nas costas meus pertences pessoais em uma mochila North Face, minha risada ecoa, saindo de minha boca junto com um vapor branco. O sol já se pôs e outra noite de inverno começa, enchendo as ruas de sombras e de luzes de sódio sob as quais se movem homens e mulheres e crianças que tentam se esquivar do lunático às gargalhadas que anda pela calçada.

Ocasionalmente eu paro em uma esquina e grito para quem queira ouvir que já fui Fado. Que eu era um imortal. Que controlava suas vidas. Ninguém ouve. Ninguém se importa. Ninguém acredita em mim. E por que acreditariam? Afinal de contas, não sou mais Fado. Sou apenas Fábio. Fábio Delucci. Um humano com nome falso, passado falso, sem amigos e vivendo no Central Park.

Depois de pegar uma xícara de café e alguns itens do cardápio de um dólar do McDonalds, eu vago pelo Central Park, passo pelo zoológico e pelo shopping, até encontrar um pequeno trecho de grama fora do caminho, seco e protegido no Ramble, e desenrolo meu saco de dormir. Ali eu me sento e bebo meu café e como meu cheesebúrguer com fritas e fico pensando no que vou fazer. Para onde vou. Como me permiti entrar nessa confusão toda.

Não sei o que imaginava que iria acontecer quando perdesse minha imortalidade, mas isso não é exatamente o que eu tinha em mente.

capítulo 51

Na manhã seguinte à minha primeira noite dormindo ao relento, estou sentado em um banco do Central Park imaginando se pode ser considerado assédio se por acaso Sara passar diante de mim fazendo exercícios, sendo eu um sem-teto que vive aqui. Então se aproxima de mim uma mulher de rua puxando um carrinho de duas rodas e usando umas cinco camadas de roupas e um gorro de malha cor-de-rosa. A princípio, eu penso que vai me pedir dinheiro, até que ela se senta a meu lado e diz: "Você é novo aqui, não é?".

Não estou seguro se ela está falando sobre o fato de eu ser um sem-teto ou mortal, mas acho que isso realmente não importa. "Como sabe disso?"

"Eu sempre reconheço os novos", ela responde, balançando a cabeça.

Fico olhando-a, em suas camadas de roupa e seu cabelo duro escapando por buracos de sua boina de tricô e imagino há quanto tempo ela está nas ruas.

"Você dormiu no parque?", ela pergunta.

"Só na noite passada", digo. "Mas não dormi muito."

Ela confirma com a cabeça. "É difícil dormir no parque. E nem sempre a salvo de perigos. Você precisa ir a algum lugar seguro."

Fico ali sentado, esperando que me diga onde seria esse lugar, algo como o Plaza ou o Four Seasons ou a Trump Tower, mas ela apenas permanece ali, sorrindo e balançando a cabeça, movimentando-se para a frente e para trás, seguindo as batidas de seu próprio tambor.

Finalmente, ela se levanta e começa a se afastar, levando o carrinho com seus pertences, até que para e se volta para mim. "Venha", diz. "Eu não tenho o dia inteiro."

Depois de um momento de hesitação, fico em pé e sigo ao lado dela, enquanto ela se encaminha para a Quinta Avenida.

"Você acreditaria em mim se eu lhe dissesse que já fui imortal?", digo.

Ela me olha e sorri concordando. "Todos costumávamos ser."

O nome dela é Mona, diminutivo de Ramona, e me leva para a Coalizão Distrital dos Abrigos, na 77th East, um centro para desabrigados a dezessete quarteirões de distância de meu antigo apartamento, onde recebo alimento quente, tomo um banho morno de chuveiro e orientação quanto a encontrar um lugar seguro para dormir.

É também onde pego meu primeiro resfriado.

Não tenho bem certeza se foi quando Mona me deu um abraço ou quando Paul, o sem-teto sentado perto de mim à mesa de jantar, espirrou sobre meu pedaço de carne e purê de batata ou quando peguei no sono em um colchão no interior de um salão não ventilado com uma centena de moradores de rua, a metade deles tossindo a noite toda. Mas quando acordo, dois dias depois, sinto essa estranha sensação no fundo de minha garganta. Como se houvesse algum revestimento extra. Quando me sento, minha cabeça parece cheia de areia. Depois, meu nariz começa a formigar e, antes que me dê conta, estou espirrando e espalhando saliva e perdigotos sobre mim mesmo.

Aparentemente, tudo o que tenho é um resfriado comum, mas para mim é como se estivesse morrendo. Minha cabeça parece cheia de concreto que começa a endurecer e apertar meu cérebro. E minha garganta dói tanto que não consigo comer.

Os voluntários da coalizão providenciam atendimento médico para mim, o que significa tomar injeções e um xarope de gosto desagradável. Mas o fato de que eles se interessam por mim, de que eles se preocupam em alimentar e vestir e abrigar e oferecer atendimento a alguém que acabaram de conhecer me enche de gratidão. Com esperança. E imagino se é como meus humanos se sentiam depois que eu os ajudava.

Talvez seja isso que significa ser humano. Conectar-se com os outros. Ter um senso de companheirismo. Compartilhar a experiência de viver em vez de alardear seu sucesso ou lutar sozinho.

Talvez todos tenhamos uma contribuição a dar.

Então, alguns dias depois, quando finalmente começo a sentir que não vou mesmo morrer, decido começar a ajudar meus humanos de novo. Mesmo que não seja mais Fado, ainda penso neles como se fossem meus. Mas, em vez de auxiliar os compradores compulsivos e os consumistas viciados e os dependentes de cartões de crédito que povoam os centros de compras e as lojas de departamentos, eu me concentro nos sem-teto, que compartilham o abrigo e as ruas comigo. Além disso, eu seria expulso da Macy's antes mesmo de chegar perto dos artigos para o lar.

Na verdade, não posso ver os caminhos deles. Não posso ver quais decisões eles tomaram para chegar aqui ou que escolhas farão amanhã. Não posso ver seus erros ou transgressões ou padrões de comportamento. Mas percebo que não tem importância. Não preciso saber o passado de alguém para fazer com que se sinta melhor sobre seu futuro.

Não preciso saber por que alguém está com fome para lhe conseguir algum alimento.

Não preciso saber por que alguém está com frio para aquecer a pessoa.

Não preciso saber por que alguém está deprimido para lhe oferecer esperança.

Então digo aos jovens sem-teto que dormem no catre ao meu lado que as coisas podem dar uma virada se eles acreditarem em si mesmos.

Ajudo uma mulher de meia-idade, que encontrei no Tompkins Square Park e não comia há dois dias, a conseguir uma refeição quentinha.

Dou minhas luvas a uma criança sem-teto que fica mendigando na neve, na frente do McDonald's, da Broadway.

Durante a semana seguinte, eu ofereço ajuda e orientação e sugestões a meus humanos, mas não consigo saber que efeito tenho sobre eles. É estranho não saber onde meus humanos estiveram antes e para onde vão, não saber se eu efetivamente os ajudo a encontrar o rumo para um caminho melhor, mas, quanto mais eu os ajudo, mais me sinto melhor comigo mesmo. Quanto mais eu os ajudo, mais me parece que estou fazendo algo certo, como se estivesse encontrando o limite máximo de minha própria trilha. Mais parece que sou relevante de novo.

E penso que talvez essa coisa de mortalidade não vá ser tão ruim.

Então um dia, enquanto estou sentado em um banco do Bethesda Terrace comendo um cachorro-quente e observando um mágico de rua fazer truques por dinheiro, imaginando se eu poderia ganhar a vida lendo a sorte das pessoas, Destino senta-se ao meu lado.

"Eu sempre amei este lugar", ela diz. "Lembra como nós costumávamos fazer sexo sem contato na fonte?"

Subitamente, perco o apetite.

Destino está usando óculos de sol vermelhos, uma malha de seda vermelha, meias vermelhas e botas vermelhas de meio cano, enquanto eu estou de boné de esqui de lã, malha, abrigo de chuva, calças cáqui surradas, ceroulas compridas, dois pares de meias e tênis.

"Você está aqui para se vangloriar?", pergunto. "Ou o mágico vai descobrir a cura para o herpes?"

"Ele?", diz Destino, apontando para o artista de rua. "Ele não está em meu caminho. Deve estar no seu. Ops! Que tonta eu sou. Quero dizer no caminho de Casualidade."

Este é um daqueles momentos em que eu desejaria que não fosse impossível matar um imortal.

"O que você quer?", digo.

"Eu estava aqui perto e pensei em dar uma olhada para ver como estão as coisas."

Abro os braços, ainda segurando meu cachorro-quente inacabado. "Bem, como você pode ver, este é meu escritório e eu estou acabando meu almoço gourmet..."

"Não precisa se irritar, Fábio."

"Mesmo? Eu pensei que precisava muito."

Destino não responde, apenas se senta ali, sorrindo para mim com aquele jeito de gato de Alice.

"O que você quer?", pergunto de novo.

"Quero ajudar você, com Sara", ela diz.

Eu nunca ri tanto assim desde que o Red Sox vendeu Babe Ruth para os Yankees.

"Estou falando sério", continua Destino. "Eu me sinto mal com o que aconteceu e quero tentar corrigir as coisas."

"Bem, caso você não saiba, Sara tem uma ordem de restrição contra mim", digo, recuperando minha amargura. "Eu não posso me aproximar dela de jeito nenhum por mais onze meses. Sem mencionar que ela nem se lembra de mim."

"Detalhes sem importância", ela comenta. "Você esquece como posso ser influente."

"Então, você está dizendo que pode revogar a ordem de restrição?", pergunto. "Você pode fazer com que ela se apaixone por mim de novo?"

"Tudo o que estou dizendo é que quero ver você e Sara voltarem às boas", ela diz. "O resto é com você."

Olho para ela, sentada ali toda vermelha e imortal, e quero acreditar no que está dizendo. Quero acreditar que ela quer me ajudar, que está se oferecendo para acertar as coisas. O problema é que não confio nela.

"Não, obrigado."

"Como queira", ela fala, se levantando. "Eu estou apenas tentando fazer as pazes. Mas, se você mudar de ideia, tudo o que tem de fazer é esperar por Sara atrás do Metropolitan."

Ela se afasta devagar, entre as sombras do Terrace Arcade, enquanto luto para pensar em uma réplica. Antes que eu possa imaginar algo, Destino desaparece.

Alguns dias depois, vejo Sara correndo no Central Park. Ela não me vê, provavelmente porque não tenho me barbeado e estou usando roupas que consegui no abrigo para sem-tetos, dando uma mijada atrás de uma árvore. Mas apenas a visão dela é suficiente para fazer com que eu perceba o quanto sinto falta dela. O quanto eu a amo. O quanto não posso suportar minha existência sem ela.

Maldita Destino!

Apesar de meu bom senso indicar que aquilo não pode funcionar, continuo ouvindo a voz de Destino dizendo que ela pode me trazer Sara de volta numa boa, dizendo que quer fazer as coisas certas.

Talvez ela esteja só me fodendo, querendo se divertir à minha custa, me observando e rindo de minha mortalidade, mas eu noto que não posso desistir. Preciso encontrar uma forma de ter Sara de volta. De fazer com que se apaixone por mim. De fazer com que ela retire a ordem de proteção.

Então volto para o abrigo e me arrumo todo. Falo com um dos voluntários sobre as alternativas de emprego que eles oferecem. Pergunto sobre seus programas de ajuda para que eu encontre um lugar permanente para morar.

Afinal de contas, não posso levar Sara ao abrigo, para assistir ao programa do Letterman.

Embora a coalizão ofereça emprego e serviços de moradia, sua lista de espera é mais longa do que posso esperar. Então mendigo em cada esquina disponível. Compro coisas que posso pagar. Pratico o que vou dizer quando a vir. E espero que Destino tenha falado sério.

Três dias antes do fim de fevereiro, estou sentado em um banco do Central Park, atrás do Metropolitan, em frente ao Greywacke Arch. Estou usando as roupas de quando fui despejado, mas devidamente cuidadas na lavanderia que existe na rua da coalizão; com o banho e a barba que fiz pela manhã, você nunca adivinharia que tenho sido um sem-teto desde o mês passado. E embora ainda esteja pegando o jeito de ser humano, acho que seria melhor que a mulher que está tentando convencer a se apaixonar por você não saiba que está morando em um abrigo.

Ainda é muito cedo e o sol apenas começou a se derramar sobre o Queens. Além de umas poucas pessoas que estão passando e de um senhor idoso sentado em um banco diante de mim, não há mais ninguém. Eu seguro com a mão esquerda o buquê de margaridas que comprei e olho para o lado esquerdo, à espera de que a figura confiante, feminina de Sara apareça em meu raio de visão.

Este é um dos lugares onde vi Sara correndo pela primeira vez. Não sei como Destino soube disso. Ou talvez ela nem saiba. Talvez fosse apenas um palpite feliz. Mas sei que Sara passa por aqui com frequência, porque eu a tenho seguido de novo.

É difícil acabar com velhos hábitos.

Penso em como nos conhecemos no metrô. A silenciosa apresentação. A maneira como ela sorriu para mim e sustentou o olhar, ao mesmo tempo me desarmando e me cativando. Penso em como meu coração dispara sempre que penso nela. Em como nada mais importa, sempre que fito seus olhos.

Ela está em minha medula.

Ela está no ar que respiro.

E, a cada respiração, nela me intoxico.

Não tenho de esperar muito para que o objeto de minha intoxicação apareça. À sua aproximação, meu coração palpita e as palmas de minhas mãos suam e eu fico me consumindo em medo e em alegria, ao mesmo tempo.

Quando ela está a menos de seis metros de distância, eu me levanto e mostro as margaridas.

Posso dizer, pela expressão de seu rosto, que ela me vê, mas em vez de parar ou de correr para o outro lado, o que pensei que pudesse ocorrer, ela continua vindo em minha direção, enquanto pega algo de sua bolsinha e o levanta em sua mão direita, como se quisesse me mostrar o que é.

E penso que talvez ela tenha um presente para mim, também. Quem sabe Destino estivesse certa. Quem sabe tudo ficaria bem.

"Oi, Sara", digo, estendendo minha mão direita num cumprimento, a esquerda segurando as flores. Antes que eu possa dizer algo mais, Sara se aproxima e, com sua mão direita, pulveriza algo em mim.

Depois disso, tudo que ouço é um grito, o meu próprio.

Eu cambaleio, limpando meus olhos, e de alguma maneira consigo resvalar até o Greywacke Arch, e chego até o Turtle Pond e mergulho minha cabeça sob a água gelada, tentando acabar com a queimação nos olhos, o que parece piorar mais a situação. Quando finalmente consigo abri-los um pouco, ouço sirenes à distância, vindo pela Quinta Avenida, cada vez mais próximas.

Maldita Destino! Sabia que não deveria ter acreditado nela.

Mal posso enxergar, enquanto, tateando, me afasto do Turtle Pond e sigo na direção oeste, pelo Central Park, passando pelo Teatro Delacorte e pela estátua de Romeu e Julieta. A despedida é uma dor tão doce, o cacete! Muito mais uma amarga agonia, se você quer saber.

Nunca gostei de Shakespeare. Aquele babaca cheio de pompa.

No momento em que saio do Central Park West e desço para pegar o metrô, não ouço mais as sirenes e meus olhos se abrem o suficiente para que eu tenha alguma visão periférica, mas ainda parece que tenho mil agulhas enfiadas dentro do globo ocular.

Pego o trem B para o centro da cidade, desço no Rockefeller Center e vou até a catedral de St. Patrick, onde me sento num dos bancos da parte traseira e faço uma pose de piedoso fiel, enquanto trato de lidar com o fato de que sou um idiota e que o amor de minha vida acaba de borrifar meus olhos com *spray* de pimenta.

Gostaria de pensar que foi apenas uma reação instintiva. Que tudo o que Sara precisa é de um pouco mais de tempo para se recobrar, para se lembrar de mim, para perceber que me ama. Só que eu bem sei que uma limpeza de memória é irreversível. Ela nunca vai se lembrar de mim. E agora é improvável que venha a me amar.

Enquanto minhas lágrimas continuam a lavar o *spray* de pimenta de meus olhos, eu me levanto e ando pela catedral, olhando as estações da *via crucis*, até que fico parado em frente à da *pietá*. Não vou muito a igrejas. Quando você tem encontros regulares com Deus e ele o tem em sua discagem automática, você fica meio farto dele. Mas é meio assustador olhar para Jesus desse jeito, morto nos braços de Maria, congelados em um momento que eu testemunhei.

Embora ele não fosse tão bonito como a maioria dos artistas o representa e mesmo que ninguém jamais tenha captado direito sua expressão (Jesus sempre tendia a ter uma expressão divertida no rosto, mesmo quanto estava em mortal agonia), ver o salvador assim, através de minhas lágrimas induzidas pelo *spray* de pimenta, faz com que eu perceba o egoísmo de meus esforços românticos.

Mesmo se eu conseguisse fazer com que Sara se lembrasse de mim ou se apaixonasse por mim, eu estaria afetando seu destino. Ela está destinada a ser a mãe do próximo salvador, a Madonna do novo milênio, e eu estaria em seu caminho. Não é essa exatamente a notoriedade que estou procurando. Além disso, agora sou mortal, então teoricamente poderia engravidar Sara antes de Jerry. E eu não sei se seria um bom pai, menos ainda o pai de um Messias bastardo, um substituto de Jerry.

Assim, apesar do meu amor por ela e de como é doloroso ter de admitir isso e pelo fato de que estou puto pra caralho com Destino, percebo que tenho de abrir mão de Sara. Pelo bem dos humanos que tentei ajudar e pelo círculo cósmico do universo, tenho de renunciar a ela.

As lágrimas que antes lavavam o *spray* de pimenta agora estão lavando a minha dor.

Saio da St. Patrick e me dirijo à Segunda Avenida, parando em uma loja de esquina para pegar uma garrafa de Country Club Malt Liquor, a qual termino em menos da metade do trajeto de vinte quarteirões de volta à Coalizão de Abrigos. Naquela altura, a manhã já estava terminando, então eu penso que talvez seja melhor parar e pegar outra garrafa, uma vez que a primeira desceu tão fácil.

A segunda acaba mais fácil ainda. E subitamente eu me sinto melhor.

Estou me lembrando de outro de meus artistas favoritos do século vinte, a banda Sublime, que parecia destinada à celebridade, até que o vocalista Brad Nowell morreu de overdose de heroína. Como muitos outros músicos em meu caminho.

Em seu primeiro álbum, *40 Oz. to Freedom*, estava a canção título que parece capturar meu atual estado de ânimo: "Um litro para a liberdade é a única chance que eu tenho/ para me sentir bem mesmo que me sinta mal".

Estou a menos de dois quarteirões do abrigo, felizmente bêbado e começando a entender por que as garrafas de um litro são tão populares, especialmente porque são mais baratas e eu estou com um orçamento limitado, quando eu vejo passar um carro de polícia na rua 77, um quarteirão e meio à minha frente.

Em vez de continuar pela Segunda Avenida, tomo a direção leste na 76, até a Primeira, depois sigo para o norte, na 77, onde dou uma olhada na esquina e vejo o carro de polícia estacionado em frente ao abrigo, e o oficial falando com outro colega inclinado na janela do passageiro.

Como se eu não tivesse problemas suficientes.

Não sei como eles me encontraram. Provavelmente através do computador central do Departamento de Serviços a Desabrigados de Nova York. Mas meu palpite é que, depois que quebrei os termos da ordem de proteção, eles emitiram um mandado de prisão para mim.

Isso é o que eu ganho por ouvir Destino.

Dou uma olhada para a rua através de meus dois litros de embriaguez e penso no que vou fazer agora. Não tenho namorada nem pertences nem lugar para dormir e os tiras estão procurando por mim. Então, faço a única coisa que posso.

Ando até a próxima adega e compro outro litro de liberdade.

capítulo 52

O mês seguinte transcorre em meio a uma visão borrada por litros de bebidas baratas, entornadas umas depois das outras. Eu bebo muito o dia inteiro, geralmente sozinho, uma vez ou outra com outro sem-teto com quem eventualmente compartilho um banco, um gramado ou um chão de cimento.

Quando preciso de comida, pego um cheesebúrguer duplo do McDonald's ou engulo uma sopa vez ou outra. Quando preciso de um lugar para dormir, encontro um beco entre alguns grandes recipientes de lixo ou um belo banco no Battery Park. E, quando preciso de dinheiro, peço esmolas no Village ou no SoHo ou, ocasionalmente, em Chelsea, mas nunca vou adiante da Penn Station. Não quero correr o risco de ir a algum lugar próximo do East Side ou aonde eu poderia estar propenso a correr na direção de Sara.

Evito o Central Park de todas as maneiras.

Meu casaco está imundo e minhas roupas fedem, da mesma forma que eu, porque não tomo banho há um mês. Meu cabelo está pastoso e opaco e minha barba suja e desgrenhada, com mais de um fio encravado. Tenho sujeira sob as unhas e bolhas nos pés e meus sapatos estão encharcados de água e vinho e urina. Quando tusso, meus pulmões rangem. Quando vomito, minha garganta queima e meu estômago parece que está tentando escapar.

Qualquer prazer que eu tenha tido ao ajudar meus menos afortunados humanos se foi em uma espessa e dura camada de perda e desespero e autopiedade.

Quando não estou implorando por dinheiro, a maior parte dos meus dias transcorre com uma garrafa em uma sacola marrom e qualquer tipo de comida que eu possa conseguir, vagando sob a ponte Williamsburg ou no Battery Park, olhando o vaivém das balsas. Vou até o Riverside Park, nos dias em que me sinto mais aventureiro. Às vezes, em dias claros como o de hoje, pouco antes do anoitecer, ando ao longo da avenida, depois sigo em direção ao caminho de pedestres às margens do Hudson e sento-me em uma pedra e fico olhando para a ponte George Washington.

Ultimamente, tenho pensado em dar uma olhada mais de perto.

É suficientemente ruim quando você vai de presidente do Morgan Stanley a fuçador de latas de lixo no Central Park. Mas quando você cai tanto quanto eu e perde tudo o que perdi, esperança se torna uma palavra com a qual você nem sonha, porque é impossível demais para imaginar. Finalmente, você esquece até mesmo o que significa.

E percebo que me tornei a personificação de tudo o que desprezei quando era Fado. Um humano bêbado, inútil, patético. Um desperdício de forma de vida à base de carbono.

Penso de novo sobre como tantos humanos têm tanta dificuldade em se manter em seus caminhos. Como eles fracassam em vivenciar seu potencial. Como se desviam do que há de melhor em seus futuros, com propriedades e álcool e outras distrações. Talvez eles não se desviem tanto de suas sinas, mas da luta que é ser humano.

Dou uma risada. Não uma risada doente ou desesperada, nascida de um acesso de loucura, mas um riso rápido, cheio de amarga ironia.

Estou sentado em uma pedra em um bosque de árvores cheio de cerejeiras, observando a George Washington, enquanto Nova Jersey se espraia do outro lado do Hudson como uma sombra de Manhattan. Atrás de mim, o tráfego ruge ao longo da Henry Hudson Parkway, enquanto o rio serpenteia nas rochas, uns quinze metros abaixo. Durante a alta primavera, as cerejeiras estão carregadas de botões rosa e brancos, mas na última semana de março, no fim de um longo, persistente inverno, as árvores estão estéreis como o meu futuro.

Estou tomando outro gole de vinho barato, a metade do qual se espalha sobre minha barba e meu casaco, quando surge uma voz no caminho de pedestres atrás de mim.

"Fábio?"

Não preciso nem olhar para saber quem é.

Destino contorna uma cerejeira para ficar em pé na minha frente. "Jesus, Fábio. Sua aparência está horrível."

"Graças a você", digo, tomando um gole de vinho.

"Desculpe", ela continua. "Eu não me dei conta... sinto muito."

Destino está usando um casaco vermelho de lã com uma boina vermelha, jeans vermelhos e coturnos vermelhos Doc Martens.

"É uma aparência um tanto sutil para uma puta, não?", digo, certo de que minhas ironias se deterioraram.

"Não perdeu seu charme, apesar de tudo", ela diz, sentando-se em uma pedra ao meu lado.

Ficamos ali, sem dizer nada, apenas observando o pôr do sol sobre o Hudson e as luzes que enfeitam a ponte George Washington.

"Você está chafurdando outra vez?", pergunto. "Veio ver como os outros cinco bilhões e meio de humanos vivem? Ou veio apenas rir da minha cara outra vez? Aproveitando a visão de a que ponto eu decaí?"

Mais silêncio embaraçoso, seguido de um engasgo de Destino quando ela sente meu cheiro. Passo a ela a garrafa de vinho.

"O que é isso?", ela pergunta.

"Barato", digo.

Ela pega a garrafa de mim e dá um gole, cuspindo em seguida. "Isso é horrível."

"Obrigado", digo, pegando a garrafa de volta.

Outro momento de silêncio, alguns minutos. Finalmente, Destino diz: "Nunca imaginei que as coisas iam ser tão difíceis para você, Fábio".

"Beleza, bem... nisso nós dois concordamos", digo, pontuando minha afirmação com um arroto. "Talvez se você não tivesse matado meus humanos eu ainda seria imortal."

Embora, se eu fosse honesto mesmo, teria de admitir que Destino não tem culpa do que aconteceu comigo. Não posso culpar ninguém, exceto eu mesmo.

Ainda assim, isso não significa que não estou amargo.

"Então é para isso que você veio?", digo, chupando vinho de minha barba. "Para me dizer que lamenta? Para limpar sua consciência?"

"Mais ou menos", ela continua. "Eu só queria ver como você está."

"Não pode me ver sem se materializar, certo?", digo. "Não estou exatamente em seu radar, não é mesmo?"

"Não sei o que dizer", murmura Destino. "Não posso desfazer o que fiz e não vou continuar me desculpando por matar humanos que não tinham o direito de estar em meu caminho, para começo de conversa. Você não pode misturar o caldo genético cósmico, Fábio. Isso reduz o valor das propriedades."

“Se isso a ajuda a dormir à noite”, eu digo.

“Olha, eu não vim aqui para brigar com você”, fala Destino. “Apenas queria explicar algumas coisas.”

“Ótimo, obrigado pela explicação”, digo, sorvendo de novo a garrafa pelas últimas gotas de vinho. “A propósito, obrigado pelo conselho sobre Sara. Fico devendo essa a você.”

Ela abre a boca para dizer algo mais, mas a fecha e fica olhando para o Hudson.

“Eu também pensei que você gostaria de saber que Jerry está viajando para a Terra, esta noite”, ela diz. O vinho começa a sair de minha boca e de meu nariz.

“Por que eu ia querer saber isso?”, digo, secando o rosto com a manga. “Como é que isso, supostamente, poderia me fazer sentir melhor?”

“Eu apenas... parecia importante”, ela acrescenta.

“Para quem?”, pergunto. “Para você? Para que pudesse me atormentar mais um pouco?”

“Lamento, Fábio”, diz Destino. “Eu só queria...”

“O quê?”, eu grito. “Esfregar isso na minha cara? Para que eu saiba que a mulher que amo está prestes a cumprir seu destino?”

“Olhe”, ela diz, se levantando. “Eu não tinha nada de vir aqui, você sabe.”

“Então, por que veio?”

Ela me encara, depois olha à distância. “Apenas pensei que você deveria saber” diz, antes de passar por mim e desaparecer entre as profundas sombras ao longo da margem do rio.

Só alguns segundos depois é que percebo que não queria que ela fosse embora.

Eu me viro para pedir a Destino que espere, para sentar-se de novo e me contar como é que vai todo mundo, para ver se ela tem falado com Dennis, para perguntar sobre Sara, apenas para ficar e me fazer companhia, mas ela já se foi. E eu estou sozinho de novo, sentado em meu banco vazio com minha garrafa de vinho vazia e minha vida vazia, cercado por sombras e estranhos e com uma existência que não me pertence.

Fico ali olhando o rio Hudson passar, meus olhos cheios de lágrimas, e antes que perceba o que estou fazendo, caio de joelhos no solo e começo a rezar para Jerry. Eu imploro aos céus, pedindo a ele que me leve de volta, prometendo que se me der mais uma chance eu serei um empregado padrão. Talvez até mesmo me inspirar em Subserviência ou em Adulação.

Qualquer coisa para que eu possa voltar a ser imortal. Ajudar a cuidar dos humanos. Ter a chance de ver Sara. Para estar perto dela mesmo que ela não saiba quem eu sou ou o que costumávamos compartilhar.

Espero por uma resposta enquanto o sol desaparece atrás de Nova Jersey. Espero a escuridão cair e a lua subir ao céu. Espero até que todas as estrelas saiam e que a noite oficialmente vire a página para a chegada da manhã.

E então começo a caminhar na direção da ponte George Washington.

capítulo 53

A George Washington é acessível a pé, de Manhattan, pela rua 178, através de uma rampa longa, íngreme, ideal para ciclistas. Nesta hora da manhã, não há nenhum ciclista e o tráfego é muito leve, então ninguém nota que estou subindo na estrutura de puro aço, pelo lado de Nova York da ponte.

Enquanto sigo em direção ao topo da torre, fico pensando nestes três meses como se não passassem de um longo, bizarro sonho de merda e que, na verdade, estou na cama ao lado de Sara ou desmaiado no quarto de Verdade e Sabedoria, depois de uma noite de bebedeira ou tirando uma soneca enquanto tomo um banho de lama no spa de Vênus. Quando eu acordar ficarei tão feliz ao descobrir que ainda sou imortal e que minha existência está cheia de amor e significado e de capacidade de combustão espontânea que vou me dedicar a ser o melhor Fábio possível.

Não estou bem certo se penso isso para me distrair ou para me motivar a continuar subindo, pois é apenas um sonho. Mas definitivamente ajuda a afastar da mente o fato de que eu tenho de mijar.

A altura da torre é de mais de cento e oitenta metros sobre o rio Hudson, então, quando chego lá em cima, minhas mãos estão em carne viva, sangrando, e minha cabeça latejando. Provavelmente não foi boa ideia subir numa ponte suspensa depois de beber uma garrafa de vinho barato, discutir com Destino e ser ignorado por Deus, mas às vezes as pessoas fazem coisas idiotas.

Sento-me no alto da torre e olho para o sul, ao longo do Hudson, respirando profundamente, em pânico. Não costumo ter medo de altura, mas há algo sobre a possibilidade de morrer que faz você calcular que se trata de um longo trajeto para baixo.

"Você poderia ter se poupado do trabalho de subir", diz uma voz atrás de mim.

Eu me viro e vejo Dennis em pé na torre. Se ele estivesse de terno ou vestindo algo informal ou mesmo um manto do apocalipse, eu poderia pensar que ele está aqui para me convidar para um jantar com um bom bife, talvez me oferecendo um lugar para dormir ou tomar um banho quente. Em vez disso, está usando sua capa de chuva preta e luvas funerárias azuis, então sei que não se trata de algo social.

"É bom ver você", digo.

"Não faço isso com frequência", ele diz, sentando-se ao meu lado. "Mas, obrigado. Você já teve uma aparência melhor."

"Sim, bem... tente ser humano por três meses e verá como vai ficar", digo.

Dennis balança a cabeça. "A barba até que está bacana. Mais ou menos como a de Átila, o Huno."

Nós sempre imaginamos Átila, o Huno, como se tivesse pelos púbicos no rosto.

Ficamos ali sentados na torre, em silêncio, dois campos de futebol acima da água, olhando através da escuridão da madrugada até os limites do Atlântico. Depois de um instante, Dennis dá uma olhada para baixo, entre seus joelhos.

"Você sabe que a queda daqui de cima será suficiente para fazer o trabalho", diz.

"Eu sei, sim. Mas quero me certificar de que não vou apenas quebrar todos os ossos de meu corpo e ficar consciente enquanto me afogo."

"Bem, acho que você não tem de se preocupar com isso."

Mais silêncio, enquanto abaixo de nós os carros fluem para leste e oeste, sem saber que a Morte e o mortal antes conhecido como Fado estão compartilhando sua última conversa na torre acima deles.

"Então, há quanto tempo você sabe?", pergunto.

"Sobre você?", ele fala. "Desde a transformação. Tão logo você se tornou mortal."

"E você não pensou em me avisar?"

"Você sabe, eu não podia fazer isso. Haveria um impacto em seu futuro. Você deveria saber disso melhor do que ninguém."

"Acho que sim."

"Além disso", continua Dennis, "Jerry nos deu ordens expressas de não interagir com você."

Eu dou risada. "Aquele canalha fascista."

"Você precisa reconsiderar sua opinião sobre Jerry, antes que salte", recomenda Morte. "Vai tornar as coisas mais fáceis para você. É apenas uma sugestão."

"Vou levar em conta."

Outros minutos se passam em silêncio, até que eu percebo que Dennis está olhando para seu relógio.

"Precisa ir a algum lugar?", pergunto.

"Bem, você me conhece. Minha agenda é muito lotada."

Eu balanço a cabeça. "Bem, então não se prenda por mim", digo levantando-me.

Dennis fica em pé e me encara. No brilho que vem das luzes brancas que se delineiam na torre, seus olhos parecem embaçados, como se estivessem marejados de lágrimas. Ou talvez sejam os meus.

"Obrigado por ter vindo", digo com a voz embargada.

"Não tem de que."

"É um pouco estranho, você sabe. Depois de todo esse tempo, pensar que vou chegar ao fim. Que não existirei mais. Refletir sobre minha própria mortalidade. Lembra como costumávamos rir de Hamlet?"

Dennis sorri e balança a cabeça.

"Ser ou não ser, eis a questão", digo. "Será mais nobre como um homem..."

"Fábio", ele fala.

"Eu sei, eu sei. Você tem de ir embora."

Ficamos ali, sem jeito, nenhum de nós sabendo o que dizer; então, Dennis dá um passo à frente e me abraça. "Se jogar de cabeça é provavelmente a melhor maneira."

"Obrigado", digo.

Ele dá um passo atrás e me deixa sozinho no topo da torre. Fico ali olhando para o sul, ao longo do Hudson, que deixa um rastro escuro entre Manhattan e Nova Jersey, as luzes se espalhando a leste e a oeste no horizonte, e então sobem as estrelas e a lua no infinito céu acima de nós.

Olho para trás uma última vez e sorrio para Dennis. E então me lanço para o nada, tombando devagar pela escuridão, o ar frio passando por minhas orelhas e o trânsito da torre passando como um borrão de metal e de luzes brancas e percebo que não estou tão apavorado como imaginava que ficaria. Não sei o que esperava sentir, mas essa sensação de calma me surpreende, como se fosse isso mesmo que eu tivesse de fazer. Como se o erro fosse estar vivo. E eu me lembro de Sócrates, que disse que a morte talvez seja a maior de todas as bênçãos humanas.

Dou uma olhada para cima e tenho um lampejo de Dennis inclinado sobre o pico, acenando para mim. Eu devolvo o aceno e então não o vejo mais e estou caindo, passando pelo piso superior, depois pelo inferior, a menos de sessenta metros do fim e subitamente faminto por um folheado de canela Zabar.

Sara sempre preferiu os de chocolate.

Soube que, para os humanos, a vida inteira passa diante de seus olhos momentos antes da morte. Mas, no meu caso, meus últimos pensamentos antes de bater na água são para Sara.

Sua risada e seu sorriso.

Sua face e seus lábios.

Sua voz e...

capítulo 54

Estou suspenso no espaço. Ou algo parecido com o espaço. Está escuro. E vazio. Estou absolutamente sozinho. Só que sinto como se estivesse flutuando na água. E em vez de estar à deriva, em algum espaço cósmico oco, sinto claustrofobia.

Não estou muito certo de há quanto tempo estou nesse estado. Parece que estou consciente dessas sensações há apenas uns poucos minutos. Só que o tempo não faz mais nenhum sentido. A última coisa de que me lembro é saltar da ponte e me virar e olhar para cima, vendo Dennis acenar para mim e pensar algo sobre Sara pouco antes de bater na água.

E depois, nada.

Nenhum distanciamento. Nenhuma experiência de estar fora do corpo. Nenhum túnel de luzes ou vozes etéreas ou Jerry esperando para me receber no pós-vida com uma caneca de Guinness.

Nunca pensei muito sobre a morte. É algo com que você não tem de se preocupar quando nunca teve de lidar com um plano de saúde. Tudo o que sei é que não imaginei que fosse ser assim. Acho que esperava algo na linha de Xangri-Lá ou do Jardim do Éden ou dos Campos Elíseos – paradisíacos destinos de férias com uma vegetação abundante e bufês liberados de comida e *resorts* com tudo incluído no pacote. Talvez até massagens complementares com finais felizes.

Em vez disso, estou flutuando em água sem final feliz à vista. E não posso ver coisa nenhuma.

Eu me movimento e tateio, tentando definir onde eu começo e onde começa o espaço vazio que me rodeia, quando minhas mãos encontram um tipo de barreira. É macia e flexível e se molda quando eu aperto, mas é muito forte para ser rompida. Então eu dou uns pontapés, tentando escapar, mas o limite se mantém.

Fico imaginando se quando saltei da ponte acabei sendo comido por uma baleia ou algum tipo de polvo enorme e estou no estômago desse bicho, sendo digerido lentamente. Só que, até onde sei, não há baleias ou lulas gigantes no porto de Nova York. E as roupas que eu usava sumiram misteriosamente. E há um tipo de parasita, longo e em forma de serpente, ligado ao meu umbigo.

Se isso já parece bastante estranho, eu juro que estou ouvindo a voz de Sara.

Às vezes ela está só falando, suas palavras são abafadas e sem importância, como se estivesse falando com outra pessoa. Outras vezes, juro que ela está conversando comigo. Não diz meu nome, mas consigo detectar uma intenção em sua voz, simplesmente a mesma. Sua voz quente, de saxofone tenor flutuando pelas paredes de minha esquisita e pequena prisão.

A princípio, pensei que fosse apenas minha imaginação. Lembranças de minha existência ecoando em minha mente desprovida de corpo, enquanto faço a transição da vida para a morte. Só que isso não se parece com nenhuma transição de que já ouvi falar. E as coisas que Sara me diz e a delicada inflexão de arrulho em sua voz não são memórias. Ela nunca falou assim comigo, quando estávamos juntos. Tudo bem, talvez uma ou duas vezes na cama, quando estávamos nos pegando. Mas agora é como se ela estivesse se comunicando com alguém muito mais jovem. Posso estar errado, mas é como eu imagino que ela falaria com uma criança.

Isso me parece assustador.

O caso é que a voz de Sara parece ressoar em tudo ao meu redor. É como se eu pudesse senti-la através desta barreira, através dessa resistente membrana de prisão. Quase posso imaginar o coração dela batendo. E estou envolvido em uma quentura confortável. É como se eu estivesse sendo incubado.

Sinto como se devesse saber o que está acontecendo, mas não consigo entender. Está além do meu alcance. Uma consciência. Um conhecimento. Uma percepção que colocaria minhas presentes circunstâncias no contexto.

A flutuação na água.

A prisão em forma de casulo.

O calor resplandecente.

O som da voz de Sara e a vibração de suas pulsações.

Não tenho certeza se é no momento em que dou um pontapé de novo e tenho uma resposta de Sara ou quando procuro entre as minhas pernas e percebo que meus dezoito centímetros de virilidade estão reduzidos ao tamanho de um simples grão de amendoim, mas minha epifania chega como a voz de Jerry.

Isso definitivamente não tem nada a ver com a maneira que eu pensava que as coisas iam acontecer. E é meio estranho quando você pensa a respeito. Mas ao menos não tenho de me preocupar com aquela ordem de restrição. E isso, seguramente, é mil vezes melhor do que estar morto.

Não tenho muita certeza de quanto tempo eu tenho. Pelo tamanho de meu amendoim calculo que uns três ou quatro meses, então terei algum tempo para preparar meu futuro pós-fetal. Com certeza, quando sair daqui ainda não estarei completamente formado e pronto para o uso como quando Jerry me criou. Portanto, terei de lidar com as frustrações e limitações da fisiologia humana. Mas eu sempre aprendi depressa e me orgulhei de minha memória.

Ainda assim, seria muito bom se eu tivesse algo para escrever, caso tenha algumas ideias. É um pouco difícil manter um diário quando você

está cercado de líquido amniótico. E, de qualquer forma, não acho que um gravador digital passaria pelo canal vaginal.

Isso não é algo que eu consiga prever. A coisa toda do nascimento. Aquela sangueira da placenta e os fluidos corporais. Os gritos e apertões. E, honestamente, como é que vou caber naquela abertura tão apertadinha? Diabos, eu mal cabia ali quando estava lá a trabalho. Obviamente, isso foi quando eu era maior do que um amendoim.

Mesmo assim, estou querendo sair daqui. O problema é que, quando eu tiver nascido, a maioria das minhas memórias serão expurgadas. Trata-se do corolário da Lei da Reencarnação. Nunca pensei que seria aplicável a mim, então não prestei muita atenção na aula. Vai entender! Suponho que posso ter esperança de levar algumas memórias suprimidas comigo, mas, independente de ter ou não acesso a elas, estou ansioso por ver Sara de novo. Ansioso por seu rosto e seu sorriso, seu cheiro e seu riso, seu amor e sua afeição.

Ansioso também pela oportunidade de continuar o que comecei.

Posso ensinar os humanos a como viver melhor suas vidas. Como tomar boas decisões. Como criar futuros mais benéficos. Posso ensiná-los a evitar seus vícios consumistas. Como parar de depender do mundo externo para se definir. Como encontrar felicidade que não venha dentro de uma sacola da Macy's ou de uma da Toys R Us.

Tudo isso sem ter de se preocupar com represálias de Jerry. Na verdade, há toda aquela coisa da crucificação, mas acho que posso encontrar um meio de escapar disso.

Fico imaginando se alguém vai me trazer incenso e mirra.

Fico imaginando se serei capaz de transformar água em vinho.

Fico imaginando se Preguiça e Gula darão bons discípulos.

O problema comigo é que sou o próximo Messias.

agradecimentos

Às pessoas que cito a seguir, e que surgiram em meu caminho por uma razão ou outra, expresso minha gratidão por tudo o que fizeram para me ajudar a me manter em curso:

Michelle Brower, minha agente, que constantemente faz com que eu me conscientize de como tenho sorte por tê-la ao meu lado; Wendy Sherman, que abriu suas portas e me deu as boas-vindas; Jessica Wade, minha editora, cujas reflexões e percepções me ajudaram a aperfeiçoar os originais de uma maneira que eu não poderia ter feito sem ela; Kara Cesare, que acreditou em mim e me trouxe a bordo; todos do time da Penguin e da NAL que deram inestimáveis contribuições, apoio, ideias e talentos; Cliff Brooks, Ian Dudley, Heather Liston, Shannon Page, Lise Quintana, Amory Sharpe e Keith White, pois todos leram os primeiros rascunhos e me disseram o que funcionava e o que precisava de reparos; Leslie Laurence, que me ofereceu suas percepções de Manhattan, *croissants* de chocolate e relações com mulheres mortais; meus pais, que acreditaram em mim mesmo quando abandonei uma faculdade de administração para perseguir uma paixão que não prometia um salário semanal; e meus amigos, que conhecem os meus defeitos e não têm receio de apontá-los para mim. Vocês sabem quem são.